Vinzenz Baldus

DURCH ALLE GEZEITEN

Roman

LandLiebe
Verlag

Du hast jeden Raum mit Sonne geflutet
Hast jeden Verdruss ins Gegenteil verkehrt
Nordisch nobel deine sanftmütige Güte
Dein unbändiger Stolz
Mittsommernachtstraum
Dein aufrechter Gang
Deine heitere Würde
Durch alle Gezeiten

Liedzeilen von Herbert Grönemeyer

KAPITEL 1

Frühlingserwachen

...So erlernte sie den Takt der vier Jahreszeiten an
der Ausstrahlung des feinen Sandes...

Der Mann kam langsam, fast zögerlich die Straße herauf. Gedankenverloren glitten seine Augen über die noch weitgehend leeren Sitzgruppen vor der Tür des Cafés. Dann steuerte er gemessenen, ruhigen Schrittes auf den äußersten rechten Tisch zu und ließ sich in einen Korbsessel nieder, das Gesicht der Straße zugewandt.

Mechanisch griff er zur Karte, die in einem schweren Messinghalter steckte, langte nach der Lesebrille in der Brusttasche seines Sakkos, setzte sie auf und überflog unkonzentriert das Frühstücksangebot.

Immer wieder hob er den Blick, schaute die Straße hinunter in die Richtung, aus der er gekommen war, um sich dann wieder in die Karte in seiner Hand zu vertiefen.

Schließlich legte er sie vor sich hin auf den Tisch und suchte den Blickkontakt zur Bedienung, die in der Tür stand.

Er nickte die junge Frau heran und sie folgte seiner Aufforderung gleich. Es war zu dieser frühen Stunde noch nicht die Welt zu tun. Sie trat an den Tisch und lächelte ihn freundlich an:

„Bitte sehr, was darf's sein?“

Dabei strich sie sich eine Strähne aus dem Gesicht und

strich die aufgelegte weiße Tischdecke glatt, während er mit ruhiger Stimme antwortete:

„Einen grünen Tee, bitte, diesen hier!" Der Gast zeigte in die Karte und ergänzte seine Bestellung:

„Diesen japanischen. Eine Tasse, bitte!"

„Ja, gerne, der Herr!"

Die junge Frau wandte sich wieder der Caféhaustür zu. Der Mann am Tisch rief ihr hinterher:

„Ach, bringen Sie mir doch bitte ein Kännchen!"

„Gerne!" antwortete die Kellnerin und ging ins Haus hinein.

Der Gast nahm seine mitgebrachte Zeitung zur Hand, blätterte darin, legte sie wieder auf den Tisch und schaute zum wiederholten Mal den Weg zurück, den er gekommen war.

Die Turmuhr der Kirche schlug die volle Stunde.

Er legte sich die Hand über die Augen und blinzelte zum Zwiebelturm hoch.

Es war elf Uhr.

Die beiden jungen Frauen, die vier Tische weiter entfernt saßen, hatten ihn schon bemerkt, als er die Straße heraufgekommen war.

Zu jeder Jahreszeit, und immer dienstags, saßen sie hier im Café Landauer. An diesem herrlichen Frühlingstag war erstmals für dieses Jahr draußen gedeckt. Den ganzen Winter über hatten die beiden Schönen auf diesen Zeitpunkt gewartet.

Endlich konnten sie wieder Ausschau halten nach allen möglichen Passanten, nach Frauen und Männern, nach allem, was sich in der Fußgängerzone so tat. Dabei tauschten sie die allgemeinen und besonderen Neuigkeiten der vergangenen Woche aus und beklagten wie immer ihre Langeweile in dieser ihrer Meinung nach toten Stadt.

Beide waren sich nach einem einzigen Blickwechsel einig gewesen, dass dort ein attraktiver Mann für eine willkommene Abwechslung sorgte. Obwohl er vom Alter her nicht mehr so recht zu ihnen passte. Schließlich schien er ein gut erhaltener Mittfünfziger zu sein, während sie selbst gerade mal Ende der Dreißig waren.

Das schien sie nicht weiter zu stören, sie brachten sich beide in Position, legten ihre blondierten Haarsträhnen hinters Ohr, schlugen die gebräunten Beine übereinander, zupften ihre kurzen Röcke zurecht, so, dass sie der ersten Frühlingssonne und den möglichen Blicken eines gut aussehenden Mannes nicht allzu sehr im Wege waren.

Die etwas vollbusigere der beiden lachte einmal hell und laut auf und schaute im gleichen Moment zu dem gerade eingetroffenen, interessanten Gast zwei Tische weiter hin.

Sie wollte sicher sein, keine einzige Möglichkeit ausgelassen zu haben, die Aufmerksamkeit des Mannes auf sich zu ziehen.

Herausstechend gut aussehend war er eigentlich nicht. Etwas über einsachtzig groß, nicht mehr so ganz schlank, aber seinem Alter gemäß durchaus noch in guter Form, glatt rasiert, mit leicht graumeliertem, dichtem Haar.

Dennoch - eine sofort, nicht nur in einer ganz kleinen Stadt, sondern auch hier in Bad Tölz angenehm auffallende Erscheinung, das war er allemal. Er fiel gleich ins Auge durch sein gepflegtes und sportlich-elegantes Auftreten.

Er trug einen modischen, schlammfarbenen Anzug, ein hellrosa Hemd und eine zu beidem passende dezent gestreifte Krawatte.

Auch die Accessoires stimmten.

Unauffällig, aber edel, seine ultraflache goldene Uhr. Glänzend gepflegt seine mittelbraunen Lederschuhe, im gleichen Farbton der schmale Gürtel seiner Hose.

Seine markanten Gesichtszüge erzählten ihre Geschichten - von ausgelebten Freuden, aber auch harter Arbeit und wohl auch einigen Sorgen.

Dennoch hatte dieses Gesicht seine beinahe jungenhafte Ausstrahlung noch nicht verloren.

An diesem Morgen wirkte es jedoch wie das eines Mannes, dem es im Augenblick nicht wirklich gut zu gehen schien. Verschlossen, abwesend und vielleicht dadurch auch ein wenig abweisend.

Die Anstrengungen der beiden Frauen blieben ihm deshalb auch gänzlich verborgen. Zumindest blieben sie ohne jede Wirkung, obwohl diese wirklich alle nur erdenklichen Register zogen, um das Interesse des Mannes zu wecken.

Die Vollbusige stand sogar nach einer Weile mit einer Zigarette zwischen den Fingern auf, ging mit aufreizendem Gang zu ihm hin und bat ihn um Feuer.

Sie erntete auf diesen plumpen Annäherungsversuch hin lediglich ein freundliches Bedauern:

„Tut mir leid! Ich rauche nicht!“

Danach trat sie, leicht peinlich berührt, den Rückzug an, während der Umworbene ungerührt wieder die Straße hinab sah, so als erwarte er noch Jemanden, der von dort kommen musste.

Die ganze Zeit über hatte Britta Wasmeier die Szenerie teils amüsiert, teils nachdenklich beobachtet.

Bereits eine halbe Stunde vor Ankunft der beiden jungen Frauen war sie hier im Straßencafé gesessen. Dankbar hatte sie die herrlich warme Morgensonne genossen und sich glücklich und zufrieden gefühlt, wie lange nicht mehr.

Jetzt saß sie entspannt in ihren bequemen Korbsessel zurückgelehnt da und musterte den Mann am anderen Ende. Und auch die beiden schmachtenden Frauen davor beobachtete sie über den Rand ihrer Tageszeitung hinweg mit ihren hellwachen Augen.

Diese stahlblauen Augen waren es, die Brittas Gesicht von frühester Jugend an so besonders gemacht hatten.

Schon immer hatten sie ihr einen Ausdruck verliehen, der Menschen in ihren Bann zog und sie dennoch gleichzeitig auf Distanz hielt.

Ihre Augen konnten sein wie Feuer und Eis.

Britta war gerade vor wenigen Tagen neunundfünfzig Jahre alt geworden. Man sah es ihr beileibe nicht an.

Es war ihre Körperhaltung, ihr aufrechter Gang. Sie kehrte damit ihre innere Haltung deutlich sichtbar nach außen. Aber niemals trug sie die Nase hoch, kannte keine Eitelkeit, keinen Hochmut.

Britta war auch in ihrem reiferen Alter noch auffallend hübsch. Und nicht selten drehten sich Männer nach ihr um, die deutlich jünger waren als sie.

Sie trug ihr Haar sehr gut geschnitten, halblang gestuft, aschblond in seiner Naturfarbe belassen, lediglich mit einer leichten Tönung aufgefrischt. Das Haar war noch außergewöhnlich dicht. Ihre Friseurin wunderte sich jedes

Mal, wenn sie sich einmal im Vierteljahr einen Friseurbesuch gönnte.

Schon im Frühjahr hatte ihr die Sonne bei der Gartenarbeit einen anmutigen Braunton auf die Haut gezaubert. Sie sollte ihn auch in diesem Jahr wieder bis zum Spätherbst nicht mehr verlieren.

Britta mied sorgsam intensives Sonnenbaden, weil es die reifere Haut zu schnell austrocknet und spröde werden lässt. Eine gute Tages- und Nachtcreme und ein ganz dezentes Make-up genügten völlig, um ihre natürliche Schönheit geschickt zu betonen.

Natürlichkeit, Echtheit - diese Begriffe gehörten für Britta von Kindesbeinen an zusammen. Und sie stand selbst für diese besonderen Werte mit ihrer ganzen Persönlichkeit, geprägt von einer tiefen Liebe zur Natur, erworben in ihrer Kindheit auf dem elterlichen Pferdehof auf Spiekeroog.

Es war ihre Großmutter gewesen, die ihr die Wertschätzung von allem Echten, Unverfälschten schon ganz früh vermitteln konnte.

Annkathrin Romanehsen hatte ihre Enkelin bereits, als diese noch ein Kleinkind war, an Erde riechen, Körner vom Halm auf dem Feld kauen, mit bloßen Füßen Kieselsteine im Wasser erspüren, minutenlang einen Baum umarmen lassen, um dessen ganze unverwüstliche Kraft zu spüren und in sich aufzunehmen.

Und sie hatte ihre Enkeltochter nicht nur einfach so im Sand spielen lassen, sondern ihn als etwas ganz Besonderes zu begreifen gelehrt. Britta liebte den endlosen Strand, der in nicht mal einer Minute gleich durch den

Dünenweg hinter dem Elternhaus zu erreichen war. Wenn sie mal wieder weder im Haus, noch im Stall, noch sonst wo auf dem Hof zu finden war, wusste jeder gleich, wo sie sich wohl wieder aufhalten würde.

So manches Mal gerieten die, die sie suchten, in Panik. Weil sie sich tagträumend, wie so oft, zu weit vom „hauseigenen“ Strand entfernt, es sich zwischen zwei größeren Büscheln von jungem Strandweizen gemütlich gemacht und darüber die Zeit vergessen hatte.

Der Sand hatte es ihr angetan. Ihn zu spüren auf ihrer Haut war die elementarste Empfindung ihrer Kindheit für sie. Wie er ihr durch die Hände rann, über die Arme, über die Beine und sich zwischen den Zehen festfraß.

Auch auf dem Kopf spürte sie ihn gern.

Ein Gefühl, als brenne er ihr bereits unter der Haut.

Das verstand niemand sonst, weil sie doch wusste, dass sie hinterher nicht nur die Standpauke der Oma oder der Mutter über sich ergehen lassen musste. Schlimmer war es, dass sie dann mehrfach in der Woche ihren dichten Blondschopf mit heißem Wasser und dieser blöden Schaumseife malträtieren lassen musste. Eine Prozedur, die sie hasste wie die Pest.

„Sie wäre ohnehin sicher lieber ein Junge geworden!“

So mutmaßte Peter, ihr Vater, nachdem sie wieder einmal eine solche Reinigungskur heil und mit rot gerubbeltem Gesicht überstanden hatte, mit für die Zeugen rundum kaum zu ertragendem Gezeter.

„Aber sie ist nun einmal ein Mädchen und sie muss lernen, aufmerksamer und einfühlsamer auf viele Dinge zu achten, die für Männer in dieser Welt scheinbar nicht so sehr wichtig sind!“

So war er auf seine Mutmaßung hin von seiner Mutter, Annkathrin Romanehsen, resolut zurechtgewiesen worden. Er hätte nicht zu widersprechen gewagt.

Erna, Brittas Mutter, hatte er ehemals vom Festland herübergeholt, „aus einem Tümpel", wie seine Mutter ganz am Anfang zu sagen pflegte. Den Plöner See hatte sie damit gemeint. Als sie jedoch nur wenige Wochen lang, gleich nach der Hochzeit, mit Erna gemeinsam den Haushalt und die Zuchtunterlagen für die Isländerpferde geführt hatte, da wurde binnen kurzem aus ihrer anfänglichen Abneigung aus Vorsichtsgründen eine unverhohlene Zuneigung aus Achtungsgründen. Denn Erna sah die Arbeit und musste nie eigens darauf hingewiesen werden.

Und was Erna anpackte, das war getan. Da musste niemand mehr hinterher sein.

Als Britta zur Schule ging, lernte sie am Nachmittag von ihrer Großmama mehr als von ihrem Lehrer am Morgen. Die einfache, aber beinahe aristokratisch wirkende Bäuerin wusste zu jedem Thema, zu jedem Lerninhalt noch viel mehr zu erzählen und vor allem die Verbindung zum wirklichen Leben herzustellen.

Damit war es ihr gelungen, Britta ein besonderes Gespür, einen untrüglichen Wertmaßstab mitzugeben, der ihr ein Leben lang dabei helfen sollte, Echtes von Unechtem, Wertvolles von Wertlosem, Wahres von Unwahrem, das Sein vom Schein zu unterscheiden.

So war auch später ihre so tiefe, innige Beziehung zum Sand an ihrem Heimatstrand, zu ihrer eigentlichen Heimaterde entstanden.

Die Großmutter hatte ihr seine tiefgründige Bedeutung

in vielerlei Hinsicht bewusst gemacht. So lernte sie den Takt der Jahreszeiten am Zustand, an der Ausstrahlung des feinen Sandes kennen. So entwickelte sie ihr feines Gespür, weil sie mit geschlossenen Augen im Winter die unangenehm nasse Kälte empfand. Im Frühling die angenehm aufkommende Wärme. Im Sommer die schier unerträgliche Hitze, mit der der Sand ihre Haut regelrecht verbrennen konnte. Und im Herbst erkannte sie die Wehmut des Abschieds an seinem Geruch.

Sie hatte den Sand lieben und zeitweise jedoch auch hassen gelernt. Sie hatte in ihm schnell das Element erkannt, das der Uhr die Zeit abringen kann.

Annkathrin war sprachlos geworden, als ihre Enkelin mit ihr im Alter von nicht einmal zehn Jahren philosophierte, während sie beide einen Abendspaziergang am Strand unternommen hatten.

Britta hatte ganz tief in ihrem Inneren gespürt, wie der Sand den Schritt der Menschen langsamer, bedächtiger, ja sogar andächtiger macht.

„Im Sand gehen ist wie Beten!“

Annkathrin schickte ihrem Herrgott einen flüchtigen, aber innigen Dank zum Himmel hoch für das Geschenk, das ihre Familie durch ihre Enkelin erhalten hatte.

Sie wischte sich gerührt eine kleine Träne aus ihren Augenwinkeln.

Diese elementaren Eindrücke und Empfindungen waren ihr bis heute in lebendigem Bewusstsein geblieben.

So brauchte Britta auch heute nur wenige Augenblicke, um den Widerspruch zu erkennen, der in der Szene lag, die sich da gerade vor ihr abspielte.

Auf der einen Seite die Oberflächlichkeit der beiden, aus ihrer Sicht geschmacklos aufgemachten Frauen, ihre Aufgeregtheit, ihre offenkundige Sehnsucht nach Abwechslung in einem wenig aufregenden, kleinstädtischen Alltag, und ihre stillosen Versuche, den Mann vier Tische weiter auf sich aufmerksam zu machen.

Auf der anderen Seite dieser Mann, der auch ihr durchaus angenehm ins Auge gefallen war, schon als er, noch mehr als dreißig Meter entfernt, an dem kleinen Kiosk angehalten, sich eine Zeitung gekauft hatte, und dann, im Gehen bereits die Überschriften auf der Titelseite überfliegend, ans Café herangekommen war, um dann kurz entschlossen an dem Tisch am anderen Ende Platz zu nehmen.

Ein gepflegter Mann mit Stil - das war der erste Gedanke gewesen, der ihr bei seinem Anblick kam.

Doch schon der zweite entsprang ihrem untrüglichen Gespür für das Innenleben der Menschen, denen sie begegnete.

Trotz der gehörigen räumlichen Distanz, die zwischen ihnen lag, nahm sie die Unrast und Fahrigkeit des Mannes wahr.

Britta ließ die Zeitung sinken.

Sie schaute zu ihm hinüber.

Ihre Blicke trafen sich für einen kurzen Moment. Der Mann senkte sofort die Augen und vertiefte sich wieder in seine Zeitung, griff dabei, ohne hinzusehen, nach der Tasse, die am äußersten Rand des Tisches stand, führte sie zum Mund, nahm einen Schluck und setzte sie wieder ab.

Als er die nächste Seite umblätterte, hob er den Blick und schaute Britta eine Sekunde länger an als zuvor.

Erneut senkte er die Augen, als ihre Blicke sich trafen, und widmete sich wieder seiner Zeitung, wenn auch sichtbar unkonzentriert und fahrig.

In diesem Augenblick kam eine sehr junge, sehr hübsche und gut gekleidete Frau die Straße herauf. Sie mochte Mitte zwanzig sein.

Britta sah sie kommen und richtete sich unwillkürlich in ihrem Korbsessel auf.

Sie spürte aufkommenden Unwillen, als die junge Frau zielsicher auf den Mann zusteuerte, ihn umarmte, auf den Mund küsste, sich einen Stuhl angelte, diesen dicht neben ihn schob und sich mit einem Seufzer hineinfallen ließ.

Britta sah, wie sich sein Gesicht aufhellte, er sie liebevoll an sich zog und sie sich in seinen Arm schmiegte.

„Natürlich, wie konnte ich was anderes annehmen. Zu einem solchen Mann gehört eine attraktive Frau. Aber offensichtlich ist auch er so einer, der kurz vor dem Altwerden noch einmal frisches Blut braucht, das ihn für ein paar Jahre wieder etwas jünger sein lässt“, sagte Britta ungewohnt bissig zu sich selbst.

Aber was konnte eine so junge hübsche Frau an einem Mann finden, der mühelos ihr Vater hätte sein können?

Eine solche Beziehung konnte doch keine Zukunft haben.

Zweimal schon hatte sie solch eine ungute Liaison vor langen Jahren in ihrem eigenen Freundeskreis entstehen und wieder vergehen sehen.

Und am Ende war in beiden Fällen ein gebrochener, plötzlich uralter Mann zurückgeblieben.

Die Bedienung trat nur Augenblicke später an den Tisch des Paares heran. Die junge Frau bestellte irgendetwas. Dann vertieften sich die beiden in ein offensichtlich ernsthaftes Gespräch.

Britta gab der Bedienung ein Zeichen. Die junge Frau reagierte sofort und eilte zu ihr:

„Sie wollen schon gehen, Frau Wasmeier? Es ist doch ein so schöner Morgen! Sie haben doch nichts zu versäumen!"

Sie kannte Britta Wasmeier schon lange.

„Ja, leider muss ich schon aufbrechen. Auch eine alte, allein stehende Frau hat noch so manche Verpflichtung! Was darf ich zahlen?" erwiderte Britta.

„Was sagen Sie da bloß! Sie - eine alte Frau!? Wenn ich einen Wunsch frei hätte, dann würde ich gerne einmal so ausschauen wie Sie, wenn ich Ihr Alter erreiche. Eine Dame wie Sie gibt es in der ganzen Stadt absolut kein zweites Mal. Auch keine jüngere!" gab die Bedienung in ehrlicher Überzeugung zurück.

„Danke. Aber Sie übertreiben!" versuchte Britta das Kompliment abzuschwächen.

Dennoch freute sie sich darüber, gab, wie immer, ein kleines Trinkgeld, denn allzu großzügig konnte sie mit ihrer Rente auch nicht umspringen, und verließ das Café.

Obwohl sie sich fest vorgenommen hatte, sich nicht mehr umzudrehen, tat sie es doch. Weiß der Himmel, wieso! Sie sah den Mann sitzen, die junge Frau daneben, die seine Hand genommen hatte.

Kapitel 2

Das Vogelnest

...Junge, du bist schon ein Segen für deine Eltern.
Du bist immer geblieben, was du warst...

Der diesjährige Stipendiat gehört offenbar zu denjenigen in unserem Land, die unsere Gesellschaft heute nötiger braucht denn je. Er ist nicht nur ein hochbegabter Intellektueller, sondern gleichzeitig ein sehr leistungsorientierter, fleißiger Arbeiter. Für Menschen wie ihn scheint Edison wohl seinen weltberühmten Satz formuliert zu haben: 'Ein Prozent des Erfolges ist Inspiration - neunundneunzig Prozent sind Transpiration'. Ich freue mich sehr, das Promotions-Stipendium des Freistaates Bayern in diesem Jahr an den besten Absolventen dieser Technischen Universität während der gesamten letzten fünfundzwanzig Jahre vergeben zu dürfen - an den Diplom-Ingenieur und Architekten Johannes Brandmüller!"

Beifall brandete auf.

Claudia Brandmüller erhob sich zusammen mit ihrem Mann von ihrem Platz, umarmte ihn kurz, schob ihn dann aber sofort in Richtung Bühne.

Johannes nahm die kleine Treppe am rechten Aufgang mit einem einzigen Sprung, ging schlaksig mit leicht verlegenem Lächeln auf die Kultusministerin zu.

Diese reichte ihm die Hand und überreichte ihm dann die Urkunde.

Während ein paar Kommilitonen Johannes mit lauten „Bravo"-Rufen hochleben ließen, wischte sich Claudia verstohlen eine Träne aus den Augenwinkeln.

Johannes wandte sich dem Publikum zu, bedankte sich mit einer artigen kurzen Verbeugung und seinem jungenhaften Lächeln für die anhaltenden Ovationen.

Seine Augen trafen sich mit denen von Claudia, er zwinkerte ihr stolz und dankbar zu. Dann wandte er sich zum Gehen, verließ die Bühne und setzte sich wieder neben seine Frau. Er legte den Arm um sie und küsste sie kurz hinter ihrem Ohr ins Haar. Claudia schob ihre Hand unter seinem Arm hindurch in seine. Und so blieben sie während der beiden nun folgenden Ansprachen des Dekans und des Präsidenten der Bayerischen Architektenkammer sitzen.

Der Dekan war natürlich ebenfalls voll des Lobes und freute sich, dass Johannes seine Zeit als wissenschaftlicher Assistent an seinem Lehrstuhl verbringen und auch hier promovieren wollte.

„Ihr Weg ist vorgezeichnet. Sie werden sicher auch eine angemessene Zeit im Ausland verbringen. Aber ich bin mir sicher, dass ich meinen Nachfolger bereits heute kenne. Es ist für mich ein gutes Gefühl, dass ein Größerer als ich eines Tages meinen Platz hier einnehmen wird."

Johannes wurde sehr verlegen.

Claudia strahlte ihn an und drückte seine Hand.

Johannes war ihr erster und einziger Mann gewesen, bevor sie in jungen Jahren geheiratet hatten. Heiraten mussten - um genauer zu sein. Obwohl Johannes erst dreiundzwanzig und noch Student war.

Seine Eltern hätten nichts anderes geduldet. Für ehrbare Bauern gab es eherne Gesetze. Auch Claudias Eltern hatten es von ihrer Tochter gefordert, obwohl sie die junge Familie kaum mit nennenswerten Geldmitteln unterstützen konnten. Ihre kleine Gärtnerei warf nicht die Welt ab. Ihr jüngerer Bruder Michael befand sich noch in der Lehre. Er sollte später einmal die Gärtnerei übernehmen.

So war aus der Claudia Pritzer schon mit gerade mal zweiundzwanzig Jahren Frau Brandmüller geworden, ohne deshalb einen Ernährer gefunden zu haben. Diese Aufgabe würde auf absehbare Zeit weiterhin ihr selbst zufallen. Und deshalb war sie heilfroh, dass sie in der Gärtnerei arbeiten und gleichzeitig bei ihrem Kind sein konnte, wenn es denn einmal geboren war.

Ihr wurde natürlich bei dem Gedanken daran schon sehr schmerzhaft bewusst, dass ihr Leben wohl über lange Zeit ähnlich ablaufen würde wie das ihrer Eltern. Urlaub hatten diese ihr Leben lang nicht gekannt. Aber da befanden sie sich bei den Mit-Schwiegerleuten in bester Gesellschaft.

Auch Brandmüllers hatten bis auf ein paar Wallfahrten und Ausflüge mit dem Bauern- oder dem Züchterverband noch keinen anderen Flecken Erde kennen gelernt als ihre engere Heimat.

„Wozu auch!“, hatte Alois Brandmüller immer gesagt, „Urlaub! Herrgottsakra! Müßiggang ist aller Laster Anfang! Und überhaupt - Urlaub irgendwo in einer fremden Gegend - was macht das für einen Sinn? Schlimm genug, dass nur noch Fremde hier umeinander laufen. Sollen wir etwa im Austausch zu den Saupreußen ‘nauf fahren? Herr, steh mir bei!“

Alois Brandmüller war zwar kein Großbauer, aber er war sehr fleißig und ehrbar. Der Hof blitzsauber, die Äcker und Wiesen, die dazu gehörten, immer nur in bestem Zustand.

Johannes war der ältere Sohn, der natürliche Hoferbe also. Dennoch hatte Alois nicht mit ihm gestritten, als dieser ihm eröffnet hatte, den Hof nicht übernehmen zu wollen, obwohl er die Landwirtschaft, das Leben eines Bauern sehr mochte.

Bernhard, sein jüngerer Bruder, hatte nie das Gefühl gehabt, im Schatten des Großen zu stehen. Die beiden hatten von Kindesbeinen an alles geteilt, was es zu teilen gab. Ihren Kummer, ihre Freude, ihre Geheimnisse, ihr Geld.

So willigte der Vater auch gleich ein, als Johannes ihn eindringlich bat:

„Du weißt, dass Bernhard dein Erbe sehr umsichtig weiterführen wird. Gib ihm bitte nie das Gefühl, als der Jüngere nur die zweite Wahl gewesen zu sein! Das wäre nicht fair, nicht gerecht."

„Du hast Recht. Du bist hochbegabt. Und es wäre Perlen vor die Säue gekippt, wenn du nicht ein besseres, höheres Leben führen würdest, als ich es vermocht habe. Und mit Bernhard haben wir genauso viel Glück gehabt wie mit Dir. Ja, er ist kein Ersatz. Ihr seid beide die wundervollsten Söhne, die sich Eltern nur wünschen können."

Das war sein Kommentar gewesen. Und er war sich mit seiner Frau Walburga sofort einig gewesen, für ihren Sohn, seine Frau und den Nachwuchs alles zu tun, um ihnen den Start in dieses „höhere Leben", wie er es ausdrückte, so leicht wie möglich zu machen.

Walburga brachte zunächst täglich, außer freitags, den „Kinder-Nothilfe-Korb", wie Alois den mit Wurst, Käse, Marmelade und Brot gefüllten Weidenkorb nannte, ins „Vogelnest".

Auf diesen Namen hatte er die neue wunderschöne Bleibe des jungen Paares auf dem Pritzer-Anwesen getauft.

Am Freitag übernahm Alois selbst den Botendienst. Und am Sonntag pilgerten sie zu zweit zu den „Jungvögeln".

Später, als Lara geboren war, „meine kleine Schönheit, ganz wie der Großvater", da besuchte Alois sie manchmal auch noch montags, dienstags, mittwochs, donnerstags und sogar samstags, obwohl er ja gar keine Zeit hatte für solche „Fisimatenten", wie er es ausdrückte.

Und deshalb hätte er es eigentlich lieber gehabt, wenn Johannes mit seiner kleinen Familie auf den Brandmüller-Hof gezogen wäre. Aber Claudias Argument mit der Nähe zu ihrer Arbeit war überzeugend. Und gegen seine eigene Überzeugung und schlüssige Ansichten anderer hatte Alois Brandmüller noch nie in seinem Leben gehandelt.

Nicht zuletzt deshalb war er so stolz auf Johannes, dem man von allen Seiten immer wieder die gleiche Einstellung bescheinigte.

Lara kam im Dezember zur Welt, als sich Johannes gerade im neunten, und damit im letzten Semester vor seinem Studienabschluss befand. Es war kein Geld da, aber das Glück groß.

Oberhalb des kleinen Gewächshauses befand sich ein kleiner Backsteinturm. Nicht einmal der alte Pritzer wusste genau, wozu er wirklich einmal nutze gewesen war. Sei's drum. Als sich Claudias Schwangerschaft ankündigte, hatte Johannes zusammen mit seinen beiden besten Freunden Andreas und Thomas den Bau des Vogelnestes in Angriff genommen.

Andreas war frischgebackener und begnadeter Tischlermeister. Sein Vater Ernst hatte sich bereits zurückgezogen und baute auf seinem Altenteil nur noch Pferdeschlitten auf Bestellung, zusammen mit seinem Freund, dem alten Wagner Theobald.

Thomas hatte die Waldarbeitsschule Laubau absolviert und liebte sein Leben, seine Arbeit als Holzknecht, über alles.

Für ihn stand fest, dass er nie in einer Stadt leben konnte. Er brauchte seine Berge, seinen Wald, die Luft, das Land und die Leute des Sonnentals, seiner Jachenau, er brauchte die enge Verbindung zu seinen Wurzeln. Deshalb war er froh, wenn seine Hilfe gebraucht wurde. Und die wurde dauernd von irgendeinem im Dorf gebraucht. Das brachte ihm den Namen „Apostel Überall" ein.

Abgeleitet hatten die Jachenauer diesen Namen von einem bekannten Ausspruch des Alois Brandmüller. „Unsere drei rührigen Apostel haben nur ganze drei Monate gebraucht, um den Turm zu einem Vogelnest umzubauen."

Claudia und Johannes übernahmen den Namen, den Alois Brandmüller ihrem außergewöhnlichen Zuhause gegeben hatte, weil er wirklich wie kein anderer passte.

Johannes hatte sogar die Dreistigkeit besessen und ihn auch als Postadresse beim dörflichen Postboten durchgesetzt. Ohne Antrag, völlig formlos, ohne jegliches Feststellungs- oder Genehmigungsverfahren und ganz ohne Gemeinderatsbeschluss lautete die neue Adresse von heute auf morgen „Vogelnest Nr. 1".

Und jeder Brief kam dort an.

„Wenn es nicht funktioniert, dann setzen wir Brieftauben ein, und du verlierst deinen Job", hatte Claudia mit schelmischem Gesicht zuvor dem alten Anton gedroht, der schon ewig als Postbote und Gemeindediener tätig war, „und wohl noch die Todesanzeigen zum eigenen Tod austragen wird", wie die Dörfler vermuteten.

„Es wird schon!" antwortete Anton auf alles, was er nicht genau einzuschätzen vermochte.

Und mit einem „Lass uns darauf einen trinken, wenn du einen hast!" wurden von ihm alle Sondervereinbarungen quasi amtlich gemacht.

Der Ritus kam einer Notarbeurkundung gleich, verbrieft und besiegelt mit mindestens zwei kräftigen Bärwurz, „weil der richtig bindet, wenn man ihn doppelt nimmt!" - so seine Überzeugung und auch die seiner jungen Geschäftspartner.

Das Vogelnest Nr. 1 war eine feine Adresse geworden. Ein wunderbarer Wohnraum mit Zugang zu einem kleinen Garten war im Erdgeschoss entstanden. Und Andreas hatte eine Wendeltreppe und ein Galeriegeländer in eine Leimbinderkonstruktion integriert, die er als halboffene Zwischendecke in das Obergeschoss eingezogen hatte.

Dort befanden sich jetzt ein großzügiger Schlafraum und ein Kinderzimmer. Und in einem Mauerversatz des Schlafzimmers von knapp zwei Metern und fünfzig Tiefe zur Außenwand hin und nicht ganz zwei Metern Breite war ein großzügiger Arbeitsplatz mit Schreibtisch und einem Bücherregal entstanden, das von Andreas exakt in die Mauerrundung eingepasst worden war.

Vom Schreibtisch aus ließen sich die Flügel eines Doppelfensters öffnen, das den Blick ins Tal freigab.

Beugte man sich auch nur ein klein wenig weiter vor, konnte man im äußersten linken Sichtwinkel bis hinüber zum Brandmüllerhof sehen, der auf der Anhöhe der anderen Seite des weiten grünen Tals thronte.

Lara hielt Johannes immer wieder vom Studium ab. So zumindest versuchte der junge Vater Claudia gegenüber seine vermehrt auftretende Disziplinlosigkeit beim Studium zuhause zu rechtfertigen.

In Wahrheit ließ sich Johannes ständig und gerne von Lara verführen, die natürlich an seinem Verhalten völlig unschuldig war.

An der Wand hatte er einen Goethe-Spruch befestigt, den er schon in jungen Jahren zu seinem wichtigsten Leitmotto erkoren hatte, dessen Befolgung ihm jetzt in dieser Zeit jedoch außerordentlich schwer fiel:

„Wer sich nicht selbst befiehlt, bleibt immer Knecht!“

Johannes war sich dessen bewusst, dass er längst zum Knecht seiner Tochter geworden war.

Lara - er hatte ihr den Namen gegeben, weil er Julie Christies' Gesicht in der Verfilmung von Pasternaks großem russischen Epos „Dr. Schiwago“ für das schönste hielt, das je das Licht der Welt erblickt hatte. Außer Claudias, versteht sich. Auch wenn dieses nicht blond gerahmt war, sondern von dunkelbraunem, ganz kurz geschnittenem Haar.

Nun, es war ja auch egal, man musste in dieser Hinsicht ja keine Haarspalterei betreiben.

Claudia wusste sehr wohl, was sie an ihm hatte und vor allem, dass er sie vorbehaltlos liebte.

Lara trug ihren berühmten Namen zu Recht, denn sie war wirklich bezaubernd.

Und so musste Johannes sich ständig zwingen, an seinem Schreibtisch über den Büchern sitzen zu bleiben, zumal die Versuchung fortwährend gegeben war, alle fünf Minuten einmal vom Stuhl aufzustehen und hinüber zu schleichen ins Kinderzimmer, dessen Tür nur angelehnt war, um einen Blick ins Bettchen zu werfen.

Und manchmal konnte er dann eben nicht an sich halten und musste so lange in dem kleinen Gesichtchen herum streicheln und kneifen, bis die Kleine erwachte, laut schrie - und dann natürlich auch auf den Arm genommen werden musste.

„Das Kind hat so laut geschrien, bis ich nicht mehr weiter schreiben konnte. Ich bin dann zu ihr hingegangen, hab sie aus dem Bettchen geholt. Und gleich war alles gut."

Gegen diese plausible, weil logische und schlüssige Erklärung des Vorgangs war Claudia machtlos. Sie ahnte den tatsächlichen Ablauf, sagte aber nichts dazu.

Sie war schon kurz nach der Geburt wieder stundenweise in der Gärtnerei eingestiegen, denn sie musste ja den Broterwerb der jungen Familie sicherstellen. Und deshalb war sie heilfroh, dass Johannes jede vorlesungsfreie

Stunde nutzte, um nach Hause zu kommen und Lara zu versorgen.

Claudia rechnete es ihm hoch an.

Nicht in jeder jungen Familie verlief das so.

In manch anderer hing nach wenigen Monaten schon der Haussegen schief, weil sich die Herren der Schöpfung recht wenig um die Aufzucht ihrer Nachkommen kümmerten.

Johannes war anders. In der Stadt tobte das Leben. Viele seiner Kommilitonen machten die Nacht zum Tag und sich selbst dabei sehr schnell eine neue Philosophie zu Eigen:

„Wer zweimal mit derselben pennt, gehört schon zum Establishment!"

Johannes schüttelte darüber nur den Kopf.

Er versuchte, seine Freunde vor den Folgen dieses Werteverfalls in eindringlichen Reden zu warnen. Aber er war und blieb in den Augen der anderen ein rückständiger Bauer, der Hinterwäldler eben. Und außerdem ein Streber.

So ließ er die Freunde gewähren.

Er blieb seinen altvorderen Prinzipien treu, schrieb herausragende Klausuren, kümmerte sich um seine Familie und war, vom Geld einmal abgesehen, wunschlos glücklich.

Kaum, dass Lara laufen konnte, sah man ihn oft mit der Kleinen an der Hand zum Brandmüllerhof schlendern.

Das tat er auch dann noch, als er bereits sein Examen in der Tasche hatte und als Wissenschaftlicher Assistent an der Universität weiter arbeitete und studierte, um seinen Doktor zu machen.

Johannes überließ zudem häufig seinen Eltern den kleinen Sonnenschein, um in der Zwischenzeit zu sehen, wo gerade Not am Mann war.

Bernhard war sehr dankbar für die brüderliche Hilfe.

So sah man Johannes dann oft mit dem Traktor auf die Wiesen und Äcker hinausfahren, sei es um frisches Grünfutter fürs Vieh zu holen oder auch einmal für eine Stunde oder zwei mit dem Pflug endlose Furchen zu ziehen. Eine Arbeit, die seinem Bruder nach einem Bandscheibenvorfall besonders schwer fiel.

Die alte Besen-Liesel, schon weit über achtzig Jahre alt, war gerade erst vor wenigen Tagen bei Johannes stehen geblieben, als er die beiden Noriker am Abend von der Weide zurück in den Stall geführt hatte:

„Junge, du bist schon ein Segen für deine Eltern! Du lässt dich nicht anstecken von den Großtuern und Nichtsnutzen in der Stadt. Du bist geblieben, was du warst: Ein echter Mann. Ein echter Bauer. Ein echter Bayer. Von deiner Sorte gibt es nicht mehr so viele in der heutigen Zeit!"

Johannes hatte ein wenig beschämt versucht abzuwiegeln:

„Ach, Liesel, das meinst du nur. Die Stadt ist so schlecht nicht. Und die Menschen erst recht nicht. Jeder geht den Weg, den er gehen muss! Ich bin halt bloß am liebsten hier in meiner Welt."

Alois war nicht wenig stolz auf seinen Ältesten. Die Universität hatte ihn nicht verbogen. Er war ein Sohn geblieben, wie ihn ein Vater sich nur wünschen konnte.

Aufrecht. Ehrlich. Echt. Mit beiden Füßen ganz fest auf der Erde. So würde er bleiben ein Leben lang.

Kapitel 3

Die Seeschwalbe

...Zum Leben gehört der Tod. Wie das Nehmen zum Geben.
Wie die Ebbe zur Flut. Der ewige Kreislauf der Schöpfung...

Britta empfand die Einsamkeit langer Sommerabende als ganz besonders schmerzhaft. Mehr als die langen Abende im Winter. Denn das Leben pulsierte in der warmen, hellen Jahreszeit deutlich wahrnehmbarer. Nur in ihr selbst hielt es den Atem an, machte den Mund trocken und die Augen feucht!

Die Gedanken an die morgendliche Begegnung, die nicht mehr gewesen war als ein kurzer Blickwechsel hin und her, diese Gedanken blieben den ganzen Tag über lebendig.

Als sie an diesem Abend in ihrem Bett lag, überfielen sie Britta plötzlich mit ungeheurer Heftigkeit.

Wirre, widersprüchlichste Gedanken und Gefühle beherrschten sie. Bauch und Kopf waren völlig durcheinander. Britta sah sich außerstande, beides wieder zu ordnen. Wie stürzende Wasser nach einem Dammbruch brach es aus ihr heraus:

Da angelte sich solch ein junges Ding einen älteren, für sie viel zu alten Mann, doch wohl nur des Geldes und des besonderen Lebensstils wegen, den er ihr sicher bieten konnte. Und eine Frau wie sie, Britta, ging seit Jahren alleine durchs Leben und spürte trotz ihres reifen Alters eine wachsende Sehnsucht nach Nähe, nach Liebe. Nicht nur seelisch - und sie schämte sich insgeheim sogar ein bisschen dafür.

Sie versuchte, sich zur Ordnung zu rufen:

„Was soll das jetzt, bist du von Sinnen? Du bist doch kein Teenager mehr!"

Dieser Mann im Café hatte ihre sonst so disziplinierte Gefühlswelt aus der Distanz in Aufruhr gebracht. Was sie in den letzten Jahren immer wieder erfolgreich verdrängt hatte, stieg plötzlich unüberhörbar und undisziplinierbar in ihr auf. Lauter als je zuvor.

„Blöde Kuh!" versuchte sie sich wieder in die Realität zu versetzen.

„Für die junge Frau war er zu alt - aber für dich war er auch eindeutig zu jung! Was bildest du dir bloß ein?"

Unzählige Male hatte sie seit dem Tod ihres Mannes vor vier Jahren in ihrem Stamm-Café gesessen, ihre Zeitung gelesen, von der ersten Zeile auf der ersten Seite links oben bis hin zur letzten Zeile auf der letzten Seite rechts unten.

Sie hatte an anderen Tagen stundenlang Menschen beobachtet. Hatte in sich hineingelächelt, wenn andere Gäste glücklich schienen, aber auch die Trauer von anderen wahrgenommen, oft tröstend mit den Traurigen gesprochen und war selbst dabei traurig geworden.

Aber sie hatte auch lauthals mit Kindern gelacht, mit Studenten philosophiert, Touristen Empfehlungen gegeben, anderen Witwen zugehört und diese an ihrem eigenen Innenleben teilhaben lassen.

Zweimal - oder war es nicht sogar dreimal gewesen - hatte sie in all diesen Jahren auch einen etwas intensiveren

Blickkontakt mit einem durchaus ansehnlichen, sehr gepflegten älteren Herrn gehabt. Man hätte es durchaus Flirt nennen können, was dabei abgelaufen war.

Jedes Mal war sie schmunzelnd nach Hause gegangen, hatte aber unterwegs schon ein schlechtes Gewissen ihrem verstorbenen Mann gegenüber bekommen.

Und dann hatte sie ganz schnell wieder die schönen Gedanken aus ihrem Kopf, die warmen Gefühle aus ihrem Herzen und die leicht aufgeregten Schmetterlinge aus ihrem Bauch verscheucht.

„Weil nicht sein kann, was nicht sein darf!"

Ihre Großmutter hatte ihr auch diese Regel mit auf den Lebensweg gegeben.

An diesem Abend begehrte sie mit aller Macht dagegen auf: „Das Leben ist einfach nicht fair! Verzeih mir, mein Schatz - aber warum bist du auch bloß so früh gegangen? Warum hast du mich so alleine gelassen?"

Britta nahm das Bild ihres Mannes vom Nachtschrank kurz in die Hand und stellte es wieder zurück. Sie drehte sich zur anderen Seite, zog die Zudecke über den Kopf, weinte wie ein kleines Kind in ihre Kissen und tauchte in ihren Gedanken wieder ein in ihre glückliche Zeit im Norden, auf ihrer Heimatinsel Spiekeroog.

Die Bilder ihrer Kindheit und Jugend zogen wieder an ihr vorüber.

Sie spürte den Wind auf ihrer Haut, der von der See her über die Insel blies und die wenigen weißen Wolken vor sich her schob, um danach die Sonne wieder ungehindert strahlen zu lassen.

Vor ihrem geistigen Auge erstanden die wunderschönen, kraftvollen Bilder ihrer Insel wieder in voller Klarheit und Deutlichkeit: der unglaublich weite und weiße Strand, die Schwarzkiefern, in deren Schatten sie ihre ersten Liebesschmöker verschlungen und am Abend voller Lebenssehnsucht den Wildgänsen hinterher geträumt hatte, die in den Sonnenuntergang hineinzogen.

Sie fühlte die wohlige Wärme der Sonne in ihrem Gesicht, ließ den kräftigen Wind und den intensiven Geruch nach Meer und Mehr durch ihre Seele wehen und in all ihre Poren eindringen.

Wehmut und Sehnsucht stiegen in ihr auf. Und dann sah sie ganz deutlich sein Gesicht, die blitzenden Augen, die von der Sonne gebräunte Haut, die kräftigen weißen Zähne, die sich zeigten, wenn er dieses entwaffnende, strahlende Lachen hören ließ. Wie hatte sie selbst gestrahlt, als sie der große stattliche Mann mit dem strohblonden Haarschopf auf dem Sommerfest auf den Strandwiesen um den nächsten Tanz gebeten hatte.

Großmutter Annkathrin mochte Sepp von Anfang an sehr. Sie erkannte gleich, wie unverfälscht echt, ehrlich und offen dieser junge Mann war. Deshalb gab sie ihrer Enkelin auch bloß scherzhaft den Rat:

„Mein Kind, denke daran, er ist ein Bayer. Und Bayern sind genauso dickköpfig, genauso von sich eingenommen wie wir Ostfriesen. Im Grunde genommen sind Bayern Ostfriesen, nur mit Bergen drumrum!“

Britta musste jetzt sogar in ihre Tränen hinein lachen bei dem Gedanken an diese sehr liebevoll gemeinte Ermahnung ihrer Großmutter, sich nicht allzu schnell in die Arme dieses oberbayerischen Mannsbildes zu begeben.

Sepp Wasmeier war mit seinem Freund Franz auf Urlaub an die See gekommen.

„Einfach nur des Jods wegen. Denn bei uns in Bayern laufen alle über dreißig, die nie an der See waren, mit einem Kropf wie ein balzender Auerhahn umher!“

Das war einer der ersten Sätze gewesen, die Sepp zu Britta gesagt hatte.

Sätze, wie sie Britta noch sehr oft von ihm hören sollte, Kennzeichen seines intelligenten Humors und seiner Einstellung zum Leben:

„Nimm dich selbst nicht so wichtig! Und nimm das Leben nicht so tiefgründelnd ernst!“

Die beiden Freunde hatten sich in einer kleinen Pension direkt am Strandweg eingemietet. Gleich bei ihrem ersten Abendspaziergang durchs Dorf war ihm Britta mit ihren Freundinnen begegnet.

Sepp hatte gleich Feuer gefangen und war Franz den ganzen restlichen Abend mit seiner Schwärmerei auf den Wecker gegangen.

Zwei Tage lang waren sie anschließend in der Gegend umhergelaufen, um die jungen Damen wieder zu treffen. Aber Sepp musste sich noch bis zum Fest am Wochenende gedulden.

Dort fasste er dann jedoch die Gelegenheit gleich mit beiden Händen beim Schopf und ließ Britta von da an nicht mehr los.

Es war der Anfang einer lebenslangen und fast immer glücklichen Partnerschaft gewesen. Sepp war Postbeamter im mittleren nichttechnischen Dienst. Eine fürchterliche Berufsbezeichnung, wie sie nur Deutsche erfunden haben konnten, wie Britta meinte.

Eine Bezeichnung, die im Übrigen so ganz und gar nicht zum Charakter, zur Einstellung, zu Sepps humorvollem, spritzigem Wesen passte.

Er aber liebte seinen Beruf.

Besonders dann, wenn er von Haus zu Haus ziehen konnte, um Briefe, Postkarten und Pakete zu verteilen.

Jeder im Ort kannte ihn.

Jeder mochte ihn.

Und alle liebten auch Britta, „meine ostfriesische Seeschwalbe", wie Sepp sie gerne anderen vorstellte.

Ein halbes Jahr lang hatten sie sich beinahe täglich geschrieben.

Alle vier Wochen kam Sepp mit dem Zug zu Besuch. Es blieb ihnen jedoch jeweils nur der Samstagabend und der Morgen danach.

Die Nacht verbrachten sie natürlich getrennt - Britta in ihrem Zimmer im Haupthaus und Sepp in einem der drei schönen Zimmer im kleinen Nebengebäude, dem ehemaligen Gesindehaus, die jetzt den Sommer über an Feriengäste vermietet wurden.

Ganz früh am Morgen standen beide auf, putzten sich lediglich schnell die Zähne, aßen ein paar Früchte, und dann liefen sie Hand in Hand in Badehose und Badeanzug zum Strand.

Ohne anzuhalten stürzten sie sich ins eiskalte Wasser, schwammen prustend und schreiend hinaus, um dann anzuhalten und sich erst einmal für einen langen seligen

Moment eng umschlungen zu halten und innig zu küssen.

Da sie sich aber bald schon mit ihren strampelnden Beinen ins Gehege kamen, ließen sie wenig später schon wieder voneinander ab, um ihr Wettschwimmen zurück zum Ufer zu absolvieren, das Britta wie immer gewann.

„Dafür kannst du gleich wieder umso schneller und vor allem viel mehr essen als ich“, hänselte sie ihn jedes Mal neu.

Sie liefen zurück zum Haus, beendeten ihre Morgentoilette und trafen sich am reich gedeckten Frühstückstisch wieder. Denn das ließ sich Brittas Großmutter nicht nehmen, „meiner Seeschwalbe und ihrem Seeadler“ jedes Mal ein richtiges Festmahl zu bereiten.

Und obwohl die jungen Leute sie und Tante Isabel immer wieder inständig baten, doch ebenfalls mit am Tisch Platz zu nehmen, lehnten die beiden älteren Damen immer höflich, aber bestimmt ab und zogen sich in Tante Isabels kleine Küche zurück, um dort vielsagend schmunzelnd ihr Frühstück einzunehmen.

Als Britta gerade zwölf geworden war, waren ihre Eltern während eines zweitägigen Landausfluges mit dem Pferdezüchterverband bei einem tragischen Verkehrsunfall ums Leben gekommen.

Seither hatten die Großmutter und die ältere, unverheiratete Schwester von Brittas Mutter die Sorge für das Mädchen übernommen.

Es brauchte lange Zeit, bis Britta einigermaßen über den fürchterlichen Verlust hinweggekommen war.

Ganz besonders litt sie darunter, dass sie ihren Vater, der

ihr Ein und Alles war, gerade zu der Zeit verlor, als sie ihn noch mehr als sonst gebraucht hätte. Und es gelang ihr nur deshalb darüber hinwegzukommen, weil die beiden Frauen sich rund um die Uhr um sie kümmerten, ohne sie zu vereinnahmen. Denn Großmutter ermahnte sich und Tante Isabel immer wieder selbst:

„Britta muss selbstständig leben. Sie wird von uns alles lernen, was sie dazu braucht. Und sie darf den Kontakt zu anderen Menschen nie verlieren. Lass uns ihre Freundinnen zu uns einladen, so oft es geht. Und lass sie Dienste in der Gemeinde verrichten, die sie mit anderen Menschen in Berührung bringen. Sie ist jung. Sie wird es schaffen. Aber nur, wenn wir sie nicht bevormunden!"

Britta wusste es später sehr zu schätzen, wie außergewöhnlich ihre Großmutter dachte.

In dieser Zeit hatte Britta zum ersten Mal in ihrem bis hierher so behüteten Leben den Schmerz der Gezeiten kennen gelernt.

Hautnah.

Der Sand war wieder einmal ihr bester, ihr eindrucksvollster Lehrmeister gewesen.

Als sie, nachdem ihr die Großmutter gesagt hatte, dass ihre Eltern nicht mehr in ihr Leben zurückkehren würden, alleine am Strand entlang gegangen war, hatte sie die Schwerkraft ihrer Füße im Sand deutlich mächtiger empfunden als bisher.

Und es war ihr dabei urplötzlich in aller Deutlichkeit klar geworden, dass der Sand des Ufers unabdingbar mit dem Wasser des Meeres in Verbindung steht.

Wie die beiden Seiten einer Medaille.

Dass Sand und Wasser eins sind.

So wie die Ebbe zur Flut gehört. So wie Nehmen das Geben bedingt.

So wie das Leben den Tod in sich trägt.

Geboren werden und sterben.

Der ewige Kreislauf der Schöpfung.

Die Gezeiten des Meeres - sie sind das Sinnbild der Gezeiten des Lebens. In einem unendlichen, immer wiederkehrenden Gleichklang.

Durch alle Gezeiten...

Ein Jahr lang hielten die beiden jungen Leute die ständige Trennung und die allmonatlichen Zugreisen aus.

Britta konzentrierte sich ganz auf ihre Schule und schloss ihre Ausbildung zur Hauswirtschafterin mit Bestnoten ab.

Nur wenige Wochen später reiste sie mit den beiden alten Damen mit dem Zug nach Süden, um dort ihre Hochzeit zu feiern.

So wurde aus Britta Romanehsen Britta Wasmeier.

Und sie trug ihren neuen Namen sehr gern.

Drei Tage lang lernten sich die beiden Familien näher kennen und schätzen.

Mit Wehmut, aber gleichzeitig einem tiefen dankbaren Gefühl, dass Britta eine wunderbare neue Umgebung mit wunderbaren neuen Menschen gefunden hatte, kehrten die beiden alten Damen wieder nach Hause zurück.

Britta heulte zwar wie ein Schlosshund. Sie trösteten einander jedoch, dass sie alle acht Wochen zu Besuch kommen wollten. Und an Weihnachten und Ostern sowieso.

Britta fand in Bad Tölz eine sehr schöne Stelle im Müttergenesungsheim.

Ihr neuer Wohnort und damit auch Sepps Postamt lag nur wenige Kilometer entfernt, so dass sie leicht bei gutem Wetter mit dem Fahrrad und bei Regen und Schnee mit dem Postbus zur Arbeit kam.

Sie freundete sich gleich mit Sepps Freunden an. Neue kamen bald schon hinzu.

Der einzige Wermutstropfen, der in diese glückliche Anfangszeit fiel, war der Umstand, dass sie kein Kind bekommen konnten.

Sie ließen nichts unversucht.

Erst nach vielen Jahren begruben sie ihre Hoffnung. Was aber nichts zwischen ihnen änderte, keinen Vorwurf, keine Reserviertheit mit sich brachte. Bei keinem von beiden. Im Gegenteil.

Als ein SOS-Kinderdorf ganz in der Nähe entstand, da bewarb sich Britta sofort um eine Stelle in diesem Dorf, um für den Rest ihres aktiven Berufslebens die Mutter vieler Kinder zu sein.

Wie sich schon bald herausstellte, war das die zweitbeste Entscheidung ihres Lebens, nach der für Sepp versteht sich natürlich.

So waren die Jahre vergangen. Sepp wurde nach einem leichten Herzinfarkt pensioniert. Und auch Britta quittierte schließlich schweren Herzens ihren Dienst, als sie dreiundfünfzig geworden war.

Sepp war gerade mal sechzig.

Er trat jetzt etwas kürzer. Beide blieben dennoch sehr

aktiv in ihrer Gemeinde und nahmen an allem teil, was gefeiert und organisiert werden musste.

Mit Drehschwindel war er eines Morgens, etwa zwei Jahre nach seiner Pensionierung, aufgewacht, hatte über Druck im Kopf und über erschwerte Atmung geklagt.

„Es ist der Föhn, weiter nichts!“ hatte er die besorgte Britta beruhigt.

Dann war er losgegangen, um allen Bewohnern des Dorfes eine aktuelle Information des Waldbesitzervereins in die Briefkästen zu stecken. Denn solche leichten „postähnlichen“ Aufgaben, wie er sie zu bezeichnen pflegte, nahm Sepp immer noch gerne und unentgeltlich wahr.

So hielt er sich fit. Und vor allem behielt er so den Kontakt zu allen Menschen im Dorf, ohne die er sich sein Leben nicht vorstellen konnte.

Am späten Vormittag, noch nicht einmal zweihundert Meter von seinem Zuhause entfernt, stand Sepps Herz plötzlich still. Wie aus heiterem Himmel.

Klaglos war er am Gartenzaun eines der Nachbarhäuser in sich zusammengesunken.

Elisabeth Neuberger hatte es von ihrem Fensterplatz aus beobachtet, als sie ihn gerade fragen wollte, was er denn an Neuigkeiten zu verbreiten hätte. Sogleich war sie zu ihm hingelaufen, hatte die Nachbarn alarmiert.

Ihr Sohn Franz hatte geistesgegenwärtig zum Telefon gegriffen und den Hausarzt alarmiert. Als Herrmann, ein anderer Nachbar, zu Britta kam, hatte Elisabeth auch schon nach dem Pfarrer rufen lassen.

Britta war mit Herrmann zum Unglücksort gelaufen. Man hatte Sepp auf eine Decke gebettet, ein Kissen unter seinen Kopf gelegt. Seine Augen waren geschlossen, seine Gesichtszüge wirkten ganz entspannt. Geradezu friedlich.

Es schien beinahe so, als lächelte er.

Britta kniete sich neben ihn, nahm ihn in den Arm, wiegte ihn wie ein Kind.

Behutsam bedeutete ihr der gerade angekommene Arzt, sie möge ihren Mann bitte wieder auf das Kissen zurücklegen. Er untersuchte ihn kurz, dann erhob er sich.

Der Geistliche kam im gleichen Moment.

Beide nahmen Britta zur Seite und trösteten sie.

Der Arzt sagte:

„Er hat nichts gespürt. Er ist einen Tod gestorben, wie er ihn sich gewünscht haben wird! Er war ein großartiger Mann!"

Britta nahm das ganze Geschehen wie durch einen dichten wabernden Nebel hindurch wahr. Mechanisch drückte sie die vielen Hände der Nachbarn.

Der Pfarrer spendete Sepp die Sterbesakramente.

Alle ringsum sprachen die Gebete laut mit.

Drei Tage später fand eine tief bewegende Trauerfeier statt, an der das ganze Dorf und unzählig viele Menschen aus der näheren und weiteren Umgebung teilnahmen.

Am Grab sprachen die Abordnungen aller Vereine und Gruppierungen, mit denen Sepp und Britta verbunden gewesen waren, sehr wahre, sehr schöne, sehr anrührende Worte.

Britta hielt es kaum aus, als die Musikkapelle das Stück von dem treuen Kameraden spielte. Und beinahe ohnmächtig wurde sie, als schließlich die Kapelle Sepps

Lieblingskomposition anstimmte, die sonst nur beim Großen Zapfenstreich zu großen Anlässen gespielt wurde: „Ich bete an die Macht der Liebe.“

Zwischen zwei Freunden in sich zusammengesunken weinte sie, bis keine Tränen mehr kamen. Sie zuckte lediglich noch dreimal hoch, als der Pfarrer die Erde von seiner kleinen Schaufel auf den Sarg hinab fallen ließ.

Ein Klang wie von dumpfen, hohlen Schlägen.

Die schwersten Stunden erlitt sie jedoch erst nach Einbrechen der Dunkelheit.

Alle Trauergäste waren gegangen.

Elisabeth kam noch einmal am späteren Abend zu ihr herüber. Sie versuchte, die Freundin abzulenken. Doch schließlich verließ auch sie das Haus.

Die Tür fiel ins Schloss.

Totenstille.

Es dauerte Monate, bis sie ihren eigenen Rhythmus wiederfand, bis ihr Leben wieder Klang und Farbe bekam. Es war für sie wie erneutes Laufen- und Sprechenlernen gleichzeitig.

Britta hatte inzwischen sogar überlegt, ob sie nicht wieder nach Spiekeroog zurückziehen sollte, um nicht jeden Tag tausend Mal an Sepp erinnert zu werden.

Schließlich entschied sie sich zu bleiben, weil sie in ihrem Heimatdorf ja auch niemand mehr so richtig kennen würde. Denn Großmutter Annkathrin und Tante Isabel waren längst gestorben.

Das Elternhaus war verkauft. Eine Familie mit zwei Kindern war dort längst glücklich geworden.

Britta hatte sich wieder in der Gemeinde engagiert. Dennoch suchte sie sich immer auch Nischen, Zeiträume und Freiräume außerhalb ihres kleinen Hauses, um ganz für sich zu sein.

Ihr Kaffeehausbesuch in der Stadt war zu einem solch wertvollen besonderen Ritus geworden, den sie sommers wie winters sehr genoss.

Sie hatte sich mit den kleinen Unzulänglichkeiten ihres reiferen Alters arrangiert, war jedoch offen geblieben für die schönen Momente, offen vor allem für die Menschen.

So hätte es bleiben können.

Ein beschaulicher Lebensabend.

Und jetzt das. Auf einmal war alles anders. Unglaublich. Beängstigend. Verwirrend. Bestürzend.

Wie war das bloß möglich?

Niemand hatte etwas gesagt oder getan.

Wie aus heiterem Himmel meldete sich etwas in ihr, von dem sie geglaubt hatte, dass es längst nicht mehr existent sei.

Und jetzt lag sie hier, ihr verweintes Gesicht in die Kissen gepresst, wie ein Häuflein Elend, versunken, gefangen in ihrer Vergangenheit, weil sie ja keine Zukunft mehr haben konnte, sie, eine Frau im Alter von neunundfünfzig Jahren...

Kapitel 4

Lockruf des Goldes

...Er musste ihn irgendwie dahin bringen, dass er von seinem hohen Sockel des Genialen herabsteigen müsste...

Eine Partnerschaft kommt für mich nicht in Frage. Auf jedem Schiff gibt es nur einen einzigen Kapitän. Nur einen, der sagt, wo es lang geht. Nein, Verena, du kannst ihn mir nicht schönreden!"

„Ach, Ralf! Weshalb sollte ich das tun? Ich will dir diesen Mann doch nicht aufdrängen. Das würde ich als alte Freundin deiner Familie niemals tun. Schau ihn dir wenigstens einmal an. Sprich mit ihm. Fordere ihn auf, einmal seine Vorstellungen von der Realisierung eines deiner wichtigsten Projekte zu Papier zu bringen. Dann wirst du es selbst sehen. Dieser Mann kommt von selbst nicht darauf, Großes auch nur zu denken, geschweige denn zu vollbringen. Da, wo er herkommt, gilt er als langweiliger Institutsleiter weit mehr als ein genialer Architekt, der den Sears-Tower baut."

„Ich brauch keinen Langweiler!" wehrte Ralf ab.

„Ach, geh! Dieser Johannes Brandmüller ist zwar ein Bauernsohn. Und das wird er auch bleiben. Aber man kann mehr aus ihm machen und dabei seine biedere Einstellung vortrefflich nutzen!" So schnell gab Verena nicht auf.

„Wie soll das gehen? Ich verstehe dich nicht. Warum soll ich ihn holen und umstricken. Wo liegt der Sinn?"

Ralf lief unstet in seinem Büro hin und her, die Hände in den Hosentaschen.

„Du kennst mein Gespür für die wahren Werte. Noch nie hat mich dieses Gespür getrogen. Er ist der größte Rohdiamant, den es in deiner Branche gibt. Er braucht nur noch jemanden, der ihm den letzten entscheidenden Schliff verpasst. Dieser Jemand kannst nur du sein. Hol ihn dir! Wie immer du das anstellen magst. Mach ihn schwach. Stell ihm Unsummen in Aussicht. Setz eine Frau auf den biederen Ehemann und Familienvater an. Völlig egal, was du tust. Aber hol ihn dir, bevor es ein anderer tut!"

Verena Linde sprach auf Ralf Golz ein wie auf einen kranken Gaul.

Der schüttelte nur weiter wortlos den Kopf, lief unstet hin und her, blieb am riesigen Panoramafenster stehen und ließ seinen Blick über die herrliche Stadt schweifen.

Er hob die Augen, schaute hinüber zu den schneebedeckten Alpenzügen, die heute aus dem fünfzehnten Stock seines Bürohochhauses deutlicher als sonst zu sehen waren.

Die Luft war klar, die Berge ganz nah.

Typisches Föhnwetter.

Er ging zum Sideboard hinüber, öffnete die Kühlschranktür, holte eine Flasche Wasser heraus, goss sich ein Glas ein, fingerte zwei Aspirin-Brausetabletten aus ihrer Verpackung, warf sie hinein und nahm die sprudelnde Erfrischung für sein gemartertes Hirn mit hinüber zu seinem Schreibtisch.

Er blieb vor Verena stehen, schaute sie ein paar Augenblicke lang schweigend und nachdenklich an, wartete, bis sich die Tabletten vollständig aufgelöst hatten, stürzte das Gemisch in drei, vier großen Schlucken hinunter, hüstelte ein wenig und fragte dann mit hochgezogenen, Augenbrauen:

„Wo lern ich ihn kennen?“

Verena unterdrückte nur mühsam ein Triumphgeheul, segelte auf ihn zu, umarmte ihn, drückte ihm ein Bussi nach dem anderen in sein leicht verlebtes Gesicht:

„Ich wusste es! Du kannst einen Rohdiamanten genauso wenig wie ich einfach links liegen lassen. Ob es eine Frau ist oder ein Mann. Übermorgen findet die Ausstellung ‘EigenArt’ in meinen Räumen statt. Und ich habe seit langem die Zusage von Johannes Brandmüller. Er wird einen Vortrag halten zum Thema ‘Architektur - eigenArtig?’. Dort wirst du ihn treffen.“

„Okay“, entgegnete Ralf, prostete dem Bild seines Vaters an der gegenüberliegenden Wand mit seinem Aspirin-Cocktail zu, kippte den letzten Rest hinunter und fragte sich dabei in einer sehr seltenen und auch seltsam emotionalen Anwandlung, wie es dem Vater wohl gehen würde.

Sein Vater Friedrich galt Zeit seines Lebens als besonders wagemutiger, dennoch sehr seriöser Architekt.

Er war außerdem Geologe und europaweit anerkannter Stadtplaner.

Gerhard Linde und er hatten zusammen studiert, sich sehr geschätzt und immer gegenseitig um Rat gefragt, einander so manch wertvollen Tipp für ein lohnendes Geschäft gegeben.

Und so waren beide erfolgreich geworden.

Friedrich Golz sehr wohlhabend.

Und Gerhard Linde schwer reich.

Er gehörte am Ende seiner Tage zu den bedeutendsten Immobilien-Tycoons der westlichen Welt, der es aber nie verstanden hatte, das Geld richtig auszugeben, was er durch harte Arbeit und noch härtere Verhandlungen Zeit seines Lebens verdient hatte.

Die beiden alten Haudegen hatten jeden Tag buchstäblich bis zum Umfallen gearbeitet, Raubbau mit ihrer Gesundheit getrieben.

Das taten ihre Nachkommen auch, wenn auch im Gegensatz zu ihren Vätern nicht durch übertriebenen Arbeitseinsatz, sondern durch das Abfeiern rauschender Feste, oft bis sie tatsächlich umfielen.

Jeder zahlt irgendwann im Leben den Preis für sein Leben.

Der alte Golz hatte zuerst den fünfzigsten Geburtstag vergessen, dann wenig später auch den Namen seines Sohnes.

In einem Pflegeheim im Kleinwalsertal dämmerte er jetzt seinem Tod entgegen.

Gerhard Linde dagegen war und blieb bis zu seinem Achtundsiebzigsten morgens der Erste und abends der Letzte in seinem Büro.

Bis er einmal über Nacht ganz dort geblieben war.

Die Wachleute hatten das Licht in seinen Räumen die ganze Nacht brennen und den schweren Wagen im Hof auf dem Parkplatz stehen sehen.

In den frühen Morgenstunden fand ihn seine Sekretärin tot an seinem Schreibtisch sitzend. So wie er es immer gewollt hatte. So wie er es häufig anderen gegenüber geäußert hatte: „In den Stiefeln sterben, etwas anderes kommt für mich nicht in Frage!“

So sagte er es. Und so geschah es dann auch.

„Sogar sein Schicksal hatte der Alte im Griff!“ so der Nachruf der vielen Angestellten auf den Chef bei seiner Totenfeier.

Verena hatte als einzige Tochter das Riesenvermögen ihres Vaters geerbt.

Sie war jetzt eine aufreizend aufgedonnerte, zickige Fünfzigjährige, die mit allen möglichen und unmöglichen Schönheitschirurgen und mit allen möglichen und unmöglichen Gigolos gegen ihr unaufhaltsames Altern anging.

Als Kunstmäzenin, Initiatorin von Vernissagen, Lesungen, Intellektuellen-Treffs und Schickeria-Parties rund um München, das Salzburger Land, Tirol, entlang der Cote d'Azur und auf den Mittelmeer-Inseln machte sie sich einen Namen.

„Und Talent-Sucherin, bitte sehr. Ich habe meine Sensibilität für geniale Menschen entdeckt. Diese gilt es zu fördern in allen Bereichen des Lebens. Denn nur das Echte, das Große ist von Dauer. Dieser Schatzsuche widme ich mein Leben!“

So umschrieb sie immer häufiger ihre Sucht nach dem leichten, sehr schnellen Leben. Dem Leben auf der Überholspur.

Dieses Leben hinterließ deutlich sichtbare Spuren. Und es trübte den Blick, die Empfindung dafür, dass sich ihr persönliches Leben längst angeschickt hatte, sie selbst zu überholen.

Wenn sich ein solcher Gedanke in lichten Momenten einmal ganz kurz in ihr Bewusstsein wagte, ertränkte sie ihn auf der Stelle mit einem gut gefüllten Glas Gin, „weil der nicht dick und das Hirn frisch macht."

Oft war ihr Hirn schon vor dem Frühstück ganz schön frisch. Das gab ihr genügend Antrieb für einen nicht enden wollenden Tag auf ihrer Suche nach den wahren Werten des Lebens.

Ralf Golz passte irgendwie zu ihr. Er selbst hatte den Film „Dorian Gray" einmal im Kino gesehen.

Der aufwühlende Streifen mit dem Lebemann Helmut Berger hatte ihn nächtelang im Traum verfolgt, ihn auch tagsüber immer mal wieder erbarmungslos eingeholt, wenngleich er das nie offen zugegeben hätte.

Trotz seines ausschweifenden Lebensstils, trotz seiner beinahe wöchentlichen Exzesse war Ralfs Gesicht unglaublich jung und straff geblieben.

„Du wirst überhaupt nicht älter!" - so reagierten fast alle Leute, die er jahrelang nicht gesehen hatte.

So war es bei Dorian Gray auch gewesen.

Dessen Gesicht alterte nicht.

Aber dessen Bild, versteckt in einem Hinterzimmer seines Hauses, zeigte die Spuren einer jeden sündhaften Nacht gleich am darauf folgenden Morgen. Und das Gesicht auf dem Bild war längst zu einer abstoßenden Fratze geworden. Wie einen Süchtigen trieb es Dorian jeden Morgen in dieses Zimmer. Und die neuerlichen Veränderungen trieben ihn jedes Mal ein Stück näher an den Abgrund zum Wahnsinn.

Ralf Golz war heilfroh, dass es sich lediglich um eine fiktive Vorlage handelte. Dennoch ließ ihn die Geschichte in den folgenden Jahren nicht mehr los.

Die Parallelen zu seinem eigenen Leben waren tatsächlich nicht zu übersehen. Wie würde das Bild von ihm selbst in einem seiner Hinterzimmer wohl mittlerweile aussehen? Welche Fratze würde ihn morgens anglotzen, würde die Figur des Dorian zu seiner eigenen Wirklichkeit werden?

Kaum fünfzig Jahre alt, hatte er das Interesse an seinem Beruf völlig verloren. Die seit Jahren unaufhaltsam steigenden Verluste seines überdimensionierten, geradezu gigantischen Planungsbüros waren die unausweichliche Folge davon.

Aber mit ein paar exzellenten kriminellen Buchhaltern hatte er schon jahrelang seine Banken mit frisierten Bilanzen getäuscht.

Ralf Golz verlegte seinen Schwerpunkt ausschließlich auf den Entwurf großer internationaler Bauwerke.

Mit dem Brot- und Buttergeschäft für Unternehmen und vermögende Privatleute, damit sollten sich andere abgeben. Den Bereich Geologie und Stadtplanung hatte er schon ganz zu Anfang seines Schaffens ausgegliedert und schließlich an einen Saudi verkauft. Sollte der sehen, wie er damit glücklich würde. Damit war viel zu viel Aufwand, viel zu viel Arbeit verbunden, und aus seiner Sicht viel zu wenig Honorar für ihn. Dass gerade dieser Bereich den weltweiten Ruf seines Vaters begründet hatte, kümmerte ihn nicht weiter.

„Das waren andere Zeiten", beschied er die bedenklichen Einwände seiner Frau Karin.

Dieser Dr. Johannes Brandmüller bot sich gerade zum richtigen Zeitpunkt als verlockender Ausweg an. Verena, dieses ausgebuffte Miststück, hatte ihm da eine wirklich elegante Lösung offeriert. Ja, das musste man ihr lassen. Sie hatte Recht. Seine Probleme ließen sich lösen durch eine Partnerschaft mit einem richtig guten, sehr ernst zu nehmenden Architekten mit internationalem Ansehen, dessen Ehrenkodex bestimmt war von einer edlen untadeligen Berufsauffassung. Dem ein verantwortungsvolles Dasein mehr bedeutete als das verantwortungsfreie Leben im Jetset.

Natürlich würde er diesen Johannes Brandmüller auch ein wenig an der großen Welt schnuppern lassen müssen. Zum Selbstschutz und zur Vorsorge für Eventualfälle in der Zukunft, wie immer diese sich auch darstellen mochten. Er musste ihn irgendwie dahin bringen, dass er Dinge tat, durch die er menschlicher werden würde und von seinem hohen akademischen Sockel des Genialen herabsteigen müsste. Und erst recht von seinem unerträglichen moralischen Habitus des einfachen, unverfälschten, echten und wertbewussten Naturmenschen.

Aber er musste es geschickt anstellen.

Schließlich sollte 'unser lieber Doktor', wie er Johannes von Anfang an nannte, nicht wie er selbst dem leichten Leben gänzlich verfallen. Denn Ralf brauchte ihn ja, um große Entwürfe zu denken und sie auch letztlich handwerklich korrekt, kostenbewusst und gewinnbringend umzusetzen.

„Bedeutet Partnerschaft nicht in Wirklichkeit: Ein Partner schafft!?“ Ralf musste laut über sein eigenes Wortspiel lachen.

Kichernd wie Halbwüchsige, verließen beide den Raum, um im 'Tredervix', der Hotelbar des Bayerischen Hofes, noch einen „Lähmer“ zu sich zu nehmen.

Kapitel 5

Aufbruch

...Ich ahne es, dieser Mann kannst du nicht bleiben,
wenn du dich jetzt für diese Partnerschaft entscheidest...

Die Süddeutsche Zeitung berichtete auf einer halben Seite über den denkwürdigen, provokanten Vortrag von Dr. Johannes Brandmüller im Linde-Forum in München. Auf dem Reportagefoto zu sehen waren der Referent und Ralf Golz, ganz ins Gespräch vertieft. Entsprechend tiefgründig war auch die Unterzeile gehalten: „Geist und Geld - steht eine eigenArtige Fusion ins Haus?“

Was die Journalisten zu vermuten wagten, war tatsächlich an diesem denkwürdigen Spätnachmittag eingetreten.

Ralf Golz war es innerhalb einer Stunde gelungen, die ehernen Fundamente des Johannes Brandmüller zu erschüttern und völlig ins Wanken zu bringen.

Dessen Demonstration hatte zuvor nicht nur das gesamte architektonische Fachpublikum mit völlig neuen Denkansätzen, Perspektiven und Lösungsvorschlägen aufgerüttelt.

Ralf Golz hatte sich bereits nach den ersten zehn Minuten gefragt, warum in aller Welt er diesen genialen Architekten nicht schon Jahre zuvor beachtet hatte. Sicher, Johannes Brandmüller war nicht der, um den sich die Schickimicki-Gesellschaft Münchens oder einer anderen

Metropole gerissen hätte. Er wirkte schon sehr spröde, ein wenig unnahbar, ungelenk und bieder.

Johannes Brandmüller trug Kleidung von der Stange, ohne Designer-Label. Geschmackvoll in guter Qualität zwar, aber eben bieder. Small Talk war ebenfalls nicht sein Ding.

Das hatte Ralf Golz gleich in den ersten Minuten bemerkt, als er ihn eine Zeit lang unauffällig aus der Ferne beobachtet und dann wie selbstverständlich aus einer Gruppe von Leuten rücksichtslos und ohne um Entschuldigung zu bitten, herausgerissen hatte, um ihn dann hinter sich her in einen Nebenraum zu schleifen und die Tür zu schließen.

Sprachlos waren die anderen Gäste zurückgeblieben. Keiner hätte aufzubegehren gewagt. Ralf Golz musste etwas außerordentlich Wichtiges mit Johannes Brandmüller zu besprechen haben, da wollte und konnte man einfach nicht stören.

Man wandte sich deshalb sogleich, munter drauflos schwatzend, den exotischen Köstlichkeiten des Käfer-Buffets zu. Der ehemals gespreizte Finger wurde dabei, weil nicht mehr schick, abgelöst von der gespreizten Redeweise der Schickeria.

Die Gäste gaben ihre wirklich verblüffenden, elementaren Erkenntnisse sowohl zum gehörten Vortrag als auch zu den Gaumenfreuden auf den zierlichen Tellerchen gleichermaßen zum Besten. Man hörte viele aufgesetzte Ausrufe wie: „Einfach wahnsinnig! Toll! Wie tiefgründig! Intellektuell überraschend, keine Frage! Dieser Mut, anders zu denken! Geradezu ungeheuerlich!“

Ihre Einlassungen waren selten ungeheuer intelligent.

Ganz anders das Gespräch zwischen den beiden Männern nebenan.

Hier wurden nicht nur die Strukturen einer künftigen Erfolgspartnerschaft festgelegt, sondern die ersten handfesten Vereinbarungen getroffen.

Die beiden verließen anschließend gemeinsam den Raum. Ralf Golz mischte sich wieder euphorisch lautstark unter die Gäste. Sofort bildete sich eine Gasse. Er war es gewohnt, dass man ihm Platz machte. Wie von einem Platzhirschen nicht anders zu erwarten.

Johannes Brandmüller dagegen suchte sich seinen Weg hinter dem Rücken der Bewunderer und Speichellecker seines künftigen Partners hindurch, um lediglich noch die Initiatorin und Gastgeberin zu finden und sich artig bei ihr für die Plattform, die sie ihm heute für seine Gedanken geboten hatte, zu bedanken.

Er nickte im Hinausgehen der einen oder anderen Gruppe noch mit einem angedeuteten Lächeln zu und verließ das Linde-Forum sehr aufgewühlt und ohne einen Happen gegessen oder ein Glas getrunken zu haben.

Es war noch früh am Abend. Dennoch funkelten bereits die ersten Sterne am Himmel. Am Horizont ein beinahe kitschiges Abendrot. Es schien eine laue wundervolle Sommernacht zu werden.

Johannes blieb kurz auf der Treppe des Gebäudes stehen, schaute hinauf ins Unendliche, sog die klare Luft tief in sich ein und fühlte, wie sein Blut bis in die feinsten Äderchen pulsierte. Johannes lehnte das Angebot des ersten vor dem Gebäude in der Schlange wartenden Taxifahrers höflich aber bestimmt ab und ging zu Fuß in

Richtung Thomas-Wichert-Ring zum Parkhaus am Isartor.

Das war sein langersehnter Durchbruch!

Endlich hatte ein wirklicher Macher seine Fähigkeiten erkannt. Vielleicht hatte er diese Möglichkeit bisher auch selbst von sich aus viel zu wenig in Betracht gezogen.

Wenn er ehrlich zu sich selbst war, hatte er sie überhaupt nicht, zumindest jedoch nicht zielorientiert und konsequent verfolgt, zu lange in seinen gewohnten Strukturen gedacht. Eine Veränderung war für ihn bisher nur innerhalb dieser Strukturen denkbar gewesen.

Die innere Mauer hatte er jetzt vor wenigen Minuten durchbrochen. Die verriegelte Tür seines so fürchterlich engen gedanklichen Gefängnisses. Das Gitterwerk aus Lehre und Forschung, geschmiedet aus den muffigen Regeln eines Staatsinstitutes, war mit einem Mal aufgebrochen.

Jetzt winkte ihm eine internationale Karriere, gerade noch früh genug, bevor er allzu intensiv über seine frühzeitige Pensionierung nachdenken konnte.

Das, was ihm Vater Staat als Altersversorgung bieten würde, nahm sich wohl mehr als bescheiden aus gegenüber dem Einkommen, das ihm Ralf Golz fest zugesichert hatte. Ja, im Grunde genommen könnte er sogar völlig auf seine bereits erworbenen Ansprüche verzichten.

Vielleicht sollte er gleich morgen früh einmal nachfragen, ob er seine Pension dann künftig monatlich in eine 'Dr.-Johannes-Brandmüller-Stiftung' einzahlen könne, zur Förderung hoffnungsvoller junger Architektur-Studenten.

Die Gedanken putschten ihn auf, verliehen ihm Flügel. Ein Rest seines sonst so klaren Verstandes meldete sich zaghaft bei ihm: Du fühlst dich nicht nur federleicht, du bist schon ziemlich leichtsinnig in deinen Gedankensprüngen.

Johannes gestand es sich selbst ein.

Aber er brachte diesen unbequemen inneren Mahner schnell wieder zum Schweigen. Er kostete dieses bisher nicht gekannte Gefühl mit allen Sinnen aus.

Er fühlte sich so voller Kraft und Tatendrang, um Jahrzehnte verjüngt, dass er sich sogar dabei ertappte, wie er, einem kleinen Jungen gleich, laut und schräg pfeifend den Gehsteig entlang hüpfte, das eine Bein in der Wasserrinne, das andere auf dem Bordstein, wechselnd auf und ab im Wiegeschritt.

Als er es wahrnahm, hielt er kurz erschrocken inne.

Er schaute sich mit verschmitztem Augenaufschlag um und vergewisserte sich, dass ihn auch niemand bei seinem jungenhaften Tun beobachtet hatte.

Dann ging er gemessenen Schrittes weiter durch die Straßen, so, wie es sich für einen seriösen, aber sicher bald schwerreichen Architekten gehörte.

Noch bevor er das Parkhaus erreichte, rief er Claudia von seinem Handy aus zu Hause an und sagte ihr nur kurz, dass große Ereignisse ihre Schatten voraus werfen würden.

Er könne keinesfalls in der kommenden Nacht schlafen und deshalb bitte er sie, sich schick anzuziehen, um dann noch ein wenig mit ihm auszugehen und die Nacht zum Tage zu machen. Er könne in gut einer dreiviertel Stunde mit dem Wagen zu Hause in Seeshaupt sein.

„Lass uns zu Franz fahren, etwas Leckeres essen, eine gute Flasche Wein trinken und den Abend genießen. Wir werden bei Franz übernachten. Pack ein paar Sachen ein!“

Claudia fragte nicht weiter nach dem Grund für seine Bitte, sondern kam ihr einfach nach. Sie legte den Hörer auf und blieb noch für ein paar Augenblicke nachdenklich in der Diele stehen.

Sie konnte Johannes' Verhalten nicht einordnen.

Hatte sie einen völlig anderen Mann an der Strippe gehabt? So kannte sie ihren Johannes nicht. Seinen jungenhaften Schalk und manchmal auch Übermut, ja. Aber diese Euphorie! Nein, die war ihr völlig fremd.

Es musste etwas Außergewöhnliches vorgefallen sein auf dieser Veranstaltung in München.

Nun ja, sie würde es ja schon bald erfahren.

Müde war auch sie nicht. Es war ein angenehmer Tag für sie gewesen. Gemeinsam mit Lara und Hanna war sie in der Stadt gewesen.

Die drei hatten beinahe an jeder Straßenecke ein auf sie alle drei gemünztes Kompliment gehört.

Und besonders die Plauderstunde im Straßen-Café bei diesem herrlichen Sonnenschein hatte ihnen sehr gut getan.

Ja, sie alle fühlten sich mehr als wohl hier.

„Wir leben auf der Sonnenseite des Lebens“, meinte denn auch Hanna, die ohnehin ein feinsinniges Gespür für alles und jedes hatte, was zwischen Menschen passierte.

„Ich freu mich, wenn Papa am Wochenende wieder mit uns nach München fährt. Vielleicht finde ich ja dort einen Mann, der zu mir passt. So eine Miniatur von Papa. Wenn nicht, geh ich nach Andechs, werde dort Nonne. Mach den Mönchen damit eine Freude. Sind ja auch ein paar hübsche darunter. Ja, wenn ich mir's recht überlege, das wäre das Beste!“

Sie hatten herzhaft darüber gelacht. Lara, die Ältere, gerade mit ihrem Studium fertig geworden und bereits verheiratet, hatte nur gemeint, dass sie mit ihrem Mann glücklich sei. Ihr Marius war tatsächlich ein liebenswerter Zeitgenosse und als freiberuflicher Internet-Berater auch ehrgeizig genug und sehr erfolgreich.

Claudia war rundum glücklich.

Das Leben hatte es gut mit ihr gemeint, obwohl es am Anfang nicht gar so vielversprechend ausgesehen hatte.

Es war ein langer, sehr entbehrlicher Weg gewesen.

Das lange Studium von Johannes. Sie hatte jeden Pfennig zum Lebensunterhalt der Familie selbst erarbeiten müssen.

Bei allem Einsatz hatte sie natürlich in ihrer Gärtnerei auf dem Dorf keine Reichtümer ernten können.

Als Johannes endlich das Examen abgelegt hatte, begann seine Zeit als Doktorand.

Das Stipendium ließ sie etwas freier atmen.

Dann die Jahre nach der Promotion, immer noch als Wissenschaftlicher Assistent mit weiterhin geringem Salär.

Mittlerweile hatten sie sich gemeinsam durch ihre Sparsamkeit und Freude an den einfacheren Dingen eine solide finanzielle Grundlage geschaffen.

Sie gingen gerne übers Wochenende mit zwei befreundeten Paaren in die Berge, um am Sonntagabend rechtschaffen müde aber glücklich wieder heimzukommen, aufgefüllt mit Sauerstoff und Zuversicht für die neue Woche.

Johannes hatte stets die Bitten seiner Münchner Freunde und Bekannten ausgeschlagen, mit ihnen zum Shoppen nach London oder auch für ein paar Tage nach

New York zu fliegen, zu einer Weinprobe in die Toskana oder zu einem Segeltörn nach Palma.

Die drei großen Reisen, die sie gemeinsam mit Johannes unternommen hatte, waren Studienreisen des Lehrstuhls nach Kapstadt, Singapur und Madrid gewesen.

Ihren Anteil als Ehefrau hatten sie natürlich aus der eigenen Tasche bezahlt. Und das riss schon ein rechtes Loch in ihre Haushaltskasse.

Aber Claudia hätte zu keiner Zeit und mit niemand anderem auf der Welt tauschen mögen.

Johannes war trotz seines beruflichen Erfolges ein durch und durch einfacher Mensch geblieben.

Unverbildet, aufrecht, ehrlich, offen.

Seine Ansprüche an das Leben waren gänzlich andere als die seiner Bekannten in München, die ihn beruflich hoch schätzten und sicher auch oft beneideten, die ihn jedoch gerne in vielen Dingen umerzogen, sich ihn sich selbst gerne ein wenig gleicher gemacht hätten.

Und nicht selten rümpfte der ein oder andere von ihnen hinter seinem Rücken ein wenig die Nase über den „Doktor des Provinziellen“.

Wie gerne erinnerte sie sich an ihre herrliche Zeit im Vogelnest Nr. 1. Wenn es nicht durch die Geburt von Hanna, ihrer zweiten Tochter, sieben Jahre nach der ersten, für vier Menschen zu klein geworden wäre - sie hätte sich vorstellen können, auf ewig darin geblieben zu sein.

Aber auch über ihr neues Nest konnte sie sich natürlich in keiner Weise beklagen. Sie hatten es vor Jahren sehr günstig in einem lebens- und liebenswerten Viertel von

Seeshaupt, direkt am Starnberger See erworben, mit wundervollen Nachbarn drumherum.

Es war ein Altbau, nicht protzig, dennoch stilvoll und sehr behaglich renoviert. Vor allem mit einem herrlichen weit ausladenden Gartengrundstück, das zum See hin lag und das schon bald zum Anziehungspunkt für Spaziergänger und Blumenfreunde geworden war.

„Du hättest auf keinen Fall Graf Bernadotte von der Mainau heiraten dürfen. Dann wäre jetzt kein Wasser mehr im Bodensee“, hänselte Johannes.

Dieser hatte beim Einzug ein modern designtes Holzschild über der Eingangstür befestigt, in das die Bezeichnung „Vogelnest Nr. 2“ eingeschnitzt und farbig ausgelegt worden war.

Den Versuch, auch eine entsprechende Postadresse genehmigt zu bekommen, hatten sie erst gar nicht unternommen. So etwas wäre außerhalb ihres Dorfes niemals möglich gewesen.

Aber es ging auch so.

Sie wollten beide die schöne Erinnerung an die Nr.1 damit wachhalten. In fünfzehn Jahren würde das neue Haus abbezahlt sein, und mit Johannes' Pension konnten sie auch später im Alter üppig und in Freuden hier leben.

Also Herz, was begehrst du?

„Vielleicht kühlt ihn ja schon die Fahrt durch den Abend ein wenig ab“, brachte sie ihre Gedanken zurück.

Claudia ging gleich ins Schlafzimmer, überlegte kurz, welchen Anzug, welche Krawatte Johannes am Nachmittag angezogen hatte und suchte dann ein dazu passendes Kostüm aus ihrem Kleiderschrank aus.

Kurze Zeit später hupte es bereits vor der Tür.

Sie packte die notwendigsten Toiletteartikel für sich selbst und ihren Mann, langte nach ihrer Handtasche, warf sich eine leichte Jacke über den Arm und verließ das Haus.

Johannes fuhr anfangs schneller als sonst, ließ sich aber von Claudia ohne Widerspruch bremsen.

Endlich saßen sie einander gegenüber im roten Restaurant des La Villa-Hotels am Westufer des Sees, ein paar Kilometer südlich von Starnberg.

An dieses Haus hatten sie beide wundervolle Erinnerungen.

Seit Jahren waren sie mit dem Inhaber-Ehepaar eng befreundet. Deshalb schien es Johannes auch der rechte Platz für diesen wichtigen Abend zu sein.

Ihre Gastgeber sagten ihnen außerdem gleich nach der Ankunft eines ihrer besonders schönen Zimmer zu, so dass sie über Nacht bleiben konnten.

Es war schon weit nach Mitternacht. Die Argumente waren zigfach ausgetauscht. Das Für und Wider unzählige Male in immer gleicher Weise abgewogen.

Johannes hatte sich dabei manchmal so sehr ereifert, dass er laut geworden war. Die wenigen anderen Gäste hatten schon mehrfach zu ihnen herübergeschaut.

Johannes hatte es bemerkt und sich zurückgenommen, sprach danach wieder umso eindringlicher auf Claudia ein.

Als sie sich erhoben, waren alle anderen Gäste schon gegangen.

„Wenn ihr möchtet, könnt ihr unten am Bootshaus noch eine Stunde sitzen. Nehmt euch die Gläser mit. Trinkt noch einen guten Roten. Ich biete euch zur Feier des Tages etwas ganz Besonderes an. Ich habe noch eine Menge zu tun. Morgen mittag steigt bei uns eine riesengroße Geburtstagsfete. Also stört ihr mich nicht. Geht zu Bett, wann immer ihr wollt. Schlaft eine Stunde länger morgen früh, genießt unser herrliches Frühstück, und dann fahrt gemütlich zurück!“

Sie hatten das Angebot ihres Freundes dankbar angenommen. Franz verabschiedete sich gegen zwei Uhr von ihnen:

„Ihr werdet einen Weg finden. Wenn nicht ihr, wer denn dann?!“

Jetzt graute schon bald der Morgen. Und sie saßen immer noch da. Claudia dachte bei sich:

„Die Würfel sind wohl gefallen.“

Sie schaute zu den Sternen hoch. Der Nachthimmel hellte sich im Osten bereits leicht auf. Der Morgennebel zog langsam vom südlichen Ufer herauf.

Claudia fröstelte.

Ein letztes Mal versuchte sie Johannes umzustimmen:

„Lass uns nicht an unserem bisherigen Leben versündigen. Der da oben hat es mit uns so gut gemeint, uns wirklich sicher durch all die Unwägbarkeiten unserer Zeit geführt. Wir haben nie die Orientierung verloren. Wie vielen Menschen hast gerade du schon als Wegweiser gedient, hast ihnen Orientierung gegeben? Auch unseren Kindern. Ich halte das, was du jetzt durch diesen Ralf Golz erlebst, für eine Versuchung. Ich habe solch große Angst, dass du dir selbst untreu wirst, dass du dich an etwas verlierst, das wir nie in dieser Weise haben wollten.“

Gedankenverloren schaute sie in ihr Glas.

Und fuhr dann fort:

„Denkst du, dass uns mehr Geld noch glücklicher machen kann? Das kannst du nicht ernsthaft glauben. Wir sind von Krankheit und Katastrophen verschont geblieben. Du hast Großartiges geleistet in deinem Leben. Du genießt gerade deshalb die größte Anerkennung aller Menschen in unserer Stadt, auch in München, und immer noch ganz besonders in unserem Heimatdorf. Weil du trotz allem der Mensch, der Mann geblieben bist, der du immer warst. Und ich ahne es - dieser Mann kannst du nicht bleiben, wenn du dich jetzt für diese Partnerschaft entscheidest. Alleine des Mammon wegen! Ich habe unglaubliche Angst davor, dass deine Entscheidung uns unglücklich macht."

Johannes erwiderte nichts mehr darauf.

Nach einigen Minuten resignierenden Schweigens sagte er schließlich nur noch:

„Komm lass uns jetzt noch zwei, drei Stunden schlafen. Auch wenn der Tag schon anbricht. Ich bin so müde. Und ich kann außerdem ja auch nicht mehr fahren."

Kapitel 6

Der Sündenfall

...Du bist das Beste, das mir je in meinem ganzen Leben passiert ist...

Zwei Wochen vergingen. Ralf Golz ließ nicht locker. Mit immer neuen Anfragen und großen Projektplänen tauchte er abends im Vogelnest auf. Die bereits für den Notar vorbereiteten Unterlagen ließ Johannes von seinem sachkundigen Freund Klaus auf Herz und Nieren prüfen, schließlich war der auch Wirtschaftsjurist.

Sein Urteil ermunterte ihn:

„Eine große Chance für dich. Es ist ein Vertrag ohne Fallen, so wie ich das beurteilen kann. Ohne Risiko ist er natürlich nicht. Das kannst du nicht erwarten!"

„Das erwarte ich ja auch nicht", bestätigte Johannes seinen Freund. Der fuhr fort mit seinen Argumenten:

„Ja, sicher nicht. Dennoch, eines musst du schon bedenken. Etwas, das ganz neu für dich sein wird. Die Wirtschaft ist kein Öffentlicher Dienst! Das muss dir klar sein. Aber bei deinem Ruf, bei deinem Können ist das überhaupt keine Frage. Wir werden darauf achten, dass dein Haus nicht mit in die Haftung muss für den Kredit, den du zur Übernahme deiner Partnerschaftsanteile brauchst. Die allgemeinen Wirtschaftsprognosen sind wieder deutlich positiver als in den vergangenen Jahren. Und von den normalen Zyklen in der Bauindustrie in Deutschland seid ihr als internationales Projekt-Unternehmen in der Weise doch sicher nicht so betroffen. Du kannst es aus meiner Sicht wagen!"

Claudia willigte nach Tagen des Abwägens schließlich ein.

„Ich möchte nicht, dass du mir eines Tages sagst, ich hätte dich daran gehindert, Großes zu vollbringen. Mir war das, was du bisher erreicht hast, zwar eigentlich schon zu groß. Aber ich trage deine Entscheidung mit. Und ich werde nicht jammern, wenn es schief geht. Wie heißt es so schön: In guten wie in schlechten Zeiten! Wollen wir hoffen, dass uns der da oben den zweiten Teil seiner Eheauflagen erspart. Sorge selbst mit dafür, dass die Gefahr dafür so gering wie möglich bleibt. Ich wünsch dir und uns Glück."

Johannes blühte auf. Nur wenige Wochen nach seinem Eintritt ins Unternehmen gewann das neue Erfolgs-Duo bereits seinen ersten Wettbewerb.

Ein Riesen-Projekt in Saudi-Arabien.

Die beiden teilten die Verantwortung auf.

Die neben der reinen Architektur so wichtigen Bereiche Kontakt, Repräsentation, Preisverhandlung und Projekt-Kontrolle sollte Ralf weiter führen.

Johannes konzentrierte sich ganz auf die architektonischen Lösungen und war außerdem für Ausschreibungen und die Auswahl der Baufirmen zuständig.

Anfragen aus aller Welt trafen ein. Delegationen aus Fernost und Übersee besuchten die Erfolgsarchitekten in München.

Johannes wuchsen schon bald die Aufgaben über den Kopf. Immer häufiger dauerte sein Arbeitstag von früh morgens um sieben bis spät in den Abend hinein. Manchmal bis Mitternacht.

Dann fuhr er nicht mehr runter nach Seeshaupt, sondern zog sich für ein paar wenige Stunden Schlaf in ein eigens dafür hergerichtetes kleines Appartement auf der Chefetage zurück.

Eines Tages brachte Ralf Golz eine junge Architektin zur wöchentlichen Partnerbesprechung mit.

„So, mein Lieber, jetzt hat das mit deiner irrsinnigen Schufterei ein Ende. Ist ja nicht mehr zum Anschaun!"

„Nun mach mal halblang. Ich bin ja schließlich noch kein Tattergreis", widersprach ihm Johannes.

Ralf aber fuhr ungerührt fort:

„Da hängt dieser Genius bis in die Morgenstunden über seinen Plänen, anstatt das Leben zu genießen, so wie es ihm zusteht. Wenn du unbedingt Einzelkämpfer hättest werden wollen, na bitte, die Fremdenlegion hat so manchem schon eine internationale Karriere eröffnet. Darf ich dir vorstellen: Lisa Schumacher."

Die junge Dame wartete respektvoll ab, bis Johannes ihr seine Hand reichte:

„Guten Tag, Frau Schumacher!"

„Guten Tag, Herr Doktor Brandmüller!"

Ralf brachte das Gespräch wieder an sich:

„Also, mein Bester. Für dich nur das Beste. Das kennst du ja von mir. Nicht kleckern, sondern klotzen. Unsere Frau Schuhmacher ist von Beruf Diplom-Ingenieurin, Architektin, und eine der Besten dazu. Was sage ich da?

Sie ist die Beste! Stipendiatin der Technischen Hochschule Darmstadt. Und ein flottes Mundwerk besitzt sie außerdem. Ein viersprachiges: deutsch, englisch, italienisch, spanisch. Zweiunddreißig Jahre jung, ledig, hält von Männern überhaupt nichts..."

Ralf sah, wie Johannes sie leicht verwundert anschaute.

„Beruhige dich: auch nicht von Frauen. Lebt einzig und allein für ihren Beruf. Soll sie dir in den nächsten Monaten doch einmal zeigen, ob sie auch die Berufung zu großartigen Leistungen hat."

Johannes räusperte sich, wollte gerade etwas sagen.

Ralf bog den befürchteten Einwand sofort ab:

„Keine Widerrede! Ich weiß, was du sagen willst. Die junge Dame ist in den ersten zwölf Monaten quasi ein Budgetgeschenk für dich von mir. Ihr Gehalt buchen wir über meine Personalkostenstellen - am besten über Repräsentanz. Denn ich glaube, auch wenn sie nicht in der Lage wäre, auch nur einen einzigen geraden Strich zu ziehen, so würde sie uns allein durch ihr Auftreten Aufträge und Losgrößen in nie gekanntem Ausmaß heranholen, was meinst du?"

Johannes musste zugeben, dass die junge Dame nicht nur blendende Unterlagen vorzuweisen hatte - auch was sie sonst sehr augenscheinlich zu bieten hatte, konnte auch einen reifen, abgeklärten Mann durchaus blenden.

Er willigte ein:

„Nun gut, wann möchten Sie anfangen?"

„Am liebsten gleich heute. Aber ich muss mich noch um eine Bleibe kümmern. Ginge es ab Montag nächster Woche? Bis dahin bin ich so weit. Das Ganze kommt auch für mich ziemlich überraschend. Sie kennen ja wohl Ihren Partner. Herr Golz hat mich schon nach einer Stunde Kennenlernen überredet. Und ich habe Hals über Kopf meine erste Stelle gekündigt. Ich hatte sie erst ein halbes Jahr lang. Assistentin im Projekt-Team von Professor Barge. Sie kennen ihn ja sicher..."

„Ja, ich kenne ihn sehr gut. Was macht der alte Knabe?"

„Oh, ich glaube, es geht ihm nicht schlecht. Und er ist ja auch wirklich eine Koryphäe!"

„Und einen solchen Mann wollen Sie verlassen?" warf Johannes ein.

„Wenn ich im Gegenzug einen Mann wie Sie als neuen Chef gewinne, natürlich jederzeit!" versicherte Lisa Schumacher lächelnd. Um dann fortzufahren:

„Gott sei Dank macht der mit seinen Assistenten immer nur Zeitverträge und verlängert sie jeweils ums Minimum. So konnte ich gerade zum jetzigen Zeitpunkt gehen. Ich freue mich sehr, dass gerade Sie mein Chef werden. Professor Barge hat gesagt: 'Bei Brandmüller spielen Sie in der Champions-League!' Ja, und in dieser Liga möchte ich sehr gern spielen!"

Johannes wehrte das Kompliment mit leichtem Kopfschütteln ab, schob ein paar Unterlagen auf seinem Schreibtisch hin und her.

Es schmeichelte ihm dennoch schon sehr, auch wenn er die Worte seiner neuen Assistentin für maßlos übertrieben hielt.

„Maßlose Übertreibungen!" murmelte er deshalb auch vor sich hin. Nach einigen Momenten erhob er den Blick, atmete kurz und hörbar ein und dann aus:

„Na dann, von mir aus. Probieren wir es mal. Sehen wir uns also nächste Woche. Um es mit den Worten des Kollegen zu sagen: Dienstbeginn in der 'Champions-League' ist sieben Uhr früh!“

„Ich freue mich sehr. Ich werde pünktlich hier sein. Verlassen Sie sich auf mich. Bis dahin! Auf Wiedersehen, Herr Doktor Brandmüller.“

„Den Doktor können Sie sich sparen. Ein einfacher Herr Brandmüller genügt.“

Lisa Schumacher lächelte ihrem neuen Chef dankbar zu und wandte sich zum Gehen.

Ralf begleitete sie hinaus.

Johannes schaute ihr nach und strich sich übers Kinn.

Eine umwerfende junge Frau. Selbstsicher im Auftritt, im Ausdruck. Unglaublich attraktiv. Geschmackvoll und dezent gekleidet. Alles an ihr stimmte von Kopf bis Fuß.

Die Augen schienen ihm zwar etwas kalt, das konnte jedoch die anfängliche Unsicherheit sein, vielleicht ein Schutzmechanismus.

Und Feuer im Hintern, das hatte sie offenbar auch.

Von einem mehr als gesunden Ehrgeiz getrieben.

„Mal sehn, was sie drauf hat. In wenigen Wochen werde ich's wissen.“

Und Johannes lernte sie kennen. Einfach beeindruckend, was sie zu Papier brachte.

Keinen Gedanken, keinen Vorschlag, den er machte, nahm sie einfach kommentarlos hin.

Sie bewertete, wog ab, diskutierte.

Sie hörte sich seine Ansichten und Antworten geduldig an, zog sich zurück, kam eine halbe Stunde später mit einem Stück Papier wieder zu ihm, legte ihm ihre eigenen Gedankengänge auseinander.

Wenn er Fehler in ihrer Denke entdeckte, versuchte sie kein einziges Mal, sich mit fadenscheinigen Argumenten herauszureden, sondern schloss den Vorgang mit einem knappen, immer positiven Kommentar ab, so ähnlich wie:

„Danke, das genügt! Ab morgen sage ich wieder Herr Doktor! Sie sind einfach genial. Und genau deshalb bin ich hier!“

Aber Johannes musste ihr in vielen Dingen ebenfalls Recht geben.

Lisa war in der Lage, blitzschnell um drei Ecken herum gleichzeitig zu denken.

Und wenn er sie am Telefon mit irgendwelchen Baulöwen reden hörte, die sie nicht für voll nahmen und sie irgendwie anzumachen versuchten, so erhielt Johannes regelrechte Lehrstunden, wie gefährlich es sein kann, einer ausgewiesenen Baulöwin ins Gehege zu kommen.

Sie verspeiste die Herren stehend freihändig mit Haut und Haaren, schlug ihnen die Argumente um die Ohren, dass ihnen Hören und Sehen verging, gab ihnen schneller eine Antwort als diese ihre Fragen formulieren konnten.

Und wenn sie dann irgendwann später im Brandmüller-Büro zu einer Projektbesprechung auftauchten, dann begegneten sie ihr wie kleine unterwürfige Käterchen.

Das war übrig geblieben von den mächtigen Löwen.

Und wenn die Besprechung zu Ende war, schätzten sie sich glücklich, nicht völlig verspeist worden zu sein.

Zum guten Schluss aber gab sie ihnen immer ihr Selbstwertgefühl zurück. Denn von jedem Teilnehmer wusste sie irgendetwas Großartiges zu berichten, das sie gehört, gelesen, selbst gesehen hatte. Und in diesem Gefühl schickte sie ihre Gesprächspartner nach Hause.

Wenn sie in der Folge auch nur den Telefonhörer anhob, um eine Anweisung zu geben oder eine Bitte zu äußern, dann hatte der jeweilige Partner häufig bereits von sich aus im Sinne Lisas gehandelt, sozusagen im Wege des vorauseilenden Gehorsams.

„Im Zirkus hätten Sie auch eine internationale Karriere machen können. Eine bessere Dompteurin kann ich mir beim besten Willen nicht vorstellen!"

Johannes konnte sich seinen Kommentar nach einem dieser Telefongespräche nicht verkneifen.

An diesem Abend war Nachtschicht angesagt. Johannes war deshalb am Mittag für eine Stunde nach Seeshaupt gefahren, um wenigstens nach langer Zeit wieder einmal gemeinsam mit seiner Familie zu essen.

„Wie kommen wir zu dieser Ehre?"

Claudia hatte ihn das am Vormittag am Telefon gefragt, als er sich ankündigte.

„Ich habe ein solch schlechtes Gewissen euch gegenüber. Und ich möchte mir selbst diesen Genuss auch einmal wieder gönnen", hatte er geantwortet.

Claudia freute sich sehr darüber.

Sie hatte es bisher ganz bewusst unterlassen, Johannes wegen seines Arbeitspensums und der unregelmäßigen, oft ungebührlich langen Arbeitstage zu kritisieren.

„Schonzeit für betagte Jungunternehmer", hatte sie ihr Verhalten Johannes gegenüber umschrieben, nachdem er sein Unverständnis darüber geäußert hatte, dass sie bisher nichts, aber auch gar nichts zu seinem veränderten Lebenswandel gesagt hatte.

Für ihre Antwort hatte er ihr einen langen Kuss gegeben. Claudia blieb einzigartig. Das stand für Johannes fest.

Seine Frau war das Fundament seines Lebens.

Gut gelaunt fuhr er an diesem Tag am frühen Nachmittag wieder nach München zurück.

Claudia hatte ihm frisches Obst, ein paar belegte Vollkornbrote und einige selbstgezogene Tomaten eingepackt.

„Diese edlen Nachtschattengewächse kannst Du dann als Mitternachtsspeise zu dir nehmen. Das hält dich wach für große Taten!"

Große Taten waren tatsächlich gefordert. Heute sollte es in die Endphase eines außerordentlich bedeutsamen Projekt-Entwurfs gehen: Ein neues Messegelände für die Stadt Mailand.

Johannes und Lisa waren drei Tage in dieser faszinierenden Stadt gewesen, hatten sich die Zielsetzungen der Wirtschaftsbosse Oberitaliens angehört, ebenfalls die Vorstellungen der Stadtväter.

Und um alle Entscheider-Zielgruppen einzubeziehen, hatten sie auch mit einigen großen Ausstellern selbst gesprochen, um auch deren Wünsche zu berücksichtigen. Denn schließlich waren sie es ja, die einen Ausstellerplatz buchten oder auch nicht.

Johannes hatte sich redlich mit seinen Vorentwürfen gequält. Es war zwar erst früher Herbst und erst Ende des kommenden Jahres musste das Projekt im Rohbau fertig gestellt sein.

Dennoch machte Johannes Druck.

Aber er stieß offensichtlich genau mit diesem Projekt an seine Grenzen.

Hier ging es nicht nur um Architektur.

Hier ging es um etwas für ihn ziemlich Fremdes.

Es ging um etwas, das ihn selbst nie interessiert hatte. Es ging um Mode, Designtrends, Geschmacksrichtungen der High Society, um Glamourwelten.

Bereiche, in denen sich Johannes nicht auskannte, ja überhaupt keinen wirklichen Zugang fand, weil er diese Welt im Grunde seines Herzens immer noch ablehnte. Auch wenn er bereits ein Jahr im Unternehmen war.

Bisher ging es in erster Linie um Handfestes, um Gebäude, um rechte Winkel, um sichere Statik, um erdbebensichere Lösungen, um besondere, außergewöhnliche Materialkombinationen, um zwar kühne, aber für ihn immer noch berechenbare Entwürfe.

Lisa hingegen lief bei diesem Auftrag zu voller Größe auf. Atemberaubend, wie sie sich tief hineinfühlte in die Vorstellungswelt ihrer Auftraggeber.

Beeindruckend, mit welcher Ideenvielfalt, Konsequenz und vor allem Ausdauer sie Detail für Detail bereits in der Grobstruktur vorempfand, ihren Ansatz mit Johannes diskutierte, dann in die Mittelstruktur einstieg, Fehlerquellen ausmachte, Korrekturen durchführte bis hin zum völlig veränderten Ansatz.

„Was kümmert mich mein Geschwätz von vorhin. Adenauer im Lisa-Zeitraffer!“ So oder ähnlich kommentierte sie dann ihren plötzlichen Gesinnungswandel, der verblüffend oft zu einem noch überzeugenderen, noch genialeren Entwurf führte.

Was Johannes dabei restlos an ihr begeisterte, war ihre Liebe zum Detail, zur Ausführung.

„Das macht die Architektin der Champions-League aus, Lisa. Damit werden Sie erfolgreicher sein als es der alte Brandmüller je war und sein wird. Glauben Sie mir!“

Es war schon ein Uhr in der Nacht, als sie den letzten Feinschliff für die Erstpräsentation im Kasten, sprich im Zeichencomputer hatten.

Kurz zuvor hatten sie ein großes Stück vegetarische Pizza von „Nino's“ gegenüber verspeist. Johannes hatte die Leckerei noch rechtzeitig vor Schließung des Lokals kommen lassen. Zur Abrundung hatte er Claudias selbstgezogene, wunderbar knackige Tomaten darüber aufgeschnitten und mit etwas Pfeffer bestreut.

Ein herrliches Mahl!

Eine halbe Stunde später genossen sie beide dann das herrliche Gefühl, das sichere Bewusstsein, etwas Großartiges geleistet zu haben.

Johannes holte eine Flasche Pommery aus dem Kühlschrank, füllte zwei Champagnergläser und stieß mit Lisa an:

„Auf unseren Erfolg. Und auf Sie höchstpersönlich!“

Lisa schaute ihn dankbar an.

Sie nahm einen großen Schluck.

„Herrlich, das ist der erste Champagner in meinem Leben!“

„Ehrlich?“

„Ja, ehrlich. Aber er schmeckt wirklich wunderbar. Gerade nach einem solchen Tag, in einer solchen Nacht!“

Johannes goss ihr Glas wieder voll bis zum Rand.

Sie musste einen großen Schluck abtrinken, damit sie das Glas wieder einigermaßen ruhig halten konnte.

Johannes spürte die wohlige Wärme in seinem Bauch. Lisas Ohren färbten sich ebenfalls. Sie hatten beide wenig, fast nichts den ganzen Tag über gegessen.

Und so machten sich zwei, drei schnell getrunkene Gläser Champagner bereits bemerkbar.

Sie gingen nebeneinander noch einmal um den Zeichentisch herum, bewunderten selbst noch einmal das eine oder andere Detail.

Dann blieben sie wieder einmal stehen, um sich mit den Gläsern in der Hand zuzuprosten.

„Sie sind das Beste, was mir je in meinem Leben passiert ist!“

Lisa stand ganz nahe bei ihm.

Sie hatte es mit leicht brüchiger Stimme zu ihm gesagt, bevor sie einen weiteren Schluck nahm, das Glas absetzte und ihn anschaute.

Johannes spürte seinen Puls an den Schläfen pochen.

Er wollte sich abwenden. Es gelang ihm nicht.

Lisa war noch näher gekommen. Er atmete ihr Parfüm ein. Ihr champagnergetränkter Atem streifte ihn.

Er sah wie gebannt auf ihre leicht feuchten, geöffneten Lippen.

Da legte sie ihre Arme um ihn, zog ihn an sich, küsste ihn zuerst ganz zart, ließ von ihm ab, zog ihn erneut an ihre

Brust, küsste ihn heftiger, schließlich unmissverständlich fordernd.

Johannes vernahm nur noch ein anschwellendes Rauschen in seinen Ohren...

Er hielt kurz inne, zögerte...

Dann ließ er sich willenlos hinwegschwemmen vom Singen der Sirenen, angezogen mit all seinen Sinnen...

Er ließ sich führen, entführen, verführen...

Sie fanden kaum die Tür zu seinem Appartement.

Lisa hing wie eine Klette an ihm, hielt ihn mit Armen und Beinen umschlungen, verschlang ihn mit Haut und Haaren.

Die Sonne ging bereits auf, als er plötzlich aus einem unruhigen Traum aufschreckte, hochfuhr, erstaunt um sich blickte.

Er konnte es nicht begreifen.

Aber es war wohl Wirklichkeit, was er da sah.

Langsam dämmerte es ihm. Ja, das war ganz offensichtlich Lisas nackter Rücken neben ihm und eins ihrer langen Beine, das aus der Decke hervorlugte, die sie in der Mitte um ihren Körper geschlungen hielt.

Johannes erhob sich mit angehaltenem Atem.

Peinlich darauf bedacht, kein Geräusch zu machen.

Er schlich sich auf leisen Sohlen hin zum Panoramafenster, warf einen ersten kurzen Blick über die erwachende Stadt, drehte sich wieder um und sah ein paar Augenblicke lang zu Lisa hinüber.

Sie schlief offenbar noch.

Er wandte sich wieder zum Fenster, schaute ein paar Sekunden lang direkt in den Glutball hinein und dann über die Stadt hinweg zu der im Morgendunst liegenden Alpensilhouette.

Langsam lichtete sich der Herbstnebel über dem Land und in seinem Hirn:

„Oh, mein Gott, irgendwo auf dieser Strecke zwischen Fenster und Bergen erwacht jetzt Claudia. Was ist bloß geschehen. Was habe ich da getan?“

Er vernahm das Geräusch nackter Füße auf dem Holzfußboden in seinem Rücken, spürte, wie sich zwei Arme von hinten um seine Brust legten.

Ihr Gesicht presste sich an seine Schulter.

Und dann hörte er Lisa sagen:

„Du bist das Beste, das mir je in meinem ganzen Leben passiert ist!“

Kapitel 7

Herbstnebel

...Ihr schier unerschütterliches Urvertrauen wirkte innerhalb einer Nacht wie zerstört. Angst ergriff von ihr Besitz...

Claudia empfing ihn am späten Nachmittag ausgesprochen rücksichts- und liebevoll. Sie freute sich, als sie den Wagen in den Hof fahren hörte, drehte die Herdplatte mit dem köchelnden Gemüsetopf herunter, schob den Küchenfenstervorhang zur Seite und sah Johannes aus dem Auto steigen.

Sie lief zur Tür, öffnete ihm mit erwartungsfrohem Lächeln - und sah gleich, wie niedergeschlagen Johannes ihr auf dem Gartenweg entgegenkam.

Seine Gesichtsfarbe gefiel ihr gar nicht.

Claudia nahm ihm gleich die Tasche aus der Hand, umarmte ihn und drückte ihm einen Kuss auf den Mund:

„Komm rein, Schatz. Waren wohl wieder mal zwei sehr harte Tage für dich."

Johannes hielt sie einen Moment lang fest.

Dann ließ er sie aber gleich wieder los, seufzte kurz, als Claudia bereits aufgeräumt fortfuhr:

„Und wie ich dich kenne, hast du auch in der Nacht kein Ende gefunden. Was machst du nur? Du treibst einen solchen Raubbau mit deinen Kräften. Ich hoffe, dass es jetzt bald mal wieder etwas ruhiger für dich wird! Aber nun komm, Alterchen, nimm erst mal eine ausgiebige Dusche, dann ziehst du dich um. Und dann essen wir gemütlich zusammen zu Abend, trinken ein schönes Glas Rotwein dazu. Dann sieht die Welt gleich anders aus. Wir sind heute völlig allein. Lara und Hanna sind beide auf Achse. Von dort droht also keine Gefahr“, zwinkerte sie ihm mit einem frechen Lächeln zu.

„Ja, du hast Recht, so machen wir es. Das ist das einzige, das mir jetzt wieder auf die Beine hilft!“

Johannes lächelte, ohne ihr in die Augen zu sehen, zog sein Sakko aus, legte es über den Arm, stieg gleich die Treppe hinauf und löste dabei bereits den Krawattenknoten...

„Ich hab dir die neuen Jeans und das lachsfarbene Hemd schon aufs Bett gelegt,“ rief Claudia ihm noch nach.

Johannes aber war schon im Schlafzimmer verschwunden. Claudia hörte ihn dort auf ihrem Weg zurück in die Küche rumoren. Und kurze Zeit später vernahm sie bereits das Rauschen des Wassers oben im Bad.

Minuten später saßen sie am Tisch. Johannes nahm auf den ersten Blick wahr, mit wie viel Liebe und Geschick Claudia mal wieder das Abendessen arrangiert hatte.

So wie immer in all den langen Ehejahren.

Nachdenklich tat er sich ein wenig von dem Gemüsetopf auf. Claudia legte ihre Hand auf seinen Arm:

„Leg los! Was hat meinen großen Bären so mitgenommen in den letzten Tagen? Hast du dich wieder über Ralf geärgert?“

Johannes zog Augenbrauen und Schultern gleichzeitig mit leicht resigniertem Gesichtsausdruck hoch.

„Dacht ich's mir doch. Aber beschwer dich nicht. Du hast es gewusst. Ich hab dich gewarnt. Er ist der Globetrotter, und du musst aufpassen, dass er dich nicht zu seinem Globetrottel macht!"

Der Anflug eines Lächelns in seinem Gesicht zeigte ihr, dass ihn ihr kleines Buchstabenspiel zumindest ein ganz klein wenig amüsierte.

„Wie macht sich eigentlich deine kleine Assistentin? Hält sie das, was du dir von ihr versprochen hast?"

Claudia fragte unbefangen weiter - und nahm dabei den großen Gemüselöffel in die Hand:

„Möchtest du noch ein wenig von der Suppe?"

„Ja, gerne, aber bitte nicht so viel - ja, das reicht, dank dir - ach, du meinst Lisa Schumacher? Ja, die ist wirklich ganz gut," antwortete er ebenso unbefangen.

Johannes Stimme klang fast ein wenig desinteressiert und er tat auch gleich die offensichtlich unwichtige Person mit seinem nächsten Satz ab:

„Äh, sag mal, wo sind eigentlich unsere beiden Töchter heute Abend hin?"

Johannes wusste genau, womit er seine „Familien-Gärtnerin", wie er sie oft scherzhaft nannte, aus jeder beliebigen Diskussion völlig übergangslos auf ihr Lieblingsthema bringen konnte.

Und Claudia sprang auch, wie gewohnt, gleich darauf an und sprudelte minutenlang, ohne Punkt und Komma, los:

„Du, stell dir vor, Hanna kam heute Nachmittag nach Hause und ...."

In detailgetreuen Ausführungen informierte sie

Johannes über den Entwicklungsstand der momentanen Partnerbeziehungen ihrer beiden Töchter.

Zum guten Schluss meinte sie nur:

„Weißt du, was mich immer am meisten aufregt? Dass beide ständig von ihrem Lebensabschnittsbegleiter sprechen. Sogar Lara, obwohl sie ja schon lange verheiratet ist! Ich kann dieses Wort nicht ausstehen!“

„Das meinen die beiden doch nicht wirklich so. Ist doch bloß so ein üblicher neuer Spruch! Muss man nun wirklich nichts drauf geben“, wandte Johannes ein.

„Aber wir müssen uns wohl darauf einstellen, dass wir beide eine aussterbende Spezies sind. Jede zweite Ehe wird schon nach wenigen Jahren wieder geschieden. Und nach Adam Riese erwischt es rein statistisch dann wohl auch eine unserer beiden Süßen. Ich darf nicht dran denken!“

Claudia sagte es, schob ihren Stuhl neben den von Johannes, legte ihm den linken Arm um den Hals, zog ihn leicht zu sich heran, drehte mit der rechten Hand sein Gesicht zu ihr hin und küsste ihn auf den Mund:

„Ehesaurier sind wir, mein großer Bär - was sag ich, mein Mammut!“

Dann erhob sie sich, zog Johannes mit hoch und dirigierte ihn ins Wohnzimmer:

„Leg schon mal Enya auf und nimm bitte den Rotwein mit. Ich komme sofort, räum’ nur noch das Geschirr in die Maschine!“

Als sie sich wenige Minuten später zu ihm auf die breite, weiße Couch setzte, sagte sie:

„Jetzt leg den Hebel um und lass dich einfach fallen.“

Dabei zog sie genüsslich ihre Beine hoch und kuschelte sich eng in seinen Schoß.

„Du hast leicht reden. Ist nicht so einfach, wie du denkst“, sinnierte Johannes über ihren Kopf hinweg, während er ihr mit den gespreizten Fingern seiner rechten Hand immer wieder leicht durch ihr festes, braunes Haar fuhr.

Claudia hielt die Augen geschlossen und erwiderte nichts.

„Ich werde ihn einfach mit Wärme und Streicheln ruhig stellen. So ist es mir noch immer gelungen, ihn aus seinen tiefgründigen Betrachtungen zu holen“, dachte sie bei sich.

„Er ist empfänglich dafür wie ein kleines Kind! Und wer weiß, was sich heute daraus noch alles entwickeln kann“, schmunzelte sie in sich hinein und öffnete wie beiläufig die beiden obersten Knöpfe seines Hemdes… .

„Nein, bitte nicht, ich kann das heute Abend nicht.“

Claudia zog ihre Hand verunsichert zurück.

„Ich glaube, ich brauch wirklich mal eine Nacht und einen Tag völligen Abstand. Zu viel geistert mir im Kopf herum. Entschuldige bitte, mein Schatz, tut mir sehr leid, wirklich!“

Johannes hatte ihren Kopf von seinem Schoß hochgenommen und war aufgestanden.

Claudia sah ihn von unten herauf ein ganz klein wenig angesäuert an, schob aber dann sofort, so wie es ihre Art war, die sauren Gedanken wieder weg:

„Okay, Alterchen, dann pfleg mal deine Depression. Ich hab heute in einem Magazin gelesen, dass auch Männer in die Wechseljahre kommen. Kann ich nur bestätigen. Hoffentlich bleibt bei dir nicht auch schon bald die eine oder andere Regel aus…!“

Sie erhob sich ebenfalls und legte einen Arm um seine

Hüfte, während sie zusammen in Richtung Diele gingen:

„Schlaf gut, großer Bär. Ich bereite noch das Essen für morgen vor. Bin noch nicht so müde."

Sie versuchte ihm noch einen Kuss auf den Mund zu geben. Johannes aber drehte den Kopf zur Seite, befreite sich aus ihrem Arm und meinte nur, während er die Treppe hinaufstieg:

„Ja, mach das, gute Nacht!"

Ohne sich noch einmal nach ihr umzusehen verschwand er im Schlafzimmer.

Das war der Moment, der Claudia stutzig werden ließ. Noch nie in ihren fast dreißig Jahren Ehe hatte er sich so verhalten.

Noch nicht einmal nach einem heftigen Streit war er so gruß- und blicklos nach oben gegangen.

Auch wenn der Gutenachtkuss nach so langer Zeit sicher keine erotisierende Wirkung mehr hatte, nicht haben konnte, so war er doch zur lieben Gewohnheit und einem festen Ritual geworden.

Und das hatte Johannes heute wirklich zum ersten Mal durchbrochen.

Sie versuchte die Frage, die ihr so von ganz unten, aus den Tiefen ihrer Seele, urplötzlich hochkam, gleich wieder hinunterzuschlucken.

Es wollte ihr aber nicht recht gelingen.

Sie blieb und verursachte ihr einen ganz bitteren Geschmack auf der Zunge. Zu der Frage, warum er das wohl getan haben mochte, gesellten sich in der kommenden halben Stunde in der Küche noch andere Fragen.

Was hatte Johannes verändert?

Und noch schlimmer - zum ersten Mal, so lange sie denken konnte, schlich sich eine weitere Frage wie Gift in ihre Seele:

Gab es vielleicht gar jemanden, der ihn verändert hatte?

„Jetzt ist es aber genug“, rief sie sich selbst zur Ordnung.

„Ein rechtschaffener Mann, der so hart arbeitet wie Johannes, wird in fast dreißig Jahren Ehe wohl ein einziges Mal das Recht haben, sich ohne Gutenachtkuss ins Bett zu begeben. Sei jetzt bloß nicht kindisch!“

Es gelang ihr, die trübe Stimmung für die Dauer der nächsten Viertelstunde zu vertreiben.

Sie löschte überall die Kerzen und das Licht.

Sie schaltete den CD-Player aus.

Dann ging sie ebenfalls nach oben.

Als sie im Bad vor dem Spiegel stand, musterte sie sich kritischer als sonst.

Ihr fielen die Fältchen um Mund- und Augenwinkel stärker als je zuvor auf.

Ihre Augen wirkten irgendwie trübe.

Und im gleichen Moment kehrten die trüben Gedanken, die sie bereits vertrieben glaubte, zurück.

Und sie blieben.

Als sie Minuten später im Dunkeln in ihrem Bett lag, rückten sie sogar noch drängender, noch massiver an sie heran.

Claudia konnte und konnte nicht einschlafen, so sehr sie sich auch zu zwingen versuchte.

Endlos lange wälzte sie sich hin und her.

Sie drehte sich vom Bauch auf den Rücken und wieder zurück.

Sie zog sich die Decke über die Ohren, um sie gleich wieder weit von sich zu werfen, weil eine unerträgliche Hitzewelle in ihr heraufstieg.

Natürlich bemerkte Claudia auch, dass es Johannes neben ihr nicht anders erging.

Und dennoch sprach keiner von beiden ein Wort.

So verging Stunde um Stunde.

Als sie schließlich mal wieder einen Blick auf den Wecker warf, zeigte die Uhr halb vier.

Claudia musste danach dennoch irgendwann eingeschlafen sein. Denn als sie vom Anschlagen einer Tür aus ihren Albträumen hoch schreckte, war sie schweißgebadet.

Sie fühlte sich wie erschlagen.

Ungläubig warf sie einen Blick auf den Wecker.

Dann sprang sie so schnell aus den Federn hoch, dass sie einen Schwindelanfall bekam und dabei mit Johannes zusammenstieß, der vor ihrem Bett stand.

Johannes war von unten heraufgekommen, bereits vollständig angezogen, war zu ihr ans Bett getreten, um ihr zu sagen, dass er heute nicht nach München fahren werde:

„Ich brauche diesen Tag, um über ein paar Dinge nachzudenken, die mich die ganze Nacht nicht haben zur Ruhe kommen lassen!“

Während er auf die noch schlafende Claudia zugegangen war, hatte der aufkommende Morgenwind die Schlafzimmertür durch das geöffnete Fenster zurück ins Schloss fallen lassen.Von diesem Geräusch war Claudia offenbar aufgeschreckt worden.

Sie brauchte ein wenig, um sich zu sammeln.

Sie versuchte, den Kopf etwas klarer zu bekommen.

Sie musste ja zumindest grob einordnen können, was Johannes ihr da gerade gesagt hatte:

„Was ist los? Was meinst du…?"

„Bitte, frag jetzt nicht."

„Wie, frag jetzt nicht? Du benimmst dich sehr sonderbar und bittest mich, nicht zu fragen?"

In Claudias Stimme klang ungewohnter Ärger mit.

„Ich kann im Moment nicht darüber reden. Ich komme heute Nachmittag wieder zurück nach Hause. Und dann reden wir."

Mit diesen Worten ließ er sie im Schlafzimmer stehen und ging die Treppe hinab. Die Tür fiel ins Schloss.

Stille. Totenstille!

Tür, Fenster und Schrank fingen an, sich um sie zu drehen. Schwer fiel sie auf ihr Bett zurück.

Ein schmerzhaft hoher Pfeifton in ihrem Kopf zwang sie, sich beide Ohren rhythmisch mit den Mittelfingern zuzudrücken, wieder loszulassen und erneut zuzudrücken.

Sie wiederholte es so lange, bis der Ton ein wenig nachzulassen schien.

Claudia erhob sich, tastete sich mit der linken Hand an der Wand des Schlafzimmers entlang, schüttelte den Kopf dabei hin und her, und trat immer noch wie benommen ins Bad.

Erst nach einer mehrminütigen Wechseldusche kam sie langsam zu sich.

Mechanisch trocknete sie sich ab, bürstete minutenlang ihr Haar.

Sie legte ein leichtes Make-up auf, kleidete sich an, ohne bewusst etwas auszuwählen.

Dann ging nach unten.

Mit der rechten Hand hielt sie sich immer noch sichernd am Treppengeländer fest.

In der Küche trank sie lediglich einen Schluck Wasser.

Dann trat sie ins Wohnzimmer, öffnete die Tür zum Garten und ging hinaus.

Vom See her wehte ein leichter Wind.

Milchiger Herbstnebel lag über dem Wasser, der sich zum Teil jedoch bereits auflöste und gen Himmel stieg.

Möwengeschrei und Hundegebell drangen durch die Stille zu ihr herüber.

Schon oft hatte sie in solchen Momenten gedacht, dass es beinahe so wirkte, als habe der Schöpfer am Abend seinen kühlen Hauch über dem See wie über einem Spiegel ausgeatmet und diesen dabei undurchsichtig gemacht.

Und zu Beginn des neuen Tages schien Gott diesen kühlen Hauch wieder in seine unendlichen Lungen aufzusaugen und den Spiegel wieder blank und klar werden zu lassen.

Ein ewiges Kommen und Gehen.

Für die Welt und die Menschen.

Wie hatte sie diese Betrachtungen am Morgen, seit sie hier wohnten, geliebt.

Wie dankbar war sie ihrem Herrgott Zeit ihres Lebens gewesen für das, was sie von ihm an Glück im Übermaß bisher schon bekommen hatte.

Hier zu leben, an diesem herrlichen Ort, mit diesen wunderbaren Menschen ringsum und vor allem mit den

Liebsten, die zu ihr gehörten, die ihr Leben waren - das alles ließ sie täglich danken.

Dafür nahm sie sich Zeit.

Die Zeit am Morgen war für sie die Zeit für die dankbare Zwiesprache mit ihrem Schöpfer.

Nicht so an diesem Morgen. Ihre sonst so tiefe innere Ruhe war einer Unruhe gewichen, die sie, wie niemals sonst in ihrem Leben in ihrer Seele, an ihrem ganzen Körper wie ein Fieber erfasst hatte.

Ihr schier unerschütterliches Urvertrauen wirkte innerhalb einer Nacht wie zerstört. Angst ergriff von ihr Besitz.

Nach nur wenigen Minuten fröstelte es sie.

Claudia schüttelte sich, rieb sich heftig mit überkreuzten Händen über ihre Arme und ging schnell zurück ins Haus.

Die Stille, die sie ansonsten so liebte, schien ihr an diesem Morgen unerträglich.

Was ging in diesem Haus vor?

Was schlich sich da wie giftiger Nebel durch die Ritzen, waberte am Boden entlang, stieg langsam hoch, um ihr den Atem zu nehmen?

Sie rief zuerst Hanna und dann Lara an, fragte, ob und wann sie heute einmal bei ihr vorbeikommen könnten.

Sie verabredete sich mit den beiden zum Mittagessen.

Es sollte nichts Großes werden, lediglich ein paar Nudeln mit irgendeinem selbst zubereiteten Pesto. Da würde sich schon was im Haus finden lassen.

Kaum waren die beiden angekommen, überfielen sie die Mutter mit tausend Fragen.

Claudia schilderte mit gesenktem Blick, was vorgefallen war. Lara machte sich lustig über sie:

„Mama, jetzt bitt ich dich aber sehr. Du hypochonderst ja in einer Weise, die ist Angst einflößend. Du bist ein Fall für die Klappse. Erzähl das bloß nicht bei den Nachbarn. Die schicken dir gleich die großen breitschultrigen Männer, die dich sofort in ihre besonders schicken körpernahen Westen stecken. Du wirst sehen, wenn Papa gleich kommt, löst sich alles auf, wie der Morgennebel über dem See!“

KAPITEL 8

Schuld und Sühne

...Sag nichts! wir wollen es gar nicht wissen.
Bitte, Papa, sag nichts!...

Johannes kam gegen drei. Hanna war gleich aufgesprungen, als der Wagen vorfuhr und zur Tür geeilt, um ihren Vater zu begrüßen:

„Hallo, Paps, geht es dir besser? Du musst Mama beruhigen, sie hat ganz blöde Gedanken!“

Zögernd ließ sich Johannes ins Haus ziehen.

Im Wohnzimmer befreite er sich von Hannas Arm, mit dem sie sich bei ihm untergehakt hatte und sagte nur leise:

„Hallo!“

Dann ging er gleich durch die offen stehende Terrassentür hindurch in den Garten.

Dort blieb er sekundenlang reglos stehen.

Er hob den Blick wie Hilfe suchend zum Himmel.

Dann holte er tief und laut hörbar Luft und kehrte wieder ins Wohnzimmer zurück, hielt mitten im Raum mit gesenktem Blick an, wandte sich erneut zur Tür, blieb mit Blick in den Garten im Türrahmen stehen und sagte, kaum vernehmbar, in die angespannte Stille hinein:

„Claudia, ich muss dir etwas sagen. Und es ist gut, dass ihr beiden hier seid, so erfahrt auch ihr es aus erster Hand.“

Aus Claudias Gesicht war schon vorher jegliche Farbe gewichen. Sie wollte aufstehen, konnte es aber nicht. Wie von unsichtbaren Händen wurde sie in den Polstern gehalten.

Ihre nächtlichen Phantasien hatten sofort wieder Besitz von ihr ergriffen, schon als Johannes in den Garten gegangen war.

Jetzt schlug ihr Puls hoch bis in die Schläfen.

Sie hörte das Pochen ihres Herzens wie schnelle dumpf hämmernde Schläge auf eine wattierte Unterlage.

Hätte Lara, die dicht neben ihr saß, ihre Mutter nur kurz angesehen, so hätte sie das Pulsflattern an deren Hals deutlich wahrnehmen können.

Noch bevor Johannes fortfahren konnte, schnürte ihr die Vorahnung bereits die Kehle zu, nahm ihr den Atem, schnitt ihr durchs Herz.

„Ich habe etwas getan, das ich nie für möglich gehalten hätte, und was unverzeihlich ist. Ich weiß das. Aber ich kann es nicht mit mir herumtragen. Ich weiß nicht, ob es richtig ist, es zu sagen, weil ich wohl alles damit zerstöre, was mir ein Leben lang das Wichtigste, das Heiligste war. Aber ich kann nicht anders. Ich kann es nicht ertragen und weiß nicht, wie wir damit weiterleben können, wie du, Claudia, es verwinden kannst und auch ihr beiden…"

Hanna ging auf ihren Vater zu, umarmte ihn, hielt sein Gesicht in beiden Händen, sah ihn mit flehenden Augen an:

„Sag nichts! Wir wollen es gar nicht wissen. Bitte, Papa, sag nichts!"

Tränen liefen über ihre Wangen.

Johannes umarmte sie kurz, schob sie dann ein Stück von sich:

„Doch, ich muss es sagen, so weh es auch tut... - Claudia...-".

Er machte eine längere Pause.

Dann holte er noch einmal tief Luft und vollendete den begonnenen Satz:

„Ich habe dich betrogen! Ich habe dich gestern Nacht mit Lisa betrogen!"

Claudia brach in sich zusammen, sank tonlos in Laras Arme.

Die sprang auf und schrie ihren Vater und ihre Schwester an:

„Holt Wasser - sie ist ohnmächtig. Holt Dr. Engelbrecht, verdammt!"

Hanna stand apathisch im Raum.

Johannes regungslos daneben.

Lara ging auf ihn zu, schlug ihm ins Gesicht, trommelte mit ihren Fäusten gegen seine Brust und schrie ihn mit tränen- und wuterstickter Stimme an:

„Steh da nicht rum, du, du, ... du...Scheusal, du!"

Hanna ging zu ihrer Mutter hin, kniete vor der Couch nieder, presste ihr tränennasses Gesicht auf die Wangen der Mutter, deckte sie mit ihren langen Haaren zu.

Claudia starrte mit gespenstisch leeren Augen zur Decke.

„Verzeih mir. Bitte verzeih mir! Bitte, Claudia!"

Johannes ging auf sie zu.

„Das machst du nicht, Mama!"

Wie eine Furie sprang Lara mit weit aufgerissenen, zornfunkelnden Augen dazwischen:

„So einfach darf er nicht davonkommen. Wir haben ihn immer für den klügsten, den besten, den liebenswertesten Menschen der Welt gehalten. Und jetzt stellt es sich heraus, dass er einfach nur ein Monstrum ist wie alle Männer, deren Gehirn ins Gemächt rutscht, wenn eine Frau sie bereitwillig einlädt!"

Sie ging auf die Terrassentür zu, schien hinausgehen zu wollen, drehte sich jedoch wieder um:

„Wenn das Marius getan hätte, dann würde ich ihn aus dem Fenster werfen. Aber er würde es nie, nie, niemals tun. Vor allem würde er nie seine ganze Familie zerstören so wie du!"

Sie wandte sich ihrem Vater wieder zu, hob den rechten Fuß und trat in ihrer Wut und Hilflosigkeit nach ihm:

„Du trittst unser aller Leben mit Füßen! Und dafür würde ich dich am liebsten gleich tot treten!"

Danach warf sie sich neben dem Sofa auf die Knie, barg ihren Kopf in das Kissen neben Mutter und Schwester und schluchzte hemmungslos mit bebenden Schultern.

Claudia fiel ins Fieber. Die Schübe wechselten sich mit Weinkrämpfen ab.

Johannes rief seinen Freund Dr. Hannes Engelbrecht an, der vom ersten Tag in Seeshaupt an der Hausarzt der Familie gewesen war. Gleich an der Tür sagte er zu ihm:

„Hannes, kümmer' dich bitte um Claudia. Ich habe gerade meine Familie zerstört. Ich erzähl dir die Einzelheiten später. Ich weiß nicht, wie es jetzt weitergehen soll! Claudia wird mir meinen Fehltritt niemals verzeihen. Ich kenne sie. Du kennst sie auch. Mein Leben wird sich dramatisch verändern! Kümmer' dich!"

Während der Arzt Claudia eine Spritze gab und mit Lara und Hanna besprach, was weiter zu tun sei, hatte Johannes das Notwendigste bereits gepackt.

Er griff sich einen Kleidersack mit drei Anzügen, passenden Hemden und Krawatten, zwei Paar zusätzlichen Schuhen, Unterwäsche und Socken.

Er hielt kurz inne, als er seine Toiletteartikel aus dem Bad in sein ledernes Necessaire einräumte.

Sollte er alles wieder ausräumen?

Gab es noch eine Chance?

Er ahnte, dass es nicht so sein würde. Deshalb fuhr er mit Packen fort.

Johannes kam, das Gepäck auf dem Arm, wieder runter, blieb an der Tür zum Wohnzimmer stehen und wandte sich an Hanna:

„Halt mich bitte auf dem Laufenden. Mehr verlang ich nicht. Ich weiß, dass ich nichts mehr verlangen kann. Eure Mutter wird nicht mit mir unter einem Dach schlafen wollen. Ich hab ein paar Sachen gepackt und zieh bis auf weiteres zu Franz ins Hotel. Du kannst mich jederzeit auf meinem Handy erreichen. Verzeih mir, Kleines! Ich weiß, du kannst es jetzt noch nicht. Vielleicht irgendwann einmal… - mach es gut!“

Johannes verließ das Haus.

Den Herbstschauer, der in der Zwischenzeit eingesetzt hatte, nahm er in keiner Weise wahr. Als er bei Franz im La Villa ankam, wusste er nicht, wie er überhaupt dorthin gekommen war.

Lara zwang ihre Mutter an den folgenden Tagen auf Weisung Dr. Engelbrecht's hin regelrecht dazu, Wasser und

Tee in unglaublichen Mengen zu trinken, so viel bis fast nichts mehr ging.

Hanna saß tagsüber am Bett ihrer Mutter und legte sich nachts neben sie. Die beiden hielten sich fest, eng aneinander geklammert.

Und Hanna hielt sich jedes Mal schnell die Ohren zu, wenn Claudia leise vor sich hin wimmerte:

„Oh, Hanna, es tut so weh! Es tut so unendlich weh!"

Es dauerte drei Tage, bis Claudia wieder normale Temperatur hatte.

Langsam kam sie wieder zu sich.

Sie versuchte irgendwie ihre Gedanken zu ordnen.

Ihre Augen waren nach dieser Woche tränenleer.

Hanna sagte Johannes Bescheid, dass es Mama wieder etwas besser ginge.

„Hol sie mir bitte ans Telefon", bat er seine Tochter.

Claudia willigte nach kurzem Zögern ein, nahm den Hörer und sprach beinahe tonlos hinein:

„Ich möchte, dass du heute Nachmittag nach Hause kommst und wir regeln, was zu regeln ist."

„Bitte, Claudia, lass uns reden. Über alles. Ich bitte dich. Du kannst doch jetzt nicht all das vergessen, was dreißig Jahre lang unser Leben war."

„Nicht ich habe das vergessen. Du hast es vergessen. Du hast mich verraten. Du hast uns verraten. Und du kannst nicht erwarten, dass ich dir das verzeihen kann. Sei bitte um drei Uhr hier."

Als Johannes vorfuhr und wenige Augenblicke später mit gesenktem Blick, unsicher von einem zum anderen schauend, in der Wohnzimmertür stand, saß Claudia auf der Couch, Hanna lag in ihrem Schoß und weinte.

Lara stand wortlos am Bücherregal.

Behutsam fasste Claudia Hannas Schultern mit beiden Händen, schob sie sanft von sich, erhob sich von der Couch, strich ihren Rock glatt und sah Johannes starr in die Augen:

„Du weißt, was dein eigener Vater immer gesagt hat: Bevor du eine Entscheidung triffst, schlaf erst einmal darüber. Am nächsten Tag sieht die Welt anders aus. Das habe ich immer beherzigt und es hat mir immer gut getan. Ich habe fünf Nächte lang darüber geschlafen. Du hast die wertvollste Regel, die ein ganzes Leben lang für uns beide gegolten hat, bis heute…."

Claudia hielt kurz inne.

„Was sage ich da? Nein, ich kann es ja gar nicht wissen, bis wann sie für dich gegolten hat, wer weiß, vielleicht ist es schon Monate her…- egal, es tut jetzt nichts mehr zur Sache. Du hast die Regel der unerschütterlichen Treue und des vorbehaltlosen Vertrauens schamlos gebrochen, ja, du hast auch mich damit gebrochen, und du hast deine Familie zerstört. Deshalb kann es keine gemeinsame Zukunft mehr für uns geben!"

„Mama, bitte tu es nicht, bitte, lass uns bitte zusammenbleiben. Wir sind und wir bleiben doch eine Familie! Du hast doch selbst immer zu mir gesagt: Zeit eilt, Zeit heilt", flehte Hanna.

Sie war aufgesprungen und schüttelte ihre Mutter an der Schulter.

Claudia wehrte ihre Hände ab, wand sich heraus, schaute kurz zu Boden, atmete drei-, viermal durch, ihre

Schultern hoben und senkten sich - dann richtete sie sich auf, sah Johannes fest in die Augen und sagte mit zitternder Stimme:

„Ich möchte, dass du aus meinem Leben gehst. Ich fahre jetzt mit den beiden zu Lara und bleibe ein paar Tage dort. Du hast also Zeit genug, all deine Siebensachen zu packen und zu gehen."

Claudia verließ das Zimmer und ging die Treppe hoch. Lara ging hinterher. Hanna wandte sich ihrem Vater zu:

„Papa, bitte, tu etwas, bitte, bitte!"

Sie umarmte ihn, schmiegte ihr Gesicht an seine Brust und schluchzte hemmungslos.

„Bleib ganz ruhig, Liebes! Vielleicht gibt Mutter mir und uns noch eine Chance."

Gedankenverloren schaute er aus dem Fenster, während er Hanna fest an sich drückte.

„Ich hätte es mit mir selbst ausmachen müssen. Ich hätte es nicht sagen dürfen."

Und nach ein paar Sekunden des Schweigens:

„Ich hätte es niemals tun dürfen. Es ist einfach so passiert. Und ich habe nicht dagegen angehen können. Ich hab es nicht gekonnt. Ich hätte es nicht tun dürfen. Oh, Hanna, Liebes, ich habe alles, was mir je wichtig war, in den Dreck gezogen, kaputt gemacht, vernichtet!"

Dann wies er mit dem Kinn zur Haustür:

„Bitte, fahr mit zu Lara. Kümmer dich um Mama. Sie war so gefasst. Das ist nicht normal. Bitte geh jetzt. Und sag mir bitte, was geschieht. Ich muss es wissen!"

„Ja, Papa, ich ruf dich an!" versicherte Hanna und verließ ebenfalls das Zimmer.

Claudia und Lara kamen die Treppe herunter. Die drei wechselten in der Diele kurz ein paar Worte miteinander, die Tür fiel ins Schloss, Wagentüren wurden zugeschlagen und Laras BMW fuhr vom Hof.

Johannes stand immer noch dort, wo er die ganze Zeit über gestanden hatte.

Eine unerträgliche Stille erfasste den Raum.

Durch die offene Tür drangen ein paar Vogelstimmen. Die Sonne stand bereits sehr tief, wärmte jedoch immer noch.

Er nahm es nicht wahr.

Das Grau auf seiner Seele konnte kein Strahl durchdringen. Ein wunderbares Leben war zu Ende. Nichts würde mehr so sein, wie es einmal war.

Es war zu Ende.

Er kannte Claudia.

Er wusste es. Er war sich sicher.

Und es war so. Lara bestärkte ihre Mutter in ihrer unnachgiebigen Haltung, redete ihr auch in den folgenden Tagen energisch zu, nicht nachzugeben.

„Du musst dir keine Mühe geben. Ich kann deine Bedenken zerstreuen", beruhigte Claudia ihre Tochter, „es kann keine gemeinsame Zukunft für euren Vater und mich mehr geben. Dazu war alles zu besonders, zu einzigartig von Jugend an, was zwischen uns war. Wenn du die wertvollste Vase der Welt fallen lässt und sie am Boden zerschellt, dann ist sie unwiederbringlich. Du kannst so etwas Feines, Edles nicht mehr zusammenfügen und kitten. Es tut unglaublich weh. Und ich weiß nicht, wie es je weitergehen soll. Aber es wird irgendwie gehen. Ich bin nur froh, dass ihr beiden schon so erwachsen seid."

Claudia begann wieder zu weinen.

„Ihr könnt und müsst den Kontakt zu ihm aufrechterhalten. Er ist euer Vater und bleibt es. Aber ich kann nicht mehr mit ihm leben."

„Und ich auch nicht", ereiferte sich Lara. „Diese Lisa, dieses Miststück ist kaum älter als ich. Was hat sie sich nur gedacht? Was sag ich da? Was hat Papa sich dabei gedacht? Vergeht sich an diesem jungen Ding. Dieser geile Bock. Er ist nicht besser als all die streunenden Straßenköter, die Hanna und mir ständig hinterherglotzen und uns an jeder Ecke anzumachen versuchen. Nie habe ich mich in einem Menschen so sehr getäuscht wie in ihm. Nie hat mich ein Mensch so enttäuscht wie er. Ich will ihn nicht mehr sehen. Für mich ist er gestorben!"

Trotzig widersprach Lara der Bitte ihrer Mutter.

Johannes sprach mit seinem Freund Klaus Kern, wie er alles für seine Familie regeln konnte. Denn den finanziellen Rahmen wollte er ihr unbedingt erhalten. Auf keinen Fall wollte er einen Rosenkrieg um Finanzen und Vermögen.

Klaus Kern vermittelte zwischen Claudia und Johannes. Sie einigten sich auf einen großzügigen Rahmen.

Johannes war bereit, auf ihm zustehende Rechte nahezu vollständig zu verzichten. Er würde ihr das Haus überlassen und einen großzügigen Unterhalt zahlen. Und natürlich nach wie vor auch Hanna in allem unterstützen bis sie ihr Studium abgeschlossen haben würde.

Um Lara brauchte er sich keine Sorgen mehr zu

machen. Denn die war bestens versorgt. Gleich nach ihrem sehr erfolgreichen Studienabschluss in Betriebswirtschaft und Erwachsenenpädagogik hatte sie eine sehr gute Stelle gefunden.

Noch nicht mal ganze Dreißig alt, war sie bereits im Personalbereich von BMW zur Abteilungsleiterin aufgestiegen, mit eigenem Büro und schickem Dienstwagen.

Marius und sie konnten bereits in jungen Jahren aus dem Vollen schöpfen.

Wehmütig dachte er an seine Anfangszeit, als sie noch im Vogelnest in der Jachenau wohnten…

Der Winter kam. Eisern hielten sich Claudia und Lara an ihr selbst auferlegtes Kontaktverbot.

Nur Hanna hielt es nicht aus.

Sie telefonierte täglich mit ihrem Vater.

Johannes hatte sich mittlerweile eine kleine, aber hübsche Wohnung in Bad Tölz gemietet und sein Alltagsleben einigermaßen im Griff.

Er hatte einer älteren Zugehfrau einen Schlüssel anvertraut. Sie kümmerte sich rührend um „ihren Doktor".

Während der Weihnachtsfeiertage wusste sich Claudia keinen Rat mehr. Dr. Engelbrecht musste ihr mehrfach eine Beruhigungsspritze geben, sonst hätte sie diese Zeit nicht überstanden.

Stundenlang saß sie mit Hanna zusammen, die ihre Mutter an keinem der Festtage auch nur für eine Sekunde allein ließ.

Immer wieder kamen sie auf Johannes zu sprechen.

Immer wieder flossen die Tränen.

Das Fest der Familie. Die frohe Botschaft. All das hatte seine Bedeutung verloren… .

Der klirrend kalte Januar kam. Häufig stand sie nachts auf, öffnete das Fenster und schaute lange in den Sternenhimmel hinauf. Wie auch heute wieder.

„Du da oben hast mich auch vergessen. Du hast mich und meine Familie nicht beschützt. Wofür bestrafst du mich? Was habe ich Böses getan. Sag es mir!“ Und dann ließ sie den Tränen freien Lauf. Manchmal dauerte es eine Stunde, bevor sie sich wieder hinlegen konnte.

Ein paar Mal hatte Johannes versucht, mit ihr zu telefonieren. Sie ließ sich auch niemals verleugnen, wenn sie zu Hause war, nahm das Gespräch entgegen, hörte sich an, was Johannes zu sagen hatte und geriet immer wieder dabei in Versuchung, einfach zu sagen:

„Komm, lass uns noch einmal reden!“

Aber immer war da eine andere innere Macht, die ihr den Mund verschloss und nur Worte herausließ wie diese, die dem Gespräch ein brüskes Ende machten:

„Das alles hättest du dir vorher überlegen müssen. Es ist vorbei. Begreif es endlich!“

Claudia hatte sich zunächst zur Ablenkung eine Stelle gesucht und auch gefunden.

In dem schicken Blumenladen unten am See waren die Kundinnen schnell begeistert von der neuen Fachkraft und ihren unglaublichen floristischen Künsten.

Es machte ihr unendlich viel Spaß und half beim Vergessen. Zumindest bei den kläglichen Versuchen.

Claudia wusste, dass sie Johannes und all die vielen Jahre ihres gemeinsamen Lebens niemals würde vergessen können. Sie dachte ununterbrochen an ihn, an ihr gemeinsames Leben, an ihre Töchter.

Es tat nach wie vor so unendlich weh.

Jeden Tag.

Jede Stunde.

Im Februar schließlich fasste sie den Entschluss, das Haus zu verkaufen und zurückzugehen in die Jachenau.

Johannes war es gelungen, mit den Tantiemen seines ersten Jahres bei Golz die Restschuld für sein Haus in Seeshaupt zu begleichen.

Claudia konnte so ein schuldenfreies Haus verkaufen und sich damit einen guten Grundstock für ihre persönliche Altersversorgung anlegen.

Johannes hatte alle Kredite abgelöst, trotz hoher Vorfälligkeitszinsen, die er zu entrichten hatte.

Nie wäre sein gesunder Menschenverstand darauf gekommen, dass es so etwas geben könnte: eine Bestrafung für die freiwillige vorzeitige Erfüllung seiner Verpflichtungen gegenüber der Bank.

Man hatte es ihm erklärt.

Aber er konnte und wollte diesen Widersinn einfach nicht verstehen.

Als Claudia mit Johannes über ihren Wunsch gesprochen hatte, wurde sie von ihm in ihrer Entscheidung bestätigt.

Johannes machte dabei einen letzten Versuch:

„Und wenn ich mitkomme in die Jachenau? Wir könnten einen völligen Neuanfang machen. Wenn dein Bruder das Vogelnest nicht unbedingt braucht, könnten wir doch dort wieder unseren Alterssitz nehmen. Denn für uns beide ist es doch wieder groß genug!"

Claudia entgegnete nur: „Hör auf damit!"

Sie begann zu weinen.

„Wie könnte ich mit dir gerade dort wieder zusammen sein, wo unser Leben am schönsten war? Nein, das Vogelnest ist mir zu heilig, als dass ich zulassen könnte, dass du es jetzt mit deiner Person entweihst. Ich werde auch nur vorübergehend bei Michael wohnen. Aber auf keinen Fall im Turm. Ich ertrag das nicht!"

Endlich begriff Johannes, dass Nichts und Niemand ihm Claudia wieder zurückbringen würde.

Mechanisch tat er seine Arbeit.

Wortkarg und verschlossen begegnete er seinen Mitarbeitern im Büro. Mit den Kunden sprach er oft so kurz angebunden, dass Lisa ihn schließlich ernsthaft ermahnen musste:

„Es tut mir sehr leid für dich, Johannes. Das habe ich so nicht gewollt! Aber du hast auch eine Verantwortung uns allen gegenüber. Du kannst in diesem Ton nicht mit unseren Klienten reden. Das wird sie auf Dauer aus dem Haus treiben!"

Lisa hatte ihn gleich, nachdem er nach einer Woche Abwesenheit wieder im Büro erschienen war, gefragt, ob sie kündigen und gehen solle.

„Nein, nein, bleib nur. Es würde nichts ändern. Und das Projekt in Mailand befindet sich in einer Phase, in der ich unbedingt deine Hilfe brauche. Gerade jetzt. Denn ich kann kaum noch einen klaren Gedanken fassen. Tut mir wirklich Leid!“

Und als er ihren nachdenklichen Blick wahrnahm, fügte er wie zu ihrer Beruhigung hinzu:

„Zumindest nicht den ganzen Tag über. Stundenweise gelingt es mir ja.“

Für einen Moment wenigstens versuchte er, so etwas wie ein Lächeln zu Stande zu bringen.

Lisa begegnete ihm in der Folgezeit sehr aufmerksam, sehr hilfsbereit, verständnisvoll.

Sie arbeitete wie besessen, kümmerte sich um alles, was im Büro anfiel und auch unauffällig um ihn selbst.

An manchem Abend stellte sie ihm einen schönen knackigen Salat hin, den sie mit ein paar besonderen Zutaten zwischendurch gezaubert hatte.

Ansonsten vermied sie den allzu engen Kontakt mit Johannes, zog sich nach einer geklärten Frage, mit der sie in sein Büro gekommen war, immer sofort wieder ohne ein privates Gespräch zu versuchen zurück.

Als sie jedoch nach einer extrem langen und stressigen Woche an einem Frühlingsabend noch einmal zu ihm hereinkam, um sich in ein langes Wochenende zu verabschieden, da fand sie Johannes, wie er am Fenster stand und auf die Stadt und zu den Bergen hinüber schaute.

Er drehte sich nicht einmal zu ihr um.

„Johannes, so kann das doch nicht weitergehen!“

Sie trat zu ihm hin, fasste ihn an der rechten Schulter, legte ihren Kopf darauf.

„Das Leben muss doch weitergehen. Es tut mir weh,

wenn ich dich so leiden sehe. Es tut mir besonders weh, dass du mich offensichtlich alleine dafür verantwortlich machst. Ich habe dir doch angeboten zu gehen. Mein Angebot gilt immer noch. Wenn es mir auch sehr Leid tun würde. Denn ich würde sehr gerne hier bleiben...."

Und nach ein paar Sekunden drehte sie Johannes zu sich um und sah ihm tief in die Augen:

„Ich würde sehr gerne bei dir bleiben. Denn ich habe nicht aufgehört, dich zu lieben."

Johannes wich dem tiefen Blick aus, schaute ihr dann aber wieder in die Augen. Sie sah ihn liebevoll und traurig an, streichelte seinen Nacken.

Da nahm er sie in seine Arme und küsste sie ganz vorsichtig, dann innig und tief mit geschlossenen Augen.

Und es tat ihm so gut, so unendlich gut.

Er spürte, wie das Leben zu ihm und in ihn zurückkehrte, wie es ihm plötzlich leichter fiel zu atmen, wie der Nebel in seinem Kopf sich zu lichten begann.

Lisa freute sich unbändig über den wachsweichen Mann in ihren Armen:

„Komm, fahr mit mir. Lass uns in die Berge fahren. Es liegt noch ein guter Schnee. Du musst dir diese wenigen Tage gönnen. Und wenn du willst, können wir sogar noch zwischendurch über das Mailand-Projekt reden!"

Es wurden drei herrliche Tage. Die folgenden Wochen standen ihnen in nichts nach.

Johannes blühte auf.

Und Lisa schmiedete Pläne. Große Pläne.

Zu große, wie Johannes einmal zaghaft fand.

Aber sie beschwichtigte ihn: „Wer derart Großes überall auf der Welt vollbringt, der muss diese Welt auch kennen und genießen!“

Es begann eine unglaubliche Zeit. Wie in einem Rausch flogen sie gemeinsam um die Welt. New York, Sydney, Auckland in Neuseeland.

Hier wäre Johannes am liebsten geblieben.

Dieses Land faszinierte ihn, zog ihn in seinen Bann.

Er lernte dort Neuseelands berühmtesten Architekten kennen, Greg Putter, einen hageren, knapp fünfzigjährigen, aristokratisch anmutenden, über zwei Meter großen Mann. „Das ist ein Vorteil, wenn man hohe Türme baut“, hatte Greg gleich bei der Begrüßung angemerkt, nachdem Johannes ihn gefragt hatte, wie das Wetter dort oben in luftiger Höhe sei.

Lisa und er lachten am Abend im Hotelzimmer noch über den eigenartigen Dialekt der Neuseeländer, über das „i“, das sie in ihrem Englisch oft für ein „e“ verwendeten, so dass sich beispielsweise „bed“ anhörte wie „bid“.

Dennoch fanden sie Greg beide am Ende sehr sympathisch, nachdem er auf den ersten Blick ein wenig arrogant zu sein schien. Das aber mochte an seiner beeindruckenden Erscheinung gelegen haben.

Von Anfang an bestand zwischen den Männern eine hohe gegenseitige Wertschätzung, die über das rein Fachliche schon bald deutlich hinausging.

Und daraus entstand eine echte Männerfreundschaft.

„Eine Freundschaft über die Kontinente hinweg, die Jahrhunderte überdauern wird!“ Greg war nach einer durchzechten Nacht zu dieser Einschätzung gekommen.

Das Leben pulsierte. Lisa und Johannes nahmen alles mit. Aber der Fäulnisprozess begann bereits unmerklich. Neben all den beruflichen Projekten nahm das süße Leben einen immer breiteren Raum ein.

Ein tolles Haus musste her.

Es fand sich in Bad Tölz.

Zu einer Monatsmiete, die einen normalen Menschen schwindelig machen musste, fanden sie eine repräsentative Villa im Bauernhaus-Stil.

Mit allem Luxus und viel zu groß.

„Vielleicht will ich ja zehn Kinder!"

Mit dieser oberflächlichen Bemerkung wischte Lisa Johannes' ernsthafte Bedenken weg.

Das große gesellschaftliche Leben durfte nicht zu kurz kommen. Lisa meinte nur:

„Das gehört einfach dazu. Sonst gehörst du nicht dazu!"

Sie erreichte die Clubmitgliedschaft für sie beide im ersten Golf- und Tennis-Club Münchens. Das war das unbedingt notwendige Entrée in die Schickeria der Stadt und des oberbayrischen Umlands.

Johannes tat sich immer noch schwer.

Aber er fügte sich drein.

Und Lisa organisierte rauschende Feste. Johannes wurde es schwarz vor Augen, als ihm einmal eine Rechnung von Käfer in die Hände fiel. Aber er ließ sie weiter gewähren. Er wies lediglich lächelnd darauf hin, was sein Vater einmal gesagt hatte:

„Mein Vater hat einmal gesagt, dass eine Frau in der Schürze mehr aus dem Haus hinaustragen kann, als ein Bauer mit dem Heuwagen in die Scheune hinein bringen kann! Wo hat er dich bloß kennen gelernt?"

Eine schlimme Woche durchlebte Johannes noch einmal, als er im November nach Seeshaupt zum Familiengericht musste.

Etwas mehr als ein Jahr war nach seinem Sündenfall vergangen.

Es war ihm, als habe der Scheidungsrichter verständnislos kurz mit dem Kopf geschüttelt, bevor er mit seinen Formalitäten begann:

„Sie haben sich ja umfassend und in allen Punkten gütlich geeignet. Das erleichtert mir meinen Richterspruch."

In wenigen Minuten und mit spärlichen Worten wurde die Ehe geschieden.

Claudia schien sehr gefasst.

Sie reichte Johannes wortlos die Hand zum Abschied.

Lara und Hanna waren nicht mitgekommen. Claudia hatte ihnen gegenüber nichts von dem Scheidungstermin erwähnt. Als sie im Taxi saß, um zurück nach Hause zu fahren, brach sie in Tränen aus.

Der Fahrer fragte besorgt, ob er etwas für sie tun könne.

„Nein! Nichts, es geht schon! Fahren Sie mich nur schnell nach Hause. Danke!"

Johannes ging in der folgenden Woche Lisas ständig geschäftiger Wortschwall ganz gewaltig auf die Nerven.

Sie spürte das und nahm sich vorsichtig zurück.

An Weihnachten hatte sie ihn schließlich dann doch so weit, dass sie ihre Hochzeit vorbereiten durfte. Ein solches Fest hatte Bad Tölz mit Sicherheit noch nicht gesehen. Zumindest hatte Johannes den Eindruck. Aber er unterließ jegliche Kritik, weil er wusste, dass er damit nur wieder einen endlosen lauten Streit provozieren würde.

Kurz nach dem großen Fest im Wonnemonat Mai teilte ihm Lisa während des Abendessens mit, dass sie ab sofort nicht mehr arbeiten wolle:

„Es genügt völlig, wenn du deinen Job machst. Ich muss auch einmal an mich denken. Und es tut nicht gut, wenn wir den ganzen Tag zusammen sind. Das ist auf Dauer Gift für eine Beziehung, für eine Ehe. Da nimmt der erotische Faktor zu schnell ab und die Anziehungskraft geht verloren. Und das willst du doch auch nicht, mein Schatz, oder?", zwinkerte sie ihm zu.

Johannes akzeptierte ihren Wunsch ohne den Versuch eines Einwands.

Den Kontakt zu seinen Eltern hatte er seit seiner Trennung von Claudia weitgehend vermieden.

Als jedoch seine Mutter Ende Mai im Sterben lag, da nahm er Lisa erstmals mit in die Jachenau. Johannes war dankbar, dass er seine Mutter noch lebend antraf und sich von ihr verabschieden konnte, bevor sie friedlich die Augen für immer schloss.

Sein Vater umarmte ihn mit Tränen in den Augen, schaute Lisa an und dann wieder Johannes, barg sein Gesicht in der Halsbeuge des großen Sohnes.

Johannes war sich nicht sicher, ob er die Tränen wegen der Mutter oder wegen ihm, dem Sohn, weinte.

„Das Leben ist nicht fair mit uns umgegangen! Wie oft habe ich den Herrgott gefragt, was wir getan haben, dass er uns so bestraft?" weinte der inzwischen erschreckend mager, klein und gebrechlich gewordene alte Mann an der Brust seines Sohnes. Bernhard stand verlegen daneben, gab Lisa zögernd seine Hand.

Alois Brandmüller hingegen begrüßte Lisa nur mit kurzem Kopfnicken, ohne ihr die Hand zu reichen.

Lisa nahm es kommentarlos hin.

Sie spürte, dass hier in diesem Haus andere Gesetze herrschten als in ihrem eigenen. Und diesen galt es sich zu fügen. So viel Sensibilität war ihr geblieben.

Nichts geblieben hingegen war von ihrer unverdorbenen Frische und anfänglichen Liebenswürdigkeit - und nichts von der ehemals besonderen Anziehungskraft auf Johannes.

Dieses Eingeständnis musste er sich selbst machen, als zwei Wochen nach der Beerdigung der Mutter seine beiden Jugendfreunde Andreas und Thomas in seinem Haus in Bad Tölz zu Gast waren.

Die „Heiligen Drei Apostel" saßen erstmals nach vielen langen Jahren wieder einmal vereint am Tisch.

Es wollte jedoch keine rechte Atmosphäre entstehen. Nichts erinnerte mehr an die Zusammenkünfte der Freunde von früher.

Sie unterhielten sich in Anwesenheit Lisas wie Fremde.

Sehr förmlich, beinahe gezwungen.

Nicht nur für Andreas und Thomas fühlte sich die ganze Situation ungewohnt fremd und kalt an. Auch Johannes spürte, dass etwas zwischen ihnen stand.

Und er erkannte auch schon bald, was es war:

Lisa.

Lisa ließ nichts unversucht, um den beiden einfachen Männern vom Dorf ständig, bei jedem Gesprächsthema den gesellschaftlichen Unterschied zwischen ihnen und Johannes und ihr bewusst zu machen.

Ständig schnitt sie irgendwelche Themen aus der internationalen Architektur an.

Dann fragte sie Thomas, wie er denn den „Jedermann“ in Salzburg in der diesjährigen Neuinszenierung gefunden habe.

Wenig später wollte sie von Andreas wissen, ob er schon einmal zum Weihnachtsshopping in New York gewesen sei, als die Rede auf Weihnachten in den Bergen kam.

„Ah, Sie sind Tischler? Werden denn in Ihrem Dorf noch so viele Tische gebraucht, dass Sie davon leben können? Oder schnitzen Sie das ganze Jahr über Krippenfiguren?“ fragte sie ihn arrogant von oben herab.

Und zu Thomas gewandt, fragte sie:

„Was haben Sie studiert, sagten Sie?“

„Ich habe nicht gesagt, dass ich studiert habe“, entgegnete Thomas. Und etwas trotzig fügte er hinzu:

„Ich bin Forstwirt. Wenn Sie wissen, was das ist?“

„Ja, sicher weiß ich das. Das ist doch die neumodische Bezeichnung für die früheren Holzknechte, oder irre ich mich da?“

Thomas nickte ein wenig verlegen, sagte aber nichts weiter dazu. Dafür wieder Lisa:

„Alles in unserem Land braucht ja heute irgendwie einen akademischen Anstrich, wenn auch kaum noch einer den akademischen Ansprüchen genügt!“

Johannes war darüber sehr ärgerlich.

Gerade diese letzte, ausgesprochen hochnäsige Einlassung Lisas war so überflüssig gewesen wie ein Kropf.

Johannes sagte ihr das hinterher auch in einem mehr als bloß ärgerlichen Ton.

Seine Freunde hatten sich schon gleich nach dem Dessert mit den Worten verabschiedet:

„Wir müssen ja noch ein ganzes Stück fahren, sei uns nicht böse, Johannes. Es war wirklich sehr schön bei dir. Auf Wiedersehen! Es wärw schön, wenn du, ähh, wenn ihr uns auch bald mal besucht!"

Die Sehnsucht nach seinem früheren Leben erfasste Johannes immer häufiger. Wehmütig dachte er an seine Lieben, sein Leben.

Was Claudia wohl machte?

Wie gerne hätte er sie einmal wieder gesehen. Noch einmal gespürt, wie sie sich anfühlte.

Lara hatte den Kontakt zu ihm völlig abgebrochen. Er litt sehr darunter.

Seine Lara. Seine Schöne.

Es schnitt ihm ins Herz, sie nur noch als seine Feindin zu haben. Wie groß musste ihr Hass sein? Was bedeutete überhaupt Hass in einer Familie?

Hass ist endlos enttäuschte Liebe!

Ja, so musste es sein.

Wie konnte er bloß wieder einen Zugang zu Lara finden? Würde sie ihm je noch einmal eine Chance geben?

Hanna dagegen rief ihn nach wie vor beinahe täglich an. Sie litt offensichtlich am meisten unter der Trennung. Deshalb verabredete er sich zumindest einmal in der Woche in München oder Bad Tölz mit ihr.

In Holzkirchen hatte sie ihre erste Stelle in einer Grundschule gefunden. Sie liebte ihre Kinder abgöttisch.

Während sie im Eiscafé oder sonst wo saßen, erzählte sie ohne Unterlass von ihren Schützlingen. Welches Glück die Eltern dieser Kinder durch sein Kind hatten!

Er nahm sie denn auch immer mal zwischendurch fest in den Arm und gab ihr einen Kuss auf die Stirn.

Einmal ging er sogar mit ihr ins Kino.

Ein Rührschinken wurde geboten, der nicht unbedingt seinem Geschmack entsprach. Für Hanna aber war es das Größte, konnte sie sich doch ungeniert im Dunkeln an ihren Paps schmiegen.

Und es machte ihr gar nichts aus, dass wohl manche ihrer Altersgenossen im Kino glaubten, und die vielen verächtlichen Blicke ließen kaum auf etwas anderes schließen, sie sei die Geliebte dieses alten Mannes, der sich mit ihr ein Stück seiner eigenen Jugend zurückholen wollte.

Lange saß Johannes an diesem Frühsommerabend auf seiner Terrasse, vernichtete dabei noch eine ganze Flasche des guten Roten, den er eigens für seine Freunde vorgesehen hatte.

Johannes konnte sich nicht vorstellen, dass Andreas und Thomas die Einladung ernst gemeint und wirklich den Wunsch haben könnten, ihn und Lisa nach diesem denkwürdigen Abend noch einmal wiederzusehen.

Was war bloß aus ihrer Beziehung geworden? Was aus Lisa selbst? Und was aus ihm selbst?

Er verabschiedete sich am nächsten Morgen von ihr

unter einem glaubwürdigen Vorwand, den Lisa aus ihrer fachlichen Kenntnis als etwas völlig Normales empfand:

„Ich weiß nicht, wie lange ich gebraucht werde, wie lange es dauert. Ich melde mich!"

Lisa nahm es einfach kommentarlos zur Kenntnis.

Was er im Einzelnen tat und trieb, interessierte sie eigentlich nicht weiter. Sie hatte genügend gesellschaftliche Verpflichtungen, trieb jeden Tag stundenlang Sport, ging Shoppen in München, nahm dort an Afterwork-Partys teil, obwohl sie ja keinen einzigen Handschlag mehr arbeiten musste.

Ein herrliches Leben.

Umso schöner, als der Störenfried nicht mehr so oft nach Hause kam.

„Eine gute Gelegenheit, diesen Lorenzo morgen oder übermorgen noch einmal zu treffen. Ein außergewöhnlicher Mann!" dachte Lisa bei sich und pfiff leise vor sich hin, als Johannes das Haus verließ.

Er fuhr hinunter in die Jachenau. Drei Tage lang wanderte Johannes allein rund um die Benediktenwand.

Immer wieder gab es dabei Neues zu entdecken, obwohl er den Berg ja nun schon über fünfzig Jahre von allen Seiten bestieg.

Er liebte den Blick über das unendlich weite Land, hinüber zu den schneebedeckten Gipfeln der Alpen. Karwendel und Wettersteingebirge standen wie üblich zum Greifen nah. Johannes liebte den Blick hinunter in sein weites, offenes Sonnental.

Er mochte es sehr, auf einer der unzähligen, Blumen übersäten Almwiesen zu sitzen und freute sich, dass in seiner Heimat noch all die sonst so seltenen und deshalb streng geschützten Blumen zu finden waren, wie Türkenbund, Frauenschuh und Knabenkraut.

Er genoss es, seinen Bergwald wieder zu riechen.

Tief sog er den herrlichen Duft von Farn und Schwammerln ein, der sich mit dem modrig-warmen Waldbodenduft der endlosen Wälder vermischte.

Am Wegrand fand er vereinzelte Blaubeeren, dachte an verschmierte Kindermünder.

Und wenn er in diesen Tagen vor einer Almhütte bei einer Maß Bier und einer zünftigen Brotzeit saß, ließ er seine Gedanken durch sein ganzes bisheriges Leben wandern.

In diesen Tagen dachte er oft im Zorn an Lisa, die sich in einer Art und Weise verändert hatte, die manchmal Mordgedanken in ihm aufsteigen ließ.

Und er dachte in Trauer an Claudia.

Und mit Sehnsucht an seine Töchter.

Der Gedanke, dass er vielleicht keinen Zugang mehr zu Lara finden würde, machte ihn krank. Und auch, dass Hanna so sehr unglücklich war. Ja, dass sie die ganze Zeit noch nicht einmal eine Freundschaft zu einem jungen Mann einging, das machte ihm sehr zu schaffen.

In dieser Woche in seiner Bergwelt wuchs in ihm die unerschütterliche Gewissheit, dass dieses Leben so nicht mehr lebenswert war...

KAPITEL 9

Im freien Fall

...Er schaute an sich herunter, spürte, dass seine Lebenskraft wie feiner Sand aus seinem Körper zu Boden rann...

Johannes!" Lisa blieb stehen und lauschte angespannt ins Haus hinein, um die Antwort hören zu können.

Aber es blieb still.

„Johannes!"

Eine Nuance lauter und gleich schon ein wenig schärfer rief Lisa erneut nach ihrem Mann.

Aber Johannes antwortete nicht.

Den Kopf in die Hände gestützt, saß er an seinem Schreibtisch im Studio des Hauses und blickte mit leeren Augen über das Tal hinweg, ohne irgendetwas dort draußen wahrzunehmen.

„Verdammt noch mal, warum antwortet er nicht? Er muss doch oben sein. Hab ihn doch vor wenigen Minuten erst dort rumoren hören."

Ärgerlich sprach Lisa zu sich selbst und lief die Treppe hinauf zum Arbeitsstudio ihres Mannes.

Auf der letzten Stufe blieb sie stehen.

Johannes blieb regungslos sitzen.

Er drehte sich nicht einmal zu ihr um, so als hätte er sie nicht heraufkommen gehört.

Lisa nahm ärgerlich die letzte Stufe und legte mit zynischer, zischender Stimme los, während sie von hinten langsam auf ihn zuschritt, um den Schreibtisch herumging, um ihm in die Augen sehen zu können:

„Ich finde dein Verhalten so unglaublich lächerlich. Um nicht zu sagen: Ausgesprochen kindisch! Entweder sprichst du jetzt mit mir, ziehst dich an und bringst mich - oder du lässt es bleiben!“

Keine Regung.

Keine Antwort von Johannes.

Er schaute nicht einmal hoch.

„Gut! Wie du willst! Ich brauche dich nicht. Aber du - du könntest das Gespräch mit meinem Freund sehr gut brauchen. Er hat Verbindungen, die dir das Schlimmste ersparen könnten. Anstatt hier herum zu sitzen und Trübsal zu blasen, solltest du dich darum kümmern, wie es auch für dich irgendwie weitergeht.“

Johannes schwieg, blickte kurz auf, schaute sie an, senkte dann wieder die Augen.

Lisa wurde zynisch:

„Ah, wie stolz, der Herr Doktor. Die, die ich je für wichtig gehalten habe, hast du aus Prinzip schon immer als Nullnummern bezeichnet. Aber die größte Null warst wohl eher du selbst!“

Johannes reagierte immer noch nicht.

Zumindest nicht sichtbar.

Trotzdem hatten Lisas Worte ihre Wirkung nicht verfehlt. Sie hatte ja Recht. Er gestand es sich selbst ein und blieb ganz ruhig dabei. Er warf ihr den ungebührlichen Angriff nicht einmal vor.

Lisa war noch näher an den Schreibtisch heran getreten und blickte jetzt direkt auf Johannes herab, der immer noch seinen Blick gesenkt hielt und auch nicht aufsah, als Lisa ihr bekannt zynisches Lächeln aufsetzte, die Augen nach oben schlug und mit scheinbar resignierter Stimme seufzend und sich selbst bemitleidend fortfuhr:

„Oh mein Gott. Mir ist das heute ja so klar, so bewusst. Du bist ein Versager auf der ganzen Linie. Wie sonst hätte es mit unserem Büro so weit kommen können?“

Johannes sah sie kurz an, schlug die Augen jedoch gleich wieder nieder, und Lisa setzte ungerührt ihren Angriff fort:

„Ralf hat alles versucht und von allem mehr verstanden als du. Von den Menschen, von lohnenden Märkten, von Chancen und Perspektiven. Und natürlich versteht er sich auf attraktive Gebäude. Und nicht zuletzt auch auf attraktive Frauen. Von allem im Leben verstand und versteht er mehr als du. Er ist eben der Alpha-Mann schlechthin. Als Frau kann man es förmlich riechen, dass er literweise Serotonin im Blut haben muss. Wie ich Karin immer um diesen Mann beneidet habe!“

„Es wäre dir doch nicht schwer gefallen, ihn rumzukriegen! Und ich weiß auch, dass du ihn wenigstens schon einmal ins Bett gekriegt hast! Aber das interessiert mich nicht mehr!“

Ein wenig verdutzt hielt Lisa kurz inne, um dann wieder fortzufahren mit ihrer Tirade:

„Ist das ein Wunder? Er interessiert sich einfach für eine Frau. Er hört zu, ist einfühlsam, hat Charisma, ist ungeheuer anziehend, sprüht vor Ideen, nimmt Menschen für sich ein und hatte von Anfang an auch ein feines Gespür für Leute, die für ihn und für uns wichtig oder irgendwie nützlich sein konnten.“

„Wie unglaublich nützlich war sie, deine nutzlose

Mischpoke, die dem Herrgott die Zeit stiehlt. Nichts sonst. Jeden Tag“, entgegnete Johannes angewidert.

„Du drehst dir immer alles so hin, wie du es brauchst. Und wenn du keine Argumente mehr hast, bemühst du immer deinen Herrgott. Wo ist er denn? Wo war er denn, als alles zusammenbrach? Ich denke, du hast so einen guten Draht zu ihm? Hast wohl nicht genug gebetet, oder was?“ keifte Lisa zurück.

Sie ließ sich von ihrem Vorsatz nicht abbringen, Johannes noch einmal alles aufs Brot zu schmieren, was sie alles an ihm vermisst und was sie an ihm verachtet hatte. Sie wollte ihn einfach mit all diesen bewussten Verletzungen zurücklassen, bevor sie ging.

„Was glaubst du, wie oft ich mich schon gefragt habe, weshalb Ralf wohl mit dir diese geschäftliche Partnerschaft eingegangen ist? Wo du doch die Menschen mit deiner brüskierenden Art, mit deinem besserwisserischen Oberlehrer-Gehabe mehr abschreckst als anziehst!“

Lisa legte erneut eine Verschnaufpause ein.

Sie hatte sich in Rage geredet und kaum Luft zwischen ihren Sätzen geholt, war immer lauter und giftiger geworden und jetzt beinahe außer Atem.

Johannes rührte sich jetzt nicht mehr.

Er sah ihr Gesicht vor sich, ohne aufblicken zu müssen. Er wusste, wie schön, wie edel Lisas Gesicht schon in ausgeglichenem Zustand wirkte.

Und er wusste auch, dass dieses Gesicht durch ihre Zornesröte und das Glühen in ihren Augen noch attraktiver wirkte und ihr Gegenüber, Männer wie Frauen, regelrecht beeindrucken, ja einschüchtern konnte.

Er hatte sie sehr begehrt, gleich als er sie kennen gelernt

hatte. Und er hatte sich nicht lange dagegen wehren können, ihr mit Haut und Haaren zu verfallen.

Es war der Anfang vom Ende gewesen.

Soviel wusste er heute.

Er hatte es von Beginn an geahnt. Und doch hatte er nicht mehr mit seinem sonst so klaren und gesunden Menschenverstand gegensteuern können.

So war alles gekommen, wie es kommen musste.

Als Johannes überhaupt keine Anstalten mehr machte, ihr etwas entgegenzusetzen, da legte Lisa noch einen letzten giftigen Pfeil auf ihren Bogen:

„Und wo wir schon an diesem Punkt angelangt sind - was für mich noch viel schlimmer ist: Ich erinnere mich beim besten Willen nicht mehr, was ich selbst wohl je an dir anziehend gefunden haben könnte. Ich muss damals in dieser Nacht im Büro völlig besoffen gewesen sein. Im Vergleich zu Ralf bist du nicht einmal ein Omega-Männchen. Ich muss Tomaten auf den Augen und eine totale Verstopfung meiner Nase gehabt haben! Oder eine totale geistige Umnachtung, die mir den Blick vernebelt hat."

Lisa machte eine kurze Pause.

Sie atmete tief ein und stieß die Luft mit einem lauten Geräusch wieder aus:

„Nein, ich weiß jetzt, was es war: Du bist einfach nur ein Blender! Du hast mir einen richtigen Mann vorgegaukelt. Und ich bin dir blindlings gefolgt, ich bin dir im wahrsten Sinne des Wortes auf den Leim gegangen. Ich habe mir mein Leben wirklich anders vorgestellt. Aber was hast du dafür getan? Du wärest es meiner Jugend schuldig gewesen, mir etwas zu bieten. Als Dank dafür, dass ich dich nach fast dreißig Jahren Ehe von deiner Langweilerin befreit habe. Oh, mein Gott! Ich dumme Kuh. Ich hätte dich bei ihr lassen sollen. Denn du bist doch noch ein viel größerer Langweiler! Ein Schaf im Wolfspelz! Wenn du wenigstens ein Bock gewesen wärst…!"

Sie schrie es laut hinaus, drehte sich um und lief hysterisch weinend die Treppe hinunter, nahm ihren Trench vom Haken und verließ das Haus. Die schwere Außentür fiel krachend ins Schloss.

Johannes hörte, wie wenig später ihr Cabrio aufheulte und mit durchdrehenden Rädern aus der Einfahrt auf die Straße schoss, so dass der Kies beinahe bis an die Hauswand flog.

Johannes blieb noch mehrere Minuten lang an seinem Schreibtisch sitzen, bevor er sich erhob und mit müden Schritten zum großen, verglasten Giebel hinüberging, die Tür öffnete, auf die Loggia hinaustrat, tief einatmete und seinen Blick übers Tal und die Hügel auf der anderen Seite schweifen ließ.

Er hatte es immer gehasst, wenn Lisa vulgär wurde.

Und sie war es im letzten Jahr immer häufiger geworden. Anzüglich. Beleidigend. Sogar in Anwesenheit von anderen. Besonders, wenn Ralf in der Nähe war und die beiden schon mehrere Gläser Prosecco intus hatten.

Wie er ihr intellektuelles Geschwafel über Kunst und aus seiner Sicht halbseidene Künstler und Wichtigtuer-Philosophen, Lifestyle, Heli-Skiing, Zahn-Bleeching und Schönheitsoperationen hasste.

Darüber wusste Ralf beinahe genauso gut Bescheid wie

Lisa. Die beiden waren wie lebende Zeitschriften, Vogue und Madame, Gala und Bunte. Bussi, Bussi!

Er hasste dieses Schickeria-Getue wie die Pest und schüttelte sich angewidert, wenn er nur daran dachte.

Johannes dachte aber auch daran, dass ihn diese Welt ebenfalls lange Zeit selbst fasziniert hatte. Zu lange, wie er sich heute eingestand.

Er war geblendet.

Und so hatte er gar nicht mitbekommen, dass dieser verlebte italienische Gigolo, dieser blaublütige Nichtsnutz sich immer ungenierter an Lisa herangemacht hatte. Lorenzo - der von Beruf lediglich Sohn war, der Spross eines oberitalienischen Industriemagnaten.

Johannes hätte es sicher nicht mitbekommen, wenn ihn nicht sein Freund und Anwalt Dr. Klaus Kern darauf aufmerksam gemacht hätte, weil er das Getuschel hinter dem Rücken seines Freundes und das Gespött der Schickeria nicht mehr ertragen konnte.

Lisa hatte es auf seine Nachfrage hin gleich und ungerührt zugegeben.

Im Bad vor dem Spiegel stehend, um sich für eine Vernissage bei Verena herzurichten, hatte sie beinahe unbeteiligt geantwortet, so als habe sie lediglich vergessen ihm zu sagen, dass irgendjemand für ihn angerufen hätte:

„Ja, entschuldige bitte, ich wollte es dir längst gesagt haben. Lorenzo und ich werden zusammenbleiben. Ich verlasse dich. Du darfst all deinen Kleinkram behalten. Du bist mir nichts schuldig. Ich brauch' auch nichts. Lorenzo ist ja ein erfolgreicher Mann. Im Gegensatz zu dir!"

Jetzt, wo er auf seiner Loggia stand, die das Studio nach draußen hin großzügig erweiterte, fiel ihm diese unschöne Szene wieder ein.

Er schaute sich wehmütig um.

In einer Woche musste er hier ausgezogen sein.

Jetzt, ohne sein bisheriges hohes Einkommen, konnte er sich diesen Luxus auf gar keinen Fall mehr leisten. Er würde sich mit einer ganz kleinen Wohnung begnügen müssen, fürchtete er.

Sein Blick blieb kurz an den Containern der Müllsammelstelle in der Querstraße gegenüber hängen.

Ein verlegenes, zynisches Lächeln huschte über sein Gesicht. Ja, seine Augen waren wohl nicht zufällig auf die Altglas-Container gefallen. Das Bild passte zu seinem Leben, wie sonst nichts in diesem Augenblick.

„Scherbenhaufen!"

Das war wohl das einzig passende Bild für die Bilanz seines Lebens.

Alles, was je einen Wert für ihn gehabt hatte, war zerbrochen, alles, was ihm je lieb und teuer gewesen war, hatte er verloren.

Sein Soll und Haben war jedoch nicht nur finanziell völlig durcheinander geraten. Seine emotionale, seine menschliche Bilanz, sein eigener Wert, seine Persönlichkeit hatte großen Schaden genommen.

Das meiste davon hatte sich in Nichts aufgelöst.

Johannes schaute an sich herunter, spürte, dass seine Lebenskraft wie der feine Sand einer Eieruhr aus seinem Körper zu Boden rann.

Er sah seine Energie durch die Fugen der Terrakotta-

Fliesen der Loggia und die beiden Geschossdecken hindurch bis tief in den Keller hinabrieseln, dann durch die löchrige Fundamentplatte in die oberste Lehmschicht eindringen und schließlich und endlich im dunklen Erdreich versickern.

Der Gedanke, dem Sand zu folgen, drängte sich ihm mit aller Macht auf.

Den Druck abschütteln, im Erdboden versinken.

Nicht mehr da sein müssen.

Sich in Staub auflösen.

Verlockend!

Das Klingeln des Telefons riss ihn aus seinen depressiven Gedanken. Ralfs Sekretärin war am Apparat. Ihre Stimme klang aufgeregt:

„Dr. Brandmüller, Sie müssen sofort kommen. Die Kripo und die Steuerfahndung sind hier. Mehr als zehn Leute stellen hier alles auf den Kopf, räumen die Schränke aus. Bitte, kommen Sie schnell!“, flehte sie ihn an.

„Wo ist Ralf?“, entgegnete er.

„In Südamerika. Er hat all seine Papiere mitgenommen. Auch von zu Hause. Die Beamten haben auf dem Flughafen erfahren, dass er nach Venezuela geflogen ist. Aber dort verliert sich die Spur. Bitte beeilen Sie sich, ich halte das hier allein nicht mehr aus! Bitte!“ Ihre Stimme überschlug sich.

„Ich komme sofort, beruhigen Sie sich!“

Johannes legte den Hörer auf.

Er warf sich sein Sakko über, fingerte den Autoschlüssel vom Haken in der Diele, warf noch einen kontrollierenden Blick rundum und verließ das Haus.

Auf der Fahrt nach München fühlte er, wie sich ein eigenartig positives Gefühl in ihm ausbreitete.

Eine unerklärliche Ruhe.

Wie konnte das sein? Jetzt, in dieser Situation?

Er ließ den Gedanken freien Lauf, spürte, dass offensichtlich jetzt der Moment gekommen war, der alles neu regeln, vielleicht sogar ordnen würde.

Ja, ordnen!

Ordnung und Sicherheit - sie hatte es in seinem Leben seit seinem Sündenfall nicht mehr gegeben.

Sein Persönlichkeitsgebäude hatte eigentlich durch seine Entscheidung, Partner von Ralf Golz zu werden, den ersten großen Riss bekommen.

Wehmütig dachte er dabei an Claudia.

Was hatte sie frühmorgens am See gesagt?

Wie Recht sie behalten hatte! Er schämte sich so. Wie oft hatte er in den vergangenen Monaten an sie gedacht!? Ja, wenn er ehrlich war, er hatte seit seiner Trennung jeden Tag an sie gedacht.

Anfangs hatte er es einfach nicht verstehen wollen, dass sie ihm diesen einmaligen Fehltritt nicht verzeihen konnte. Er hatte sie eine hartherzige Prinzipienreiterin genannt. Und ihr allen Ernstes vorgeworfen, sie sei schuld, sie allein habe durch ihre Hartherzigkeit alles zerstört. Noch nicht mal auf Hannas inständiges Flehen hin habe sie einlenken können.

Welch eine wirre Argumentation!

Nur er allein trug die Schuld. Niemand sonst.

Er selbst hatte alles zerstört. Er hatte gespielt und alles verloren. Mit jedem neuen Tag nach seiner Trennung von

Claudia hatte sich der Fäulnisprozess in seinen persönlichen Fundamenten fortgesetzt, giftiger Salpeter hatte sich in seinem Mauerwerk breit gemacht. Danach wurden auch die ersten Risse in seiner schönen Fassade sichtbar.

Eine logische Folge, nachdem seine tragenden Elemente bereits zusammengebrochen waren.

Jetzt stürzte das ganze Gebäude endgültig ein - wie ein Kartenhaus.

Aber es rührte ihn weit weniger an, als er vorher angenommen hatte. Nach seiner Trennung von Claudia und seinen Töchtern war ja ohnehin nichts Echtes, nichts Wertvolles mehr übrig geblieben.

Alles andere war nur eine Fassade gewesen, nur für die oberflächliche Gesellschaft attraktiv, mit der er in den letzten Jahren zusammen gewesen war, die er im Grunde seines Herzens so tief verabscheute.

Aber es war ebenfalls seine eigene Schuld gewesen, dass er zu ihrem Vorzeige-Spielball geworden war.

Was hatte er bloß mit sich machen lassen?

Seine inneren Werte waren ihm samt und sonders abhanden gekommen.

Er musste sie wieder finden!

Ganz gleich wie!

Das alles bedrückte ihn mehr als der Gang, den er schließlich antreten musste.

Die deutschen und amerikanischen Banken hatten ihre Kredite gekündigt, Investoren-Konsortien ihre Aufträge zurückgezogen.

Ralf war in den letzten Monaten nicht mehr greifbar

gewesen. Wenn er doch einmal kurz zwischendurch aufgetaucht war, fahrig, mit glasigem Blick, und nicht selten mit einer deutlich wahrnehmbaren Alkoholfahne, dann hatte er auf die Fragen und Vorhaltungen von Johannes immer ausweichend, unwirsch und oft aggressiv reagiert:

„Im Grunde warst du meine größte Fehlinvestition. Lass mich bloß in Frieden!“

Nach einem solchen Auftritt war er wieder für Tage verschwunden, ohne sich auch nur ein einziges Mal zwischendurch wenigstens telefonisch zu melden.

Johannes war völlig überfordert gewesen, als sich immer häufiger irgendwelche Banker bei ihm meldeten und Strategien gegen den drohenden Niedergang einforderten.

Betriebswirtschaftlich völlig unbewandert, hatte er daraufhin immer hilfloser und deshalb manchmal auch mit Vorschlägen reagiert, die den Bankern Tränen der Rührung in die Augen getrieben hatten, ob solch einer unschuldigen Blauäugigkeit.

Einmal hatte er sogar bei einem Bankbesuch prustendes Gelächter und Schenkelklopfen seiner Gesprächspartner geerntet, so als habe er in einer Altherrenrunde einen derben Männerwitz zum Besten gegeben.

Diese unverhohlene Geringschätzung seiner Person hatte ihm sehr weh getan.

Johannes hatte es schon lange gespürt, dass er unter dieser tonnenschweren Last, die nur noch er allein auf seinen Schultern trug, über kurz oder lang seelisch und körperlich zusammenbrechen würde. Es gab keinen Ausweg und auch keine Fristverlängerung mehr für die ungeheuer drückenden Verpflichtungen. So hatte ihn Klaus Kern, einer seiner wenigen wirklichen Freunde, schließlich auf seinem Gang zum Amtsgericht begleitet, um die Insolvenz anzumelden.

Viel zu spät eigentlich. Der von Staats wegen bestellte Insolvenzverwalter hatte ihm nur wenige Tage später bestätigt, dass die Überschuldung bereits seit langer Zeit bestanden hatte und bloß durch Ralfs internationale Verschiebespielchen recht geschickt kaschiert worden war.

„Sie müssen unter Umständen noch mit einer Anklage wegen Insolvenzverschleppung rechnen“, hatte ihn der Jurist belehrt. Deshalb wohl auch jetzt der Auftritt der Kripo und der Steuerfahndung.

Von unterwegs rief er Klaus, seinen Freund und persönlichen Anwalt, auf seinem Handy an, bat ihn, möglichst sofort zum Büro zu kommen.

Beinahe zeitgleich trafen die beiden dort ein.

Nach bestem Wissen und Gewissen beantwortete Johannes alle Fragen der Beamten.

Wer, was, wie, wo und warum?

Den Polizisten und Fahndern war schon nach einer halben Stunde klar, dass ihnen hier der Falsche gegenüber saß, ein Ahnungsloser ohne jegliches kriminelles Potential.

Ein junger Beamter sagte zu seinem Chef bei der Rückfahrt im Auto: „Der Arme. Wäre er doch bei seinen Leisten geblieben. Gibt seinen Job als Institutsleiter, als Hochschullehrer auf, um mit einem Windhund zusammen Geschäfte zu machen. Ich hatte gedacht, Doktoren seien besonders klug!“

Das einzig Kluge, das Johannes denn auch tat, war, Klaus zu bitten, ihn in allen Belangen zu vertreten, so dass er sich mit der unangenehmen Abwicklung des drohenden Straf- und des laufenden Insolvenzprozesses nicht zusätzlich belasten musste.

Johannes war ihm mehr als dankbar dafür.

Bereits eine Woche später ließ die Staatsanwaltschaft das Ermittlungsverfahren gegen Johannes fallen.

Ralf Golz hatte über Jahre hinweg ein Riesenvermögen nach Südamerika transferiert. Eine argentinische Bank hatte über Euro- und Interpol eine Querverbindung zu einer Bank in Paraguay ermittelt und die Geldströme überprüft. Der Transfer war so trickreich und intelligent angelegt worden, dass es nur einem Team von wirklichen Spezialisten gelingen konnte, hinter die Winkelzüge zu kommen.

Die finanziellen Konsequenzen des geschäftlichen Niedergangs aber musste Johannes wohl oder übel mittragen. Er haftete mit seinem gesamten Vermögen und mit einem Großteil seines künftigen Einkommens.

Das wahre Leben konnte beginnen.

Ein Leben ohne Netz und doppelten Boden.

Kapitel 10

Hauch der Freude

...Herzversagen ist wohl auch das passende Wort
für meine Geschichte...

Wurde er am Anfang seiner Partnerschaft mit Ralf Golz noch auf den obersten Münchner Banketagen vom Vorstand persönlich betreut, so machte Johannes bei der kleinen Filiale in Bad Tölz jetzt eine völlig andere Erfahrung.

Klaus Kern hatte Johannes hierher vermittelt, um seine privaten Geldangelegenheiten dort abwickeln zu können. Denn für die Münchner Großbanken besaß Johannes keine Bedeutung mehr.

Er war jetzt einfacher Freiberufler.

Kein Unternehmer mehr.

Er musste sich darauf einstellen, sein Leben künftig sehr viel unsicherer fristen zu müssen. Denn einen neuen Job zu finden, war nicht mehr so leicht.

Er hatte kein Vermögen mehr und kein geregeltes Einkommen, musste aber bestimmte Verbindlichkeiten, die er sich im Laufe der letzten Jahre an den Hals geschafft hatte, jeden Monat pünktlich bedienen.

Das konnte jetzt eng werden.

Verdammt eng.

Er konnte nur hoffen, dass es ihm aufgrund seiner internationalen Verbindungen gelingen würde, auch weiterhin an internationalen Projekten mitarbeiten zu können. In Deutschland war die Luft für ihn dünner geworden. Ein Makel würde auch an seiner Person hängen bleiben. Das war Johannes durchaus bewusst.

Der Kreditsachbearbeiter Xaver Westenburger hatte ihn vorgeladen. Durfte er früher in der Münchner Bankwelt den Nebeneingang mit direktem Zugang zum Vorstand benutzen, musste er sich heute brav wie alle anderen Bankbittsteller auch in der Schalterhalle anmelden.

Dort wurde er von einer jungen Dame durchaus höflich gebeten, in der Besucher-Lounge unterhalb der Galerie Platz zu nehmen:

„Herr Westenburger hat noch Kundenbesuch. Er wird aber so in fünfzehn Minuten bei Ihnen sein."

Johannes setzte sich kurz in einen der tiefen Ledersessel, erhob sich jedoch gleich wieder, weil er so tief unten und derart eingeknickt nicht sitzen mochte.

Er ließ seinen Blick durch die Halle schweifen. Offensichtlich hatte die Bank ihre Halle freischaffenden Künstlern zur Verfügung gestellt, die ihre Werke an den Wänden, auf Postamenten und in Schaukästen präsentierten.

Am Treppenaufgang zur Galerie befand sich ein über drei Meter hohes, außergewöhnlich farbenfrohes Gemälde, dessen vitale Pracht von dem durch die Glaskuppel einfallenden Sonnenlicht wie von Lichtspots entfaltet wurde.

Johannes nahm sich vor, sich dieses Bild nach seinem Gespräch etwas näher anzuschauen.

Sein Blick fiel in diesem Moment auf die drei Personen, die gleichzeitig die Schalterhalle betraten. Zwei junge Frauen, die beide einen farbigen Aktendeckel unter den

Arm geklemmt hatten, gingen vorweg mit schnellem Schritt, laut lachend, auf eine der Türen auf der gegenüberliegenden Seite zu.

Dahinter erschien eine hochgewachsene, stattliche, blonde Frau reiferen Alters, aber immer noch außergewöhnlich attraktiv, wie Johannes schon auf den ersten Blick feststellte. Bekleidet mit einem geschmackvollen roten Trachten-Kostüm, einer weißen Bluse und eleganten, schwarzen Schuhen mit halbhohem Absatz.

Sie ging direkt auf den Kassenschalter zu und begrüßte den jungen Mann dahinter mit einem freundlichen Lächeln. Dieser erwiderte das Lächeln sehr offen und aufgeräumt. Angeregt unterhielten sich die beiden eine Weile, ohne dass es dabei um ein Bankgeschäft zu gehen schien.

Johannes schaute die ganze Zeit über fasziniert zu ihr hin. Eine junge Bankangestellte kam aus ihrem Büro, ging auf die Dame zu, reichte ihr die Hand.

Sie schien wohlbekannt und Stammkundin hier zu sein.

Welch eine Frau! Welch ein Gesicht.

Ja, dieses Gesicht! Wo hatte er es schon einmal gesehen? Es kam ihm irgendwie bekannt vor. War sie ihm schon einmal woanders begegnet?

Johannes grub in seinen Hirnwindungen nach. Aber er fand kein schlüssiges Bild.

Sekunden später vernahm er das laute, aber dennoch sehr angenehm klingende Lachen der „Lady in Red“. Gleich als er sie in der Automatiktür wahrgenommen hatte, war ihm die Melodie dieses bekannten Songs in den Sinn gekommen.

Der Interpret aber war ihm entfallen. War es nicht ein Ire gewesen? Er konnte sich nicht recht erinnern.

Johannes vertiefte sich in den schönen Anblick:

„Wie sie ihr Haar aus der Stirn streicht! Dabei ist sie gar nicht mehr so ganz jung. Sie muss wohl so alt sein wie ich, vielleicht sogar ein, zwei Jahre älter. Welch kraftvolle Bewegungen, was für ein strahlender Blick, welche Herzlichkeit und Fröhlichkeit. Die Kraft, die sie ausstrahlt, scheint sich auf andere zu übertragen."

Johannes geriet innerlich ins Schwärmen.

„Im Vergleich zu ihr habe ich selbst wohl im Moment eher die Ausstrahlung eines siebzigjährigen Mannes", dachte er gerade bei sich, als ein junger Bankangestellter zu ihm hintrat und ihn ansprach:

„Herr Dr. Brandmüller?"

„Ja!?"

„Westenburger mein Name. Ich bin der Sachbearbeiter in Ihrer Angelegenheit."

Der Schnösel reichte ihm nicht mal die Hand, sondern gab ihm zwei Formulare und klärte ihn auf, was damit zu geschehen hatte:

„Ihre Situation ist sehr, sehr ernst. Sie hätten schon eher die Notbremse ziehen müssen. Ihre Ausgaben übersteigen seit Monaten Ihre Einnahmen. Es genügt nicht, schöne Bilder von Gebäuden zu zeichnen, die dann nicht bezahlt werden. Oder wie kommt es zu den Einnahmeausfällen? Den gesunden Menschenverstand müsste man eigentlich bei einem Mann Ihrer Bildung voraussetzen. Nun ja. Dumm gelaufen eben. Bringen Sie die Formulare gleich morgen früh vollständig ausgefüllt wieder vorbei. Und machen Sie ehrliche Angaben. Schwindeln rettet Sie nicht. Ich wünsch Ihnen einen guten Tag!"

Sagte es und ging zurück in die Schalterhalle, blieb kurz bei einer jungen hübschen Kollegin stehen, schäkerte ein wenig mit ihr und verschwand dann wieder in seinem Büro.

Johannes war wie vor den Kopf geschlagen.

Eine solch hochmütige Unverfrorenheit war ihm in seinem ganzen Berufsleben noch nicht begegnet. Regelrecht geschockt, beinahe apathisch rollte er die Formulare in seiner Hand zusammen und wandte sich wieder zum Gehen.

Sein Blick fiel erneut auf das prächtige Gemälde, das er vorher schon wahrgenommen hatte und das er sich noch etwas näher hatte ansehen wollen.

Die Lust darauf war ihm nach dem kurzen Gespräch zur Sache eigentlich gründlich vergangen. Er ließ sich dann doch von der Farbenpracht des Bildes anziehen.

Wie gebannt stand Johannes davor.

Eine unglaubliche Komposition aus Rot, Blau, Grün und Gelb, in einem pulsierenden Stillleben arrangiert, wie er es nie zuvor gesehen hat.

Er suchte das Signierzeichen, entdeckte das kleine weiße Schild rechts unten an der Säule:

„Flammendes Herz“ von Kerstin Emmerich-Leicher.

„Na, geht es Ihnen auch so wie allen, die hier hereinkommen und dann wieder gehen? Ich glaube, die Banker haben das bewusst so gemacht. Da erträgt man die schlechten Nachrichten, die gekündigten Kredite und die steigenden Sollzinsen gleich viel leichter!“

Johannes richtete sich auf, wandte den Kopf um zu sehen, wer ihn da in seinem Rücken angesprochen hatte.

Es war die Frau, die er kurz zuvor noch beobachtet

hatte. Und jetzt, da er sie so nah vor sich sah, entdeckte er das strahlende Blau in ihren Augen und fühlte sich sofort ungemein angezogen von ihrem sonnengebräunten, strahlenden Gesicht, mit all den schönen Lebens- und Lachfalten, die ihm einen ganz besonderen Charakter verliehen.

Ja, Charakter!

Das wurde Johannes auf den ersten Blick klar.

„Ja, Sie haben Recht. Es ist unglaublich, welche Ausstrahlung das Bild hat. Sekunden zuvor hätte ein depressives Gemälde in Schwarz- und Grautönen noch viel besser zu meiner eigenen Stimmung gepasst. Und jetzt sieht die Welt sogar für mich ein klein wenig erfreulicher aus“, entgegnete Johannes.

„Na, so schlimm wird es doch nicht um Sie stehen - Sie werden sich beim Anblick dieses wundervollen Bildes und bei diesem herrlichen Sonnenschein heute Morgen nicht etwa in düstere Gedanken flüchten wollen?“ fragte die blonde Frau in einem tröstenden und aufmunternden Ton.

„Nun ja, ich würde lügen, wollte ich sagen, dass es mir gut ginge. Bei Ihnen scheint das ja völlig anders zu sein! Zumindest wirken Sie so, dass es sogar Menschen wie mir, um die es im Moment nicht so gut steht, gleich besser geht, wenn sie Sie sehen!“

„Sie schmeicheln mir. Danke trotzdem für das schöne Kompliment.“

„Darf ich mich Ihnen vorstellen? Ich bin Johannes Brandmüller.“

Britta reichte ihm die Hand:

„Ich heiße Britta Wasmeier, ich bin seit Jahren Stammkundin hier.“

„Und eine sehr beliebte offenbar. Ich bin erst seit wenigen Tagen Kunde hier. Aber wohl alles andere als ein König, wie ich vorhin erfahren musste."

Britta hatte ihn sofort erkannt, als er sich umgedreht hatte. Ja, das war der Mann, den sie vor wenigen Tagen im Café Landauer gesehen hatte - zusammen mit seiner jungen Frau.

„Wenn es Ihre Zeit zulässt, was sage ich, wenn Sie das überhaupt möchten, dann könnten wir gerne ein wenig über Ihre Sorgen sprechen. Ganz hier in der Nähe gibt es ein schönes Café mit angenehmer Atmosphäre und auch mit leckeren Sachen. Aber wirklich nur, wenn Sie das auch wirklich möchten", lächelte sie ihn an.

Sie lief ein wenig rot an, konnte sich beim besten Willen nicht erklären, welcher Teufel sie ritt, als sie sich selbst diese Einladung aussprechen hörte.

Aber nun war sie heraus.

Und das war gut so. Mehr als „Nein" sagen konnte er schließlich nicht. Und niemand sonst hatte ihre kleine Unschicklichkeit gehört.

„Ja, gerne, wenn ich die Zeche für unser Gelage übernehmen darf?"

Johannes verbeugte sich mit breitem Lächeln vor ihr.

„Wenn Ihre finanziellen Verhältnisse das noch zulassen, gerne", frotzelte sie lachend zurück.

„Gerade noch so", entgegnete Johannes.

„Dann lassen Sie uns gleich gehen", freute sich Britta.

Im Café Landauer fanden sie noch einen schönen Platz draußen vor der Tür. Zwei Tische entfernt von dem, an dem sie gesessen hatte, als sie Johannes zum ersten Mal gesehen hatte. Es war ja nur wenige Tage her. Und sie hätte sich nie im Leben vorstellen können, dass sie jetzt hier zusammen sitzen würden.

Nachdem sie beide einen Cappuccino und ein Mineralwasser bestellt hatten, sagte Britta unvermittelt:

„Ich glaube, dass ich Sie und Ihre Frau vorgestern früh auch hier gesehen habe. Dort drüben, meine ich, hätten Sie gesessen. Kann das sein?"

Sie zeigte mit einer Kopfbewegung hinüber zur äußersten Sitzgruppe des Straßencafés.

„Ja, das stimmt. Dort habe ich gesessen. Ihre Wahrnehmung, was die Frau angeht, stimmt jedoch nicht. Es war nicht meine Frau. Es war Hanna, meine jüngste Tochter aus meiner ersten Ehe. Ich genieße die wenigen schönen Stunden, die ich mir gönne, am liebsten gemeinsam mit ihr. Sie ist Lehrerin in Holzkirchen. Wir treffen uns mal hier, mal dort. Sie ist die Nabelschnur zu meinem früheren Leben."

Britta nahm den bitteren Ton, der in Johannes' Stimme lag, sehr wohl wahr.

„Ja, so hat jeder sein eigenes Lebensschicksal. Vor vier Jahren ist mein Mann nach einem ganzen langen gemeinsamen Leben plötzlich an Herzversagen gestorben. Da hat beinahe auch mein eigenes Herz versagt, so weh hat es getan, ihn zu verlieren."

Johannes schaute sie nachdenklich an. Dann sagte er:

„Herzversagen ist wohl auch das passende Wort für meine persönliche Geschichte. Mein Herz hat versagt in einem einzigen entscheidenden Augenblick, wo es darauf angekommen wäre, im vorgegebenen Takt zu schlagen.

Aber es hat bei mir durch meine eigene Schuld ausgesetzt. Und damit habe ich alles zerstört.“

Johannes fühlte das Selbstmitleid wieder mit Macht in sich aufsteigen und er fuhr bitter fort:

„Es wäre besser gewesen, eine Krankheit hätte mein eigenes Herz so zerstört wie das Ihres Mannes. Wenn ich mir vorstelle, meine erste Frau Claudia sitzt irgendwann einmal mit einem anderen Mann im Café und spricht über mich - dann wird sie nicht so liebevoll von mir sprechen, wie Sie von Ihrem Mann erzählt haben. Sie wird sagen, dass ihr Mann ihr Leben zerstört hat, und er es deshalb nicht wert ist, dass sie um ihn trauert. Sie wird froh sein, dass ich aus ihrem Leben gegangen bin.“

Britta spürte einen dicken Kloß im Hals, als sie den Mann neben sich so voller Bitterkeit reden hörte.

Sie legte ihm ihre Hand auf den Arm und bat ihn, ihr die ganze Geschichte zu erzählen. Und Johannes begann, nachdem er noch ein paar Sekunden gezögert hatte, sich tatsächlich alles von der Seele zu reden: „Wir haben uns gekannt von Jugend auf….“

Mehr als eine Stunde verging. Britta hörte ihm geduldig zu. Oft fragte sie zwischendurch nach, wenn sie einen Zusammenhang nicht richtig verstanden hatte.

Sie war mit allen Sinnen dabei, hörte ganz aktiv zu, begleitete Johannes' Geschichte mit sehr großem Einfühlungsvermögen, spiegelte in ihrer Mimik die wechselnden Gefühlslagen ihres Gegenübers wider.

Und Johannes genoss das gute und tiefe Gefühl, dass hier ein Mensch, eine Frau saß, die ihn verstand, die alles verstand, was Menschen im Allgemeinen bewegt, was einen Mann wie ihn im Besonderen quält, was ihn freut, was ihn lachen oder weinen lässt.

Und es tat ihm so unendlich gut, einmal seine ganze aufgestaute seelische Last wie Wasser aus einem Stausee, dessen Mauer bricht, herauslaufen zu lassen.

Er fand beinahe kein Ende.

Plötzlich hielt er betroffen inne, sah Britta wie aus treuen Hundeaugen an und sagte nach ein paar nachdenklichen Sekunden unter Kopfschütteln zu ihr:

„Was tue ich hier eigentlich? Sie müssen mich für den größten Egomanen halten, der Gottes Erde je bevölkert hat. Setze ich mich einfach hier hin und heule Ihnen stundenlang die Ohren voll. Bitte, entschuldigen Sie! Aber ich musste das offensichtlich alles einmal loswerden....“

„Da gibt es überhaupt nichts zu entschuldigen. Im Gegenteil. Ich finde es sehr, sehr schön, dass Sie mir so vorbehaltlos und offen Ihr Vertrauen geschenkt haben, obwohl wir uns erst vor knapp einer Stunde kennen gelernt haben. Das ist sehr außergewöhnlich und für mich eine sehr hohe Wertschätzung“, beruhigte ihn Britta.

„Darf ich so unverschämt sein und Sie bitten, mir Ihre eigene Geschichte jetzt nicht zu erzählen?“

Etwas verunsichert schaute Britta Johannes nach dieser seltsamen Bitte an. Bis Johannes fortfuhr:

„Das hat schon wieder einen sehr egoistischen Grund. Ich gebe es zu. Aber ich möchte Sie gerne wiedersehen und mir alle Zeit der Welt nehmen, wenn Sie mir erzählen, woher Sie kommen, wie Ihr Leben bisher verlaufen ist und was Sie in Zukunft noch so alles vorhaben.“

Britta entgegnete ihm lächelnd, dass sie sich darüber sehr freue, jetzt nichts mehr von sich erzählen zu müssen.

Kapitel 11

In aller Freundschaft

...Diese Frau hat ein ganz besonderes Format.

Ich kann dich verstehen!...

Könnten Sie sich vorstellen, am Samstag früh mit mir an den Starnberger See zu fahren, dort einen Teil des Rundweges zu laufen und dann am Mittag bei meinem Freund Franz etwas Schönes zu essen?“

So hatte Johannes Britta am Ende ihres Gespräches im Café Landauer gefragt. Und Britta hatte geantwortet:

„Ja, sehr, sehr gerne. Dann lassen Sie uns aber jetzt aufbrechen. Denn so ein paar Verpflichtungen hat auch eine alte Witwe wie ich immer noch.“

Johannes hatte bloß den Kopf geschüttelt:

„Wie kann eine Frau wie Sie nur so reden? Sie sind eine sehr schöne Frau, mit der ich mich gerne am Samstag von allen männlichen Passanten, die uns am Seeweg begegnen, beneiden lassen werde.“

Britta war schon wieder ein wenig rot bei diesem wunderbaren Kompliment geworden. Sie hatte es jedoch ohne zu widersprechen angenommen. Denn sie fühlte, dass dieser Mann das, was er sagte, auch wirklich so meinte.

Johannes hatte gezahlt.

Britta hatte sich mit einem breiten, herrlichen Lächeln verabschiedet. Johannes war noch so lange vor dem Café stehen geblieben, bis sie weiter unten in eine der

Seitenstraßen abgebogen war. Er hatte gehofft, dass sie sich noch ein einziges Mal umdrehen würde.

Aber Britta hatte es nicht getan.

Es war ihr nicht leicht gefallen. Sie hatte sich eisern beherrscht.

Es wurde ein wunderschöner Tag. Sie waren fast drei Stunden am See entlanggelaufen.

„Diese Seite kenne ich noch gar nicht. Sie ist viel schöner als das gegenüberliegende Ufer. Bisher war ich nur dort, in der Nähe von Berg. Und einmal auch unten in Seeshaupt. Und natürlich oben in Starnberg selbst. Aber hier ist es besonders schön!“

Britta war ehrlich begeistert.

Am Mittag trafen sie im La Villa ein und tafelten fürstlich. Britta hatte einen Riesenhunger.

Johannes freute sich, als er sie reinhauen sah wie Hanna, wenn sie sich mit ihm traf, wenn am Ende ihres Geldes noch zu viel Monat übrig war. Sie hatte ihm aber immer versichert, dass es nicht die Sehnsucht nach seinem Portemonnaie, sondern die Sehnsucht nach ihm selbst gewesen sei, die sie mal wieder zu ihm getrieben hatte.

Franz gesellte sich beinahe eine halbe Stunde lang zu ihnen, unterhielt sich angeregt mit Britta.

Dann musste er jedoch wieder in der Küche nach dem Rechten sehen, nahm jedoch Johannes zur Seite, als dieser zwischendurch einmal zur Toilette ging und an der offen stehenden Küchentür vorbeikam:

„Diese Frau hat ein ganz besonderes Format, das spürt man gleich. Ich kann dich verstehen!“

„Nichts verstehst du“, erwiderte Johannes. „Ich gebe dir Recht. Sie ist eine faszinierende Frau. So vital, so voller Kraft und Lebensfreude. Aber gebranntes Kind scheut das Feuer. Zu Beginn war ich und warst sogar auch du von Lisa begeistert - trotz deiner tiefen Freundschaft mit Claudia. Und - wie hat Lisa sich letztendlich entpuppt? Es war die erste und größte Enttäuschung meines ganzen Lebens. Und sie war die Ursache dafür, nicht der Schuldige, der bin ganz alleine ich - aber sie war die Ursache für meinen Untergang! Und ich glaube nicht, dass ich jemals wieder mit einer Frau zusammenleben möchte, mein Leben mit ihr teilen will! Ich glaube, diese Frau kann einem Mann eine sehr gute Freundin sein. Mehr will ich nicht. Und mehr erwartet sie sicher auch nicht von mir!“

Als Johannes an den Tisch zurückkehrte, zeigte Britta mit dem Finger nach draußen auf den See:

„Das Fährschiff erinnert mich ein klein wenig an meine Heimat, an Spiekeroog. Vielleicht haben wir ja einmal Gelegenheit, diese schönste Insel der Welt gemeinsam zu besuchen!?“

Johannes stutzte, sah Britta ein wenig verwundert an:

„Wir kennen uns seit wenigen Tagen und planen schon gemeinsame Reisen zu unseren Wurzeln. Ich mag Sie sehr, Britta. Ja, ich mag auch Ihren hübschen nordischen Vornamen sehr, die Frau Wasmeier geht mir jetzt schon nur noch schwer von den Lippen. Und vielleicht mögen Sie es ja auch, Johannes zu mir zu sagen?“

„Ja, gerne, Johannes. Wie schön Ihr Name klingt!“

Johannes aber nahm den Faden wieder auf, den er kurz zuvor zu spinnen begonnen hatte:

„Ich denke, wir sollten beide behutsam mit unserer

Bekanntschaft umgehen. Vor einer Woche erst bin ich von Lisa, meiner zweiten Frau, wie Sie ja wissen, geschieden worden. Und ich möchte Ihnen von Anfang an überhaupt nichts vormachen. Denn ich werde niemals mehr einen Menschen belügen oder gar betrügen. Und mein Herz hängt noch zu sehr an Claudia. Es wäre nicht fair, Ihnen etwas anderes zu sagen. Ich würde sofort zu ihr zurückkehren, wenn sie das wollte. Lassen Sie uns eine wunderbare Freundschaft leben. Denn ich mag Sie wirklich sehr. Sie sind ein außergewöhnlicher Mensch. Keine andere Frau, außer Claudia, hat jemals mehr Raum in mir eingenommen, als Sie es schon tun nach diesen wenigen Tagen."

Britta lächelte ein wenig gequält:

„Ja, Johannes, ich verstehe Sie gut. Und Ihre Ehrlichkeit ehrt Sie. Das, was Sie gerade gesagt haben, geht mir sehr nahe. Wäre Claudia jetzt hier, ich glaube, sie könnte nicht anders, als Ihnen zu verzeihen und Ihr gemeinsames Leben noch einmal von vorne zu beginnen. Auch ich will ehrlich zu Ihnen sein. Als ich Sie mit Hanna im Café Landauer sitzen sah, war ich sehr aufgewühlt. Ich konnte ja nicht wissen, dass es Hanna war. Ich fand es jedenfalls sehr ungerecht, dass sich eine so junge Frau einen so attraktiven reifen Mann angeln konnte. In der darauf folgenden Nacht habe ich sehr lange wach gelegen und auch sehr geweint. Denn ich bin keine alte Frau. Ja, das glaube ich sagen zu können. Denn mein Lebensgefühl hat mit meinem Ausweisalter nichts gemein. Ich bin nach wie vor eine ganze Frau, die noch so viel zu geben hätte. In jeder Beziehung. Und eine Frau, die auch noch sehr viele Wünsche hat. In jeder Beziehung. Und ich wünsche mir auch in meinem Alter noch die Nähe eines Mannes, seine ganze Aufmerksamkeit, ja, auch seine körperliche Zärtlichkeit. Das hat mir immer viel bedeutet. Seit langen Jahren schon muss ich darauf verzichten. Aber ich akzeptiere und respektiere Ihre Haltung völlig."

Johannes schwieg.

Er schaute etwas verlegen über den See, sah dann Britta wieder in die Augen:

„Sie sind eine wundervolle Frau. Ich freue mich so sehr darüber, dass Sie mir begegnet sind!"

„Wissen Sie, was wir hier tun?" fragte Britta nach einer ganzen Weile, während der sie beide sehr beredt geschwiegen hatten. Ihre Stimme hörte sich etwas brüchig an, so dass sie sich zwischendurch räuspern musste:

„Wir öffnen uns einander in einer Weise, die ganz einfach unvergleichlich ist. Lassen Sie uns dieses Gefühl, diese Einfühlsamkeit füreinander hüten wie einen kostbaren Schatz. Und wer weiß, an welche Gestade uns die Wogen unseres Lebens noch anschwemmen werden!"

Nach einer kurzen Pause fügte sie hinzu und umfasste dabei seine Hände:

„Ich bin eine Frau und ich bin gleichzeitig auch noch die Ältere von uns beiden. Und deshalb steht mir nach geltender Etikette in zweifacher Hinsicht das Recht zu, dir, lieber Johannes, das Du anzubieten. Denn zu all dem, was wir uns heute so alles anvertraut haben, vom tiefsten Grund unserer Seelen, dazu passt das distanzierte Sie einfach nicht mehr. Meinst du nicht auch?"

„Ja, Britta, du hast vollkommen Recht. Lass uns das Glas heben auf eine wundervolle Freundschaft, die wirklich alle Gezeiten überdauert, um es in deiner Inselsprache auszudrücken. Es ist schön und ich bin Gott dankbar, dass es dich gibt!“

Johannes hob sein Glas und stieß damit leicht an Brittas Glas an.

„Aber einen ganz freundschaftlichen Kuss wirst du mir dennoch gewähren können, bei all deinen ritterlichen Grundsätzen. Ich verspreche, ich werde dich nicht in Versuchung führen“, versuchte Britta der Situation ein wenig von ihrem beschwerenden Ernst zu nehmen.

Johannes kam ihrem Wunsch sehr bereitwillig nach und küsste Britta doch ein gutes Stück länger auf ihren leicht geöffneten Mund, als man das zu einem solchen Anlass wohl üblicherweise tat....

Britta und Johannes erlebten einen wunderbaren, gemeinsamen Sommer, mit unzähligen Unternehmungen. Wanderungen rund ums Tölzer Land, eine Schifffahrt auf der Donau, Besuche in der Oper, Picknick im Englischen Garten in München.

Viele nette Abende verbrachten sie bei Franz. Heimelige Abende in ihrem gemütlichen kleinen Haus. Und auch in seiner Wohnung. Sie liebten es, sich gegenseitig zu bekochen. Bei Johannes gab es jedoch immer nur ein einziges Gericht, weil es das einzige war, das er beherrschte: Nudeln mit extraordinären Fertigsoßen.

Als Ausgleich für diese einfallslose Einfachheit kredenzte er Britta immer einen wirklich außergewöhnlich guten roten Tropfen.

Beide liebten sie das Schwimmen im See. Dafür nahmen sie die Anfahrt von Tölz aus gerne in Kauf. Einmal in seinem Golf. Ein andermal in ihrem kleinen Seat Ibiza.

Sie liebten den Badegenuss jedoch zu gänzlich unterschiedlichen Tageszeiten.

Johannes am Abend.

Britta am Morgen. Und zwar ganz früh morgens. Johannes hasste diesen Frühsport im Grunde wie die Beulenpest. Er stieg nur deshalb bei diesen wirklich unchristlich niedrigen Temperaturen in die eisigen Fluten, um Britta gegenüber nicht als Schwächling dastehen zu müssen.

Es wollten ihm auch um alles in der Welt keine schlüssigen Ausreden einfallen, die ihm erlaubt hätten, diesen ungesunden Unsinn am Morgen künftig nicht mehr verrichten zu müssen.

Britta dagegen liebte diese frühe Stunde im See über alles. Kopfüber sprang sie ins Wasser, schwamm gleich mit kräftigen Stößen weit hinaus, was sich Johannes niemals getraut hätte.

Bevor sie wieder zurück in die Nähe des Strandes kam, ging er vorsichtshalber schon einmal an Land. Es genügte ihm die Erfahrung des drohenden Ertrinkens völlig, als Britta ihn beim ersten Mal beinahe umgebracht hätte, so lange hatte sie ihn unter Wasser getaucht.

„Das sind lediglich deine Gene. Eigentlich bist du ja eine Inselrobbe und ich bin ein Adler", versuchte Johannes eine Erklärung.

„Du scheinst mir eher eine zickige wasserscheue Bergziege zu sein", hänselte Britta.

Sie benahmen sich an manchen Tagen albern wie zwei pubertierende Teenager. Nicht selten schüttelten Passanten verständnislos den Kopf.

Wie lange würde diese unbeschwerte Zeit andauern?

Die unselige Ehe mit Lisa war noch schneller und unkomplizierter geschieden worden als seine erste mit Claudia.

Es würde jedoch wohl noch bis zum Winter dauern, ehe seine finanzielle Lage ein klein wenig besser sein würde.

Zwei seiner besten Freunde im europäischen Ausland, sein Partner in Mailand und ein Projektleiter in Österreich, sorgten inzwischen dafür, dass er ein zwar im Vergleich zu bisher eher bescheidenes, aber immerhin ausreichendes Einkommen bezog. Er musste nicht am Hungertuch nagen, schränkte sich jedoch in allem ein, wo es nur ging.

Sein Planungsbüro hatte er in sein Wohnzimmer integriert. Britta versuchte hier und da, Ordnung in das Chaos zu bringen. Sie erntete für ihre gute Absicht meistens jedoch nur Vorwürfe von Johannes:

„In deiner aufgeräumten Atmosphäre finde ich ohne Geigerzähler keine meiner Zeitbomben mehr."

Manchmal nahm er es auch nicht mehr humorig, sondern tobte in einer Weise, dass er auch schon mal seine gute Kinderstube vergaß.

Immer dann verließ Britta den unordentlichen, rüden Freund mit dem festen Vorsatz, sein Etablissement nie mehr in ihrem Leben zu betreten.

Diese Entscheidung hielt in der Regel zwei Tage.

Eines konnte sie Johannes nicht vorwerfen: dass er seine neue Situation einfach verdrängte.

Nein, er nahm die Veränderung an, fand sich mit ihr ab, organisierte sein Leben in vielen Bereichen neu.

Seinen luxuriösen großen BMW hatte er ja schon längst in einen gebrauchten Golf Variant eingetauscht.

„So ein Kombi ist eh besser als eine Limousine!" hatte

er nach wenigen Tagen bereits erfreut festgestellt. Seine Wohnung war jetzt mit einfachen und dennoch geschmackvollen Möbeln von der Stange eingerichtet.

Das einfache Leben fing sogar an, ihm Spaß zu machen.

Die Qualität seiner geliebten Arbeit litt in keiner Weise unter den persönlichen Einschränkungen.

Im Gegenteil.

Er erlebte geradezu eine neue kreative Hochphase, packte Herausforderungen an, denen er bisher immer ziemlich erfolgreich aus dem Wege gegangen war.

Er genoss gleichsam den spürbaren seelischen Komfort, den gesellschaftlichen Verpflichtungen nicht mehr genügen zu müssen, all die selbst auferlegten Hypotheken und sonstigen Verpflichtungen nicht mehr bedienen zu müssen.

So hätte es weitergehen können.

Der gesamte Süden des Landes erstrahlte schon zwei Wochen lang unter der letzten goldenen Oktobersonne und sogar Allerheiligen präsentierte sich noch in dieser total unüblichen Wetterlage.

Einen Tag zuvor hatte Johannes Britta gebeten, an diesem kirchlichen Feiertag mit ihm zusammen in die Jachenau zu fahren, um das Grab seiner Mutter zu besuchen.

Da rief am Morgen des ersten November Bernhard, sein Bruder, an und teilte ihm mit, dass der Vater plötzlich und unerwartet gestorben sei. Sein geschwächtes Herz habe früh morgens beim Füttern des Viehs einfach aufgehört zu schlagen. Er, Bernhard, habe ihn vor der Heuraufe liegend gefunden.

„Oh, mein Gott, Johannes. Jetzt ist er auch noch aus deinem Leben gegangen. Ich habe mich immer so sehr darüber gefreut, wenn du so begeistert von deinem Vater gesprochen hast. Es erinnert mich auch nach so langer Zeit noch an den Moment, als ich meinen Vater verlor.“

Britta sah zum sonnigen Himmel hoch.

„Er hat ein Leben lang auf mich aufgepasst. Das, was meine Wünsche an das Leben angeht, konnte er mir natürlich nicht erfüllen. Das habe ich auch nicht erwartet.“

Johannes nahm sie in den Arm.

Er streichelte über ihr Haar.

Dann aber ließ er die Arme schnell wieder sinken.

Zu schnell, zu übereilt eigentlich, wie Britta es selbst im ersten Moment empfand.

„Keine Angst, ich habe deine Umarmung schon richtig gedeutet“, beruhigte sie ihn sofort.

Johannes ging in sein Schlafzimmer, um seine Sachen zu packen.

„Soll ich mitkommen in die Jachenau?“ fragte ihn Britta.

Johannes antwortete erstaunt:

„Natürlich, warum fragst du?“

„Nun, Claudia, ja deine gesamte Familie wird ja wohl auch zur Beerdigung kommen. Wie wirst du dich, wie soll ich mich denn dann verhalten? Oder willst du nicht lieber doch alleine fahren?“

„Nein, ich möchte, dass du mitkommst. Es wird sich alles finden. Ich möchte nicht ganz alleine dort unten sein“, versuchte Johannes ihren Einwand zu entkräften.

Dennoch fuhren sie beide sehr schweigsam und mit einem mulmigen Gefühl im Magen los, Richtung Sonnental, in die Jachenau.

Alois Brandmüller hatte man in der Wohnstube aufgebahrt. Er hatte es selbst so Jahre vor seinem Tod bestimmt. Er wollte nicht bis zur Beerdigung in Gottes geweihtem Boden in den „Katholischen Kühlschrank" in der Friedhofshalle geschoben werden, wie er den Aufbahrungsraum dort nannte. Das war seiner Auffassung nach eines ehrbaren toten Jachenau-Bauern nicht würdig.

Andreas hatte eigenhändig den Sarg für den Vater seines Freundes angefertigt, aus bestem Buchenholz, das Alois immer so sehr geliebt hatte.

„Die Buche ist mein Baum. Schau sie dir an. Ein Sinnbild für jedes Mannsbild, kerzengerade, unverschnörkelt, urwüchsige Kraft, die hoch in den Himmel schießt. Wenn ich eine Frau wäre, ich hätte eine Buche zum Mann genommen", grinste er oft vieldeutig, wenn er von seinem Lieblingsbaum schwärmte.

Andreas' Vater teilte die Vorliebe seines Freundes Alois für das besondere Holz. Schließlich verwendete Ernst für seine begehrten Pferdeschlitten kein anderes, „weil es kein besseres auf Gottes Erde gibt".

Jetzt fand sein Freund seine letzte Ruhe darin, nahm seinen Baum mit in die Ewigkeit. Und für ihn, den „Schlittenbauer der Jachenau", würde sein Sohn Andreas sicher auch schon bald den gleichen Sarg zimmern.

Bernhard ging Johannes und Britta entgegen. Er war gleich, nachdem er das Auto hatte vorfahren gesehen, aus der Haustür getreten.

„Grüß Gott, Bernhard - das ist Britta", stellte Johannes seine Begleiterin vor.

„Sehr angenehm", antwortete Bernhard lächelnd.

Und er meinte es auch so. Ihm hatte ein Blick in Brittas Augen genügt, um zu erkennen, dass aus diesen Augen sehr viel Herzlichkeit, Wärme und Verständnis herausschauten.

„Sie ist meine allerbeste Freundin, ja ein Stück weit auch meine Lebensbegleiterin. Aber wir sind nicht Mann und Frau, wie du vielleicht denken könntest. Wie auch immer, lass uns bitte gleich zu Vater gehen", bat Johannes seinen Bruder.

Bernhard führte die beiden sogleich ins Haus und an den Sarg des Vaters. Johannes beugte sich zu dessen Gesicht hinab, strich ihm zärtlich übers Haar und drückte minutenlang dankbar seine kalten Hände. Britta und Bernhard standen daneben, sprachen ein stilles Gebet.

„Ich möchte gleich runter ins Dorf zu Andreas wegen der Trauerfeierlichkeiten!"

Johannes fuhr zusammen mit Britta runter ins Dorf auf die andere Seite des Tales, dort wo Andreas sein neues Haus zusammen mit seiner modernen Tischlerwerkstatt errichtet hatte.

Er wollte mit ihm unverzüglich das Finanzielle rund um die Sargherstellung und Aufbahrung regeln, so dass wirklich alles erledigt war, bevor die Erde den Vater bedeckte. Damit dieser ohne irgendeine offene weltliche Restschuld seine letzte Pilgerreise antreten konnte.

Was Johannes gleich auffiel, als er gemeinsam mit Britta in Andreas' Tischlerei eintrat, war die Nervosität seines Freundes. Seit jenem denkwürdigen Abendessen gemeinsam mit Lisa und seinen Freunden in Tölz hatte er keinen Kontakt mehr zu Andreas gehabt.

Vielleicht war dieser deshalb so verlegen.

Er war auch gar nicht so recht bei der Sache, als er Johannes die Rechnung erklärte. Zumindest schien er froh zu sein, als sich die beiden wieder verabschiedeten.

Johannes lud ihn bereits jetzt zum Leichenschmaus am übernächsten Nachmittag ein:

„Wir sehen uns ja sicher im Goldenen Hirschen. Mach mir die Freude und nimm an unserem Familientisch Platz!" Dann verließen die beiden die Werkstatt des Freundes.

Als sie über den Platz vor St. Nikolaus auf dem Kirchberg gingen, schlug es elf Uhr und beim letzten Schlag begann das Angelus-Läuten. Zwei Bauern kamen ihnen entgegen, blieben stehen, nahmen den Hut ab und verharrten mit gesenktem Kopf im Gebet.

Britta hielt Johannes am Ärmel an, bedeutete ihm, es den beiden gleichzutun. Johannes schämte sich, dass ihn seine Freundin erst wieder auf seine christlichen Traditionen aufmerksam machen musste. Im gleichen Moment erinnerte er sich daran, wie sie einmal gesagt hatte:

„Die Menschen in unserem Land und in ganz Westeuropa beobachten argwöhnisch den Islam, beklagen häufig, dass überall Moscheen entstehen. Und manche sagen, dass bald von überall her der Muezzin vom Minarett zum Gebet ruft und nicht mehr die Glocken. Wir sind doch selbst schuld, wenn es mal soweit kommt. Denn das christliche Abendland gibt es doch längst nicht mehr. Unsere Kirchen sind leer. Die Kreuze werden aus den Schulen entfernt. Und wir beten nicht mehr, zumindest nicht öffentlich. Es ist ein großes Vakuum entstanden - und es wird immer größer. Und ist es nicht ein Naturgesetz, dass in jedes Vakuum immer etwas anderes hineinfließt? Anstatt unsere eigenen Wurzeln wieder zu wässern, uns wieder mehr um die verkümmerten Pflänzchen zu kümmern, sie zu hegen und zu pflegen, haben wir sie eigenhändig ausgerissen und sehen jetzt bloß noch zu, wie andere ihre, uns fremden, Wurzeln einpflanzen. Und diese Saat wird aufgehen. Wir werden es erleben!“

Johannes war danach sehr nachdenklich geworden.

Ja, Britta hatte, wie so oft, Recht.

Ihr gesunder Menschenverstand war die Grundlage ihrer Lebenstüchtigkeit, ihrer Lebenskraft. Viel mehr Wert als drei akademische Studienabschlüsse. Und allemal mehr Wert als sein eigener Doktortitel.

So viel war gewiss.

Dankbar drückte er ihr die Hand, bekreuzigte sich und betete für seinen toten Vater, seine längst verstorbene Mutter, für Claudia und seine Töchter - und auch für Britta.

Seine Augen waren leicht feucht, als das Läuten zu Ende war. Die Bauern grüßten noch mit freundlichem Kopfnicken in seine Richtung, bevor sie ihre Hüte wieder aufsetzten und ihres Weges gingen.

Verstohlen wischte Johannes die Tränen aus den Augenwinkeln, bevor er sein Gesicht wieder Britta zuwandte. Er bot ihr an, bis zum Mittagessen eine kleine Rundfahrt durchs Tal zu unternehmen. Britta freute es.

Sie genoss die langsame Fahrt mit heruntergekurbelten Seitenfenstern. Sie ließ sich den immer noch warmen Wind genießerisch um die Nase wehen.

Im Tal lagen noch einige runde Stroh- oder Heuballen auf Wiesen und Äckern, die wohl von den Bauern als Wildfutter für den Winter nach dem Erntedankfest zurückgelassen worden waren.

„Es sieht so aus, als hätten Riesen ein Festgelage abgehalten und die Weinkorken von ihren Riesenflaschen auf dem Feld liegen lassen!"

Brittas berühmte Phantasie ließ Johannes laut lachen, was er jedoch in Gedanken an seinen toten Vater sofort wieder einstellte.

Sie kehrten nach einer Stunde zurück und im Goldenen Hirschen zum Mittagstisch ein. Sie bestellten sich beide einen Tafelspitz mit Wirsing und frischen Kartoffeln.

Johannes wollte schon anfangen zu essen, als er sah, wie Britta die Hände faltete und den Kopf senkte. Schon mehrfach hatte er das in den Monaten zuvor bemerkt, war bisher jedoch immer darüber hinweggegangen.

Heute jedoch hielt er inne, bekreuzigte sich und verrichtete ebenfalls sein Tischgebet. Er drückte danach erneut Brittas Hand, wünschte ihr einen guten Appetit und hatte den Eindruck, noch nie zuvor eine derart schmackhafte Alltagsspeise gegessen zu haben.

Als sie geendet hatten, sprach Johannes gleich mit dem Wirt über die Beerdigung. Er versprach auch ihm, seine Rechnung direkt nach Abschluss der Totenfeierlichkeiten am Abend zu begleichen.

Britta war redlich müde vom frühen Aufstehen und von den ganzen ungewohnten Geschehnissen dieses Vormittags. Johannes kehrte deshalb sofort nach dem Essen mit ihr zurück zu seinem Elternhaus.

Bernhard ließ die Gästekammer regelmäßig mit frischer Bettwäsche herrichten. Auch jetzt duftete es frisch und einladend in der gemütlich eingerichteten großen Schlafstube mit ihrem wuchtigen Doppelbett aus Buchenholz.

Wie hätte es im Haus von Alois anders sein können!

Britta wusch sich kurz im rustikalen kleinen Bad nebenan. Dann ließ sie sich entspannt in die weißen Kissen fallen. Wenn es nicht ein so trauriger Anlass gewesen wäre, sie hätte denken können, auf Urlaub zu sein.

Machte ihr am Anfang auch der Gedanke etwas zu schaffen, dass zwei Stuben weiter der tote Vater von Johannes aufgebahrt lag, so fiel sie dennoch nach einigen Minuten in einen tiefen, erholsamen Mittagsschlaf.

Johannes saß derweil mit Bernhard allein am großen Esszimmertisch und fragte nach, wie es ihm denn im letzten halben Jahr so ergangen sei.

Bernhard klagte ein wenig über die Aussichtslosigkeit der Landwirtschaft im Allgemeinen und in der Jachenau im Besonderen.

„Ich werde wohl ebenfalls in den Tourismus investieren müssen, damit ich auch morgen noch leben kann. Andreas und Thomas haben mir in den letzten beiden Jahren geholfen, die Brandmüller-Alm zu einem wirklichen Kleinod umzubauen. Ich habe sie erstmals in diesem Herbst vermietet für richtig gutes Geld. Die Gäste waren begeistert. So etwas hätten sie in der gesamten Bergwelt noch nicht vorgefunden. Ich glaube, wenn ich diesen Weg weitergehe, werde ich auch dann noch ein Einkommen und Auskommen haben, wenn die Landwirtschaft nichts mehr abwirft. Sofort, wenn ich eine geeignete Frau gefunden habe, verkaufe ich das Vieh und baue den Stall in eine kleine, aber feine Pension um. So lange Vater noch lebte, habe ich mich nicht getraut, damit anzufangen."

Bernhard war immerhin nun auch schon neunundvierzig. Er hatte also keine Zeit mehr zu verlieren, um seinen Traum umzusetzen.

Alles wäre wohl auch ziemlich leicht machbar gewesen, wenn bloß das Problem mit der Frau nicht bestanden hätte….

„Apropos Frau. Weißt du Johannes, dass deine Frau, äh, mmh, ich meine Claudia, auch wieder hier in Jachenau ist? Ja - und ich sag es dir am besten gleich selbst, als dein Bruder, bevor du es von irgendjemand anderem erfährst - sie lebt seit einigen Wochen mit Andreas zusammen."

Johannes wurde aschfahl im Gesicht.

Sofort sprang er auf, ging aufgewühlt in der Stube hin und her und bat schließlich Bernhard, ihm seine Wanderstiefel und seine Kniebundhose zu holen, die dieser immer für seinen Bruder für alle Besuchsfälle in der kleinen Rumpelkammer bereithielt.

Johannes hatte sie bei seinen unregelmäßigen Stippvisiten in den vergangenen Jahren immer gut gebrauchen können. Johannes zog sich um, verließ wortlos das Haus, stieg in sein Auto und fuhr in schnellem Tempo davon, Richtung Benediktenwand.

Andreas und Claudia! Jetzt fiel es ihm wie Schuppen von den Augen, warum sein Freund am Morgen so nervös gewesen war.

Johannes schritt mächtig aus, stieg den Höhenweg hinauf zum Kiefernwald. Bald schon kam er ganz schön ins Schwitzen, zog seinen Janker aus, steckte den Zeigefinger durch die Aufhängeschlaufe und warf sich die Jacke über die Schulter. Es war für diese Jahreszeit ganz ungewöhnlich warm.

Hoch oben am Waldrand blieb er stehen, setzte sich nieder ins Gras, hielt die Hand über die Augen und ließ seinen Blick hinunter ins Tal und über die Höhenzüge rundum schweifen. Die schneebedeckten Alpen grüßten ihn wieder ganz nah.

Erinnerungen stiegen in ihm hoch.

Hier oben hatte er all seine großen und kleinen Sorgen mit seinem Herrgott besprochen.

Und wie oft schon hatte er die Lösung mithilfe der prächtigen Natur gefunden, die seinen Blick geweitet hatte und mithilfe des Windes, der seine trüben Gedanken gelichtet und ihm den Kopf frei geblasen und wieder Platz geschaffen hatte für neue, positive Gedanken.

Immer, wenn er vom Berg wieder herabgestiegen war, hatte er eine grundlegende Entscheidung getroffen, die ihn auf den richtigen Weg gebracht hatte.

Claudia hatte ihn oft scherzhaft mit Moses verglichen.

Johannes musste bei dem Gedanken daran in sich hinein lächeln. Der habe sich ja auch die Zehn Gebote auf dem Berg Sion, seinem Schicksalsberg geholt und sein Volk dann ins Gelobte Land geführt, hatte Claudia gesagt, und dann ergänzt und auf ihn und seine Familie gemünzt:

„So machst du es mit deinem Volk, mit uns, deiner Familie. Und bisher ist dir das immer ganz gut gelungen“, hatte sie gesagt.

Welch ein Hohn, angesichts dessen, wohin er sie in den letzten Jahren geführt hatte…

Hierher, zu seinem Berg hätte er gehen sollen, bevor er seine Entscheidung getroffen hatte, die Partnerschaft mit Ralf Golz einzugehen.

Ganz sicher hätte ihm der Herrgott hier in den Höhen der Benediktenwand den richtigen Weg gewiesen.

Ganz sicher wäre auch er dann heute im Gelobten Land, würden auch für ihn und seine Familie Milch und Honig fließen.

Wäre er hierher gegangen, so wäre er bestimmt noch heute glücklich zusammen mit seiner Familie.

Mit Hanna. Mit Lara. Mit Claudia.

Dann hätte sie sich nicht Andreas anvertrauen müssen, der nichts dafür konnte.

Aber Johannes war klar, warum sich Claudia für seinen Freund entschieden hatte. Er konnte es ihr und auch ihm in keiner Weise verübeln.

Auf Andreas war ewig Verlass. So war es. So war er.

Nie würde er in Versuchung kommen, Claudia zu betrügen. Er hatte sie ebenfalls von Jugend an geliebt. Und nur die Tatsache, dass Johannes sein bester Freund war, hatte es ihm erträglich gemacht, dass dieser und nicht er selbst der Glückliche gewesen war, für den Claudia sich entschieden hatte.

Jetzt konnte er all seine Aufmerksamkeit, all seine aufgesparte Liebe seiner Claudia geben.

Auf Händen würde er sie, wenn es sein musste, bis hoch auf den Gipfel der Benediktenwand tragen. So viel war sicher.

Johannes schluckte schwer.

Lara kam ihm in den Sinn.

Und es tat ihm so weh, dass er den Kloß im Hals mit Macht hinunterwürgen musste.

Hanna hatte ihm erst vor wenigen Tagen am Telefon gesagt, dass Lara bereits vor vier Wochen eine kleine süße Tochter geboren hatte. Sie hätte es ihm nicht sagen sollen. Darum war sie von ihrer Schwester gebeten worden.

Das musste man sich einmal vorstellen! Da war ein kleines unschuldiges Mädchen aus seinem Blut geboren worden, mit Sicherheit so schön wie ihre Mutter, und er hatte sein Enkelkind noch nicht einmal gesehen!

Johannes konnte die Tränen nicht mehr zurückhalten.

Eines, das Hanna ihm anvertraut hatte, kam ihn besonders hart an. Lara sei es sehr schlimm, dass ihre kleine Tochter ihrem Großvater Johannes so sehr ähneln würde.

Johannes weinte bitterlich vor sich hin.

Die ganze herrliche Natur verschwamm in seinen Augen und er drohte in seinem Selbstmitleid zu ertrinken. Tausend untröstliche Gedanken stürzten wie die Fluten des Meeres über ihm zusammen:

„Es hat alles so unendlich kraftvoll begonnen, mein Leben, und es endet so unendlich kraftlos - weil ich es so weit habe kommen lassen. Ich habe die Tiefe meiner Wurzeln maßlos überschätzt, ich hab sie selbst ausgerissen und mich widerstandslos an die Oberfläche zerren lassen. Ich bin schuldig geworden an allen, die mir so unendlich wichtig waren und sind. Und ich habe alles, wirklich alles verloren - meine Frau, meine Kinder, mein Ansehen, meine Ehre. Auch mein Geld und mein Vermögen. Aber das ist das Wenigste. Und die Zeit verrinnt - die Uhr meines Lebens tickt unaufhörlich, meine Zeit auf dieser Erde läuft unaufhaltsam ab…."

Über eine Stunde lang saß er dort. Dann fällte er seine Entscheidung. Ja, er würde gleich übermorgen nach der Beerdigung mit Britta nach Tölz zurückfahren und ihr sagen, was er jetzt tun, wohin er gehen würde, um endlich wieder seinen Frieden zu finden.

Er empfand es wie eine große Erleichterung.

Ganz intensiv. Es kam ihm beinahe so vor, als würde sein Blut wieder leichter durch seine Adern fließen.

Er erkannte deutlich seinen Weg.

Er würde ihn gehen. In wenigen Tagen schon.

Gleich vom Berg aus führte er ein kurzes Telefonat mit dem Auswärtigen Amt. Über einen Sondercode für international tätige Unternehmer gelangte er immer innerhalb weniger Tage an ein Visum für nahezu alle Länder der Erde.

Ein solches Visum würde schon übermorgen im Zweigbüro der Neuseeländischen Botschaft in München für ihn bereitliegen.

Zu Britta jedoch sagte er noch nichts.

Er würde den richtigen Moment finden, sie darüber zu informieren, wie und wo er sein künftiges Leben verbringen wollte.

Britta und Johannes halfen Bernhard, den Hof auf Vordermann zu bringen. Sicher würden einige entfernte Verwandte nach langer Zeit wieder einmal ins Dorf und natürlich auch zu ihnen hoch kommen.

Britta kümmerte sich um das Haus. Am Abend vor der Beerdigung blitzte und blinkte es in jeder Stube. Sie hatte alle Fenster geputzt. So als ginge es nicht mit Riesenschritten auf den Winter zu, sondern auf den Frühling. So roch es denn auch. Wie im Frühling.

Bernhard lächelte Britta dankbar zu. Welch eine Frau!

Johannes kümmerte sich um den Stall und die Scheune. Vor allem um die Maschinen. Auch er arbeitete hart und umsichtig den ganzen Tag bis zum Abend.

Die Gäste konnten kommen.

Der Winter konnte kommen.

All das hätte Alois Brandmüller sehr gefallen. Und ein letztes Mal hätte er sicher noch einmal gerne den irdischen Stolz auf seinen Ältesten spüren mögen, bevor er vor das Angesicht des Ewigen treten musste.

An beiden Abenden kamen die Nachbarn und Freunde herauf zum Brandmüller-Hof zum Totengebet. Johannes hatte das so mit dem Pfarrer abgesprochen.

Die Trauerfeier selbst rührte die Menschen sehr an. Besonders die Worte, die der Pfarrer für den Toten fand.

Wie bildhaft und lebendig er ihn schilderte - mit seinen Sprüchen, für die er bekannt war, mit seinen Wortbildern, die er selbst für alles und jedes gefunden hatte

Und dann dankte er ihm für seine Großherzigkeit.

Ein Raunen ging über den Friedhof, als der Pfarrer mit bewegten Worten schilderte, was Alois Brandmüller seit mehr als zehn Jahren im Geheimen Gutes getan hatte.

Alois hatte ihm, dem Pfarrer, in jedem Jahr den Zehnten seines Ernteeinkommens treuhänderisch überlassen mit der Auflage, das Geld für den Unterhalt des SOS-

Kinderdorfes bei Bad Tölz zu verwenden. Als Vergelt's Gott für das Glück, das er durch seine Frau und seine Kinder habe erfahren dürfen.

Hanna hatte sich bei Johannes untergehakt.

Britta stand etwas zurück, seitlich von den beiden im Hintergrund.

Sie hatte ein feines Gespür für den Platz, der ihr zukam. Und den wählte sie, uneitel und in der ihr angeborenen Demut.

Als sie hörte, dass Alois Brandmüller ihr Kinderdorf so sehr unterstützt hatte, kämpfte sie sehr mit ihren Tränen.

Claudia, Lara und Marius waren zusammen zum Friedhof gekommen und standen auf der anderen Seite des Grabes, als der Sarg in die Gruft hinab gelassen wurde.

Die Gebirgsschützen schossen Salut.

Der Fahnenträger senkte die Fahne ins Grab.

Johannes hatte sich entschieden, entgegen seinem ursprünglichen Vorhaben, nicht zum Leichenschmaus zu bleiben.

Er wollte unnötige Spannungen vor den Augen der vielen Trauergäste zwischen seiner Familie, seinem Freund Andreas und ihm vermeiden.

Er musste mit Blick auf Britta allen möglichen Gerüchten keine weitere Nahrung geben.

Johannes überließ dem Wirt des Goldenen Hirschen schon vor Beginn der Feierlichkeiten einen sehr großzügigen Vorschuss, der all seine Kosten decken musste.

Das, was eventuell davon übrig bleiben würde, sollte er Bernhard zurückgeben.

Sollte es wider Erwarten doch mehr werden, so solle er Bernhard Bescheid geben. Er würde über ihn alles regeln.

Als die Trauergäste nach der Beerdigung in größeren und kleineren Grüppchen dem Goldenen Hirschen zueilten, ging Johannes mit Britta schnellen Schrittes zurück hoch zum Brandmüller-Hof. Britta hatte das Gepäck schon vorher im Auto verstaut. Jetzt stieg sie in den Wagen ein.

Johannes blieb noch eine ganze Weile neben dem Auto stehen und ließ seinen Blick noch einmal über den ganzen Hof wandern. Dann nahm auch er Platz und sie fuhren runter in den Ort, hinüber zum Anwesen von Andreas.

Britta wollte im Auto warten, bis er dort geklärt hatte, was er noch klären wollte. Johannes hatte ihr gesagt, er habe noch etwas Wichtiges bei Andreas zu erledigen.

Jetzt war er dankbar dafür, dass sein Freund ihm auf dem Friedhof gesagt hatte, dass er sich mit Claudia, seinen Töchtern und Marius in sein Haus zurückziehen und sie ebenfalls nicht am Leichenschmaus teilnehmen wollten.

Völlig verunsichert und sehr verlegen öffnete ihm Andreas die Tür. Johannes fragte, ob er hereinkommen dürfe. Andreas ging ihm voraus.

Rund um den Küchentisch saßen Claudia, Lara und Hanna. Johannes grüßte. Die drei Frauen schauten ihn nur betroffen an. Keine sagte ein Wort. Auch Hanna nicht. Marius stand an den Küchenschrank gelehnt mit verschränkten Armen da, schaute seinen Schwiegervater mit ernster Miene an, grüßte jedoch zurück:

„Grüß Gott, Johannes!"

„Grüß Gott, Marius!" antwortete Johannes. Und zu den Frauen am Tisch gewandt, sagte er:

„Ich möchte euch nicht lange stören. Keine Bange! Ich möchte Euch lediglich etwas Wichtiges sagen. Es dauert nicht lange!"

„Du störst uns doch schon“, fiel ihm Lara sogleich aggressiv ins Wort. „Und ich finde es schon mehr als geschmacklos, dass du diese Frau hierher mitgebracht hast, wo du genau wusstest, dass wir alle zu Opas Beerdigung kommen würden. Aber du bist halt so, wie du bist. Unzurechnungsfähig, niveaulos, egoistisch und von allen guten Geistern verlassen. Zuerst verlässt du Mama wegen einer jugendlichen Zicke - und die verlässt du dann wegen einer Frau, die noch älter ist als du selbst - was bist du bloß für ein Mann! Mama hätte Dich schon viel früher in die Wüste schicken sollen...!“

Hanna stand auf und umarmte Johannes und warf ihrer Schwester vor:

„Du bist so böse, so erbärmlich. Du versündigst dich so sehr an ihm. Er ist doch unser Vater!“

Dieser rang nach dem unvermittelten Angriff seiner Ältesten sekundenlang um Fassung.

Es gelang Johannes schließlich doch, den gewaltigen Brocken hinunterzuschlucken, den ihm Lara auf die Zunge gelegt hatte.

Dann fuhr er mit belegter Stimme fort:

„Bernhard hat mir gesagt, was sich hier alles getan und verändert hat. Und ich bin nur noch einmal hier hereingekommen, um euch zu sagen, dass ich es nicht nur respektiere, sondern dass ich mich wirklich für euch freue. Ja, es gibt mir ein gutes Gefühl, dass du, Andreas, jetzt der Mann in Claudias Leben bist. Ich will nicht mehr alles aufwärmen. Ich will euch bloß Lebewohl sagen und euch Glück wünschen. Das Glück, das ich dir, Claudia, und vor allem auch dir, Lara, nicht geben konnte. Ich wünsche euch, dass ihr es ohne mich leichter findet. Ich werde zunächst für ein paar Wochen nach Neuseeland gehen. Zu einem guten Freund, der mich eingeladen hat. Vielleicht werde ich Deutschland ganz verlassen und für immer dort bleiben."

Und zu Lara gewandt fuhr er fort:

„Dann müsstest du, Lara, niemals mehr befürchten, mir durch irgendeinen dummen Zufall wieder zu begegnen. Ich wünsche mir nur, dass dir alle Menschen, denen du vielleicht einmal wehtust in deinem Leben, dir verzeihen können. Auch wenn du selbst nicht verzeihen kannst. Gott segne euch. Und ganz besonders auch dein Kind, Lara. Lebt wohl!"

Johannes wandte sich zum Gehen. Hanna lief ihm hinterher.

Da stand Lara auf, umarmte weinend ihren Mann.

„Geh ihm nach!", bat Marius.

„Nein, ich kann nicht. Ich kann es nicht!"

Claudia drehte sich zum Fenster in der Hoffnung, Andreas möge ihre Tränen nicht sehen. Dieser Vorsorge hätte es nicht bedurft. Denn Andreas selbst konnte nichts sehen - er stand in der offenen Tür, schaute Johannes hinterher und heulte wie ein kleines Kind.

Da erhob sich Claudia, ging an Andreas vorbei und folgte Johannes nach draußen:

„Johannes!"

Johannes drehte sich verwundert um und blieb stehen. Claudia ging auf ihn zu und reichte ihm die Hand:

„Verzeih mir, Johannes!"

Johannes blickte sie überrascht an: „Was hätte ich dir zu verzeihen? Ich muss dich um Verzeihung bitten!"

Claudia sprach sehr leise, als sie fortfuhr:

„Es ist doch nicht so, dass ich dich hassen würde. Aber

ich hätte nicht mit dir weiterleben können. Immer hätte ich an die andere Frau denken müssen. Ich war zu schwach, um darüber hinwegzukommen. Andreas weiß, dass ich ihn nicht so lieben kann wie dich...."

Claudia schluckte schwer. Dann fuhr sie fort:

„Aber er ist ein so guter Mann. Und ich will ihm irgendwann auch eine gute Frau sein."

Sie wandte sich schon zum Gehen, drehte sich aber noch einmal zu Johannes um:

„Ich danke dir sehr dafür, dass du noch einmal hereingekommen bist. Ich wünsche dir Glück. Und es wäre schön, wenn wir uns wiedersehen könnten. Ohne Groll. Ich werde mit Lara reden. Du kennst sie ja. Sie ist dir sehr ähnlich. Sie kann in diesem Groll nicht weiterleben. Das hält sie nicht aus. Gib ihr Zeit. Schreib uns. Wir werden antworten. Bestimmt!"

Und dann ging Claudia auf Britta zu, die aus dem Auto gestiegen war, reichte auch ihr die Hand:

„Ich wünsche Ihnen Glück. Passen Sie auf ihn auf. Manchmal ist er wie ein großes Kind."

Britta antwortete ihr gerührt:

„Sie sind eine großartige Frau. Niemand von uns sollte allein sein auf dieser Welt. Das steht schon in der Bibel. Ihr Andreas ist ein wirklich liebenswerter Mann. Auch Johannes und ich mögen uns sehr. Es ist jedoch nicht so, wie Sie denken. Wir sind kein Paar, nicht Mann und Frau. Ich liebe ihn. Ja, das tue ich. Er möchte jedoch lediglich mein Freund sein. Und er ist mir der beste Freund, der wertvollste Wegbegleiter geworden, den ein Mensch sich wünschen kann. Ich wünsche Ihnen von Herzen alles Gute!"

Claudia drückte noch einmal fest Brittas Hand.

Danach ging sie mit schnellen Schritten zurück ins Haus, wischte sich eine Träne aus dem Auge.

Johannes wandte sich in bitterem Ton wieder Britta und Hanna zu, die neben ihm standen:

„Lara kann mir nicht vergeben. Sie ist sehr hart geworden. Es tut mir sehr weh!"

Britta nahm Hanna ganz liebevoll in den Arm:

„Sie, liebe Hanna, liebt Ihr Vater auf ganz besondere Weise. Aber auch Lara, Ihre Schwester. Ich weiß, wie sehr er darunter leidet, dass gerade Lara so gegen sich selbst angeht. Denn sie hasst ihren Vater nicht. Das scheint nur so. Sie liebt ihn abgöttisch. Und nur deshalb reagiert sie so. Sprechen Sie noch einmal mit ihr, wenn sich alles beruhigt hat. Und helfen Sie ihr, wieder zu ihrem Vater zu finden. Ich sage Ihnen nicht: Leben Sie wohl. Ich sage Ihnen von ganzem Herzen: Auf Wiedersehen!"

Britta streichelte Hanna kurz über die Wange.

Dann nahm sie wieder im Auto Platz.

Und Johannes sprach eindringlich auf Hanna ein:

„Wohin ich auch gehe. Ich werde dir jede Woche schreiben, Kleines. Ich beschreibe dir genau, wo ich bin, was ich tue. Und dann hoffe ich, dass du mich so bald wie möglich besuchst. Du bist und bleibst die Nabelschnur zu meiner Vergangenheit. Lass niemals zu, dass irgendjemand sie trennt. Ich liebe dich. Ich liebe euch alle mehr als mein Leben. Leb wohl, mein Schatz!"

Er umarmte Hanna ein letztes Mal und stieg ein.

Ohne sich noch einmal umzudrehen, fuhr er los.

Hanna sah ihm durch ihren Tränenschleier nach, bis der Wagen im Wald, Richtung Bad Tölz, verschwunden war.

Johannes und Britta schwiegen den halben Weg zurück nach Tölz. Beide hingen ihren Gedanken nach. Sie beide wussten, dass eine Entscheidung anstand, die vieles verändern würde.

„Ich werde nach Neuseeland gehen!"

Britta schrak zusammen, als Johannes plötzlich unvermittelt das Schweigen brach. Es waren weniger seine Worte, die ihr den Atem schwer machten. Es war sein absolut bestimmter, endgültiger Ton.

„Zunächst für vier Wochen. Dann werde ich weitersehen! Vielleicht bleibe ich ganz dort. Greg hat mich eingeladen und versprochen, mir in seinem Büro einen Platz zu geben. Klingt verlockend. Und außerdem hab ich ja nichts mehr zu verlieren, sondern nur noch etwas zu gewinnen. Mich hält ja hier nichts mehr!"

Britta schwieg. Sie erwiderte kein einziges Wort.

Britta verabschiedete sich gleich nach der Ankunft in Tölz von Johannes:

„Nein, ich möchte nicht mehr mit zu dir. Ich bin so müde. Die Putzarbeiten, die Beerdigung, die ganze Atmosphäre, das ganze Drum und Dran haben mich ganz schön platt gemacht. Ich brauch' jetzt nur noch ein heißes Bad und dann gehe ich sofort ins Bett und schlafe morgen bis zehn. Gute Nacht!"

Johannes blieb wortlos an der Außentreppe stehen und schaute Britta zu, wie sie in ihr kleines Auto stieg, das sie in den letzten Tagen vor seiner Wohnung geparkt hatte.

Britta fuhr sofort los.

Und sie heulte sofort laut los, nachdem sie aus dem Wohnviertel auf die Landstraße zu ihrem Dorf abgebogen war und sicher sein konnte, aus dem Blickfeld von Johannes zu sein.

„Warum bloß ist dieses Leben so unfair zu mir?“

Sie fand, dass Johannes ein selbstsüchtiger Egoist war, ja schlimmer noch, ein ausgesprochener Egomane, ein unausstehlicher, ekelerregender Kotzbrocken, ein erbärmlicher großer Jammerlappen, ein wirklich unerträglicher Selbstbemitleider, ein Gott-wer-weiß-nicht-noch-alles!

Wie konnte er ihr das antun? Lässt sich von ihr bekochen, die Freizeit gestalten. Missbraucht sie als seelischen Mülleimer. Fragt nie danach, wie es ihr selbst geht. Geht einfach darüber hinweg. Trampelt auf ihren Gefühlen herum wie ein Elefant. Nein! Wie ein emotionsloses Trampeltier!

In die Tränen der Trauer und des Abschiednehmens mischten sich langsam Tränen der Wut.

Nachdem sie geduscht hatte, gönnte sie sich ein Ballonglas voll Rotwein. Als sie es geleert hatte, sah sie, dass auch die Flasche beinahe leer geworden war.

Gegen vier Uhr morgens wachte sie auf und bemerkte, dass sie mit dem Bademantel bekleidet auf ihrem Bett lag.

Sie fröstelte.

Sie sortierte ihre Gedanken.

Soll er doch fahren. Dorthin, wo der Pfeffer wächst!

Wächst in Neuseeland Pfeffer? Bin nicht ganz sicher. Ist ja auch völlig egal.

Britta wühlte sich in ihren Bademantel und unter ihre Zudecke und schlief augenblicklich wieder ein. Sie träumte von Pfeffer, von der Jachenau, von Lara und Johannes.

Kapitel 12

Wie ein neues Leben

...Weil Neuseeland der Beginn von allem Neuen ist.
Unsere Erde hat eine ewige Botschaft für uns Menschen...

Gegen neun Uhr am Morgen schrillte das Telefon. Johannes war am Apparat:

„Fährst du mit nach München? Ich kann mir bereits heute mein Visum abholen. Auf Greg ist Verlass. Er hat das gleich beschleunigt, nachdem ich ihm gemailt habe, dass ich kommen möchte! Ist ein toller Kerl."

„Du auch! Du bist auch ein toller Kerl!"

„Wie meinst du das?"

„So wie ich es gesagt habe!"

„Sag mal, bist du etwa sauer?"

„Nein, hab nur einen Brummschädel. War gestern Abend noch aus. War 'ne kurze Nacht!"

„Was warst du? Aus? Mit wem?"

Dieses „Mit wem" klang so, als stellte ein Vater seine halbwüchsige Tochter, die sich nicht an die vereinbarte Zeit fürs Heimkommen gehalten hat, zur Rede.

Britta antwortete entsprechend kurz angebunden:

„Ich denke, das interessiert dich nicht wirklich. Und nein, ich kann nicht mitkommen. Ich muss mich mal wieder um meinen eigenen Hausstand kümmern. Da ist einiges liegen geblieben in letzter Zeit. Sei mir nicht böse. Fahr bitte allein!"

„Ich verstehe. Ist schon in Ordnung. Also dann wünsch ich dir einen schönen Tag!“

„Ich dir auch!“

Britta legte auf.

In der nächsten halben Stunde wechselten sich ihre Gefühlslagen ab.

Einmal war es dieser kleine Triumph, das Gefühl mit Namen:„So-da-hab-ich-es-dir-mal-gegeben!“

Dann wieder gewann das andere Gefühl die Oberhand:

„Warum sagt er nicht, dass er mich am liebsten mit nach München - und nach Neuseeland nehmen würde?“

Und dann drängte sich ihr doch noch eine weitere, viel wichtigere Frage auf - und sie konnte sich nicht gegen sie wehren:

„Warum sagt er nicht, dass er mich liebt?“

Johannes hatte Greg Putter schon ganz zu Beginn über sein drohendes wirtschaftliches Desaster informiert. Und sein neuseeländischer Freund hatte ihm daraufhin einen Brief geschrieben.

Mit der Hand! Mit einem Füller!

Johannes erinnerte sich nicht, wann er zuletzt einmal einen solchen so sehr persönlich gehaltenen Brief bekommen, geschweige denn selbst geschrieben hatte.

Nie hätte er Greg so eingeschätzt.

Seine anfänglich arrogante Wirkung war ja schon sehr rasch nach dem ersten näheren Kennenlernen verflogen. Dennoch hatte Johannes ihn nach wie vor in der Schublade des Lebemannes gehabt.

So sehr konnte man sich in einem Menschen täuschen.

Nach den Enttäuschungen der letzten Monate eine

Erfahrung, die ihm sehr nahe ging, so wie die Worte selbst, die der Neuseeländer für ihn fand:

„Lieber John!

Wir leben hier am Ende der Welt. Von Euch aus gesehen. Dabei ist hier nicht das Ende, sondern der Anfang! Denn hier bei uns im Südpazifik geht die Sonne auf, wenn es bei Euch noch dunkel ist. Hier bei uns spürst Du es deutlich am eigenen Leib: Hier riechst Du es, hier siehst Du es, hier kannst Du es deutlich hören:

In jedem Ende liegt bereits der Neubeginn!

Nirgendwo sonst auf der Welt wird Dir das so bewusst wie hier bei uns. Ich meine, lieber John, es ist deshalb das ideale Land für Dich in Deiner jetzigen Lebenssituation. Entscheide Dich, Deinen persönlichen Neubeginn hier an diesem Anfangspunkt der Erde zu überdenken. Fang bei uns an, Deinen neuen Weg zu suchen. Du wirst ihn hier mit Sicherheit finden. Weit weg von Deinem Hamsterrad. Du musst lediglich bereit sein zu kommen. Alles andere macht das Land mit Dir. Ohne fremdes, ohne menschliches Zutun.

Das Land, das Meer und der Himmel geben Dir ihre ganze Kraft, erfüllen Dich mit neuer Energie. Weil Neuseeland der Beginn von allem Neuen ist. Du wirst es erfahren. Denn wenn Du mein Gast bist, dann bist Du ein Neuseeländer für uns. Und kein Fremder!

Komm so bald wie möglich. Im November beginnt der Frühling! Und nirgendwo ist er so schön wie hier in Puponga, in meinem kleinen Ort am Farewell Spit, an der

Nordküste der Südinsel. Hier besitze ich ein kleines, aber feines Cottage, ein Strandhaus mit direktem Zugang zum Meer. Das will ich Dir gerne zum Nachdenken und Vordenken überlassen.

Bei uns in Puponga leben zurzeit lediglich siebenunddreißig Sonderlinge. Arme und Reiche. Und einige wenige manchmal ganz arme Reiche. Die Einsamkeit des Landes kennt keine gesellschaftlichen Unterschiede. Noch nicht einmal unsere Schafe interessieren sich sonderlich für ihre menschlichen Artgenossen. Wenn Du ein paar Meilen von Puponga aus hinaufsteigst zum grünen Plateau und dann vom Rand der Steilküste hinunter aufs Meer schaust, dann beginnt eine Lehrstunde für Dich, die Du niemals mehr in Deinem ganzen Leben vergessen wirst.

Unsere Erde selbst hat eine ewige Botschaft für uns Menschen. Wir müssen nur wieder hinhören und hinsehen. Wir müssen uns immer wieder neu in sie hineinfühlen wollen! Nirgendwo auf der Welt erlebst Du diese Botschaft so unmittelbar, so nachdrücklich. Nirgendwo sonst so befreiend. Es ist eine ganz einfache Botschaft, so einfach und doch so beeindruckend wie das Leben, die Schöpfung selbst: Das Leben ist ein Kommen und Gehen. Wie Ebbe und Flut. Im ewigen Lauf der Gezeiten.

Neuseeland erwartet Dich. Ein neues Leben beginnt!
Du bist herzlich willkommen!

Dein Freund Greg!"

Johannes hatte es schon gewusst, bevor er den Brief zu Ende gelesen hatte, dass er ihn sein Leben lang aufbewahren würde. Wie eine Kostbarkeit.

Nie hätte er hinter Greg Putter solch tiefe Lebensweisheit, eine solch elementare Lebenskraft vermutet. Oder doch?

Hatte er Gregs Erscheinung, sein Auftreten nicht schon beim ersten Kennenlernen lediglich falsch gedeutet?

Völlig falsch!

Jetzt erst war ihm bewusst geworden, dass dessen vermeintliche Arroganz etwas ganz anderes ausdrückte:

Seine unanfechtbare Gelassenheit.

Seine geradlinigen Standpunkte.

Sein unerschütterliches Ja zum Leben.

Mit all seinen Höhen und Tiefen.

Mit Ebbe und Flut!

Als Johannes an jenem sonnigen Spätherbsttag auf seinem Berg gesessen und seine Entscheidung getroffen hatte, Gregs Einladung anzunehmen, war es gar nicht seine eigene freie Entscheidung gewesen. Soviel war ihm jetzt klar.

Es war dieser Mann, es war sein Brief gewesen, der ihm die Entscheidung längst abgenommen hatte. Lange bevor er glaubte, überhaupt eine Entscheidung treffen zu müssen.

Am Abend wartete Britta vergeblich auf einen Anruf. Gegen halb neun griff sie selbst zum Hörer:

„Entschuldige bitte die späte Störung! Ich dachte schon, es wäre was passiert!“

„Nein, es ist alles in Ordnung!“

„Ich dachte ja bloß...“

„Nein wirklich, du musst dir keine Gedanken machen!"

„Hast du dein Visum?"

„Ja, das ging ganz schnell. Hab nur noch ein paar kleine Einkäufe für die lange Reise gemacht. Sitze ja sicher insgesamt dreißig Stunden im Flieger, die Wartezeiten bei den Stopps nicht mitgerechnet. Ich darf nicht dran denken!"

Britta musste schlucken.

„Wann fliegst du?"

„Übermorgen gegen Abend!"

„Wenn du möchtest, kann ich dich fahren. Du müsstest mir dann aber deinen Kombi geben. In meinem Auto ist sicher zu wenig Platz fürs Gepäck."

Johannes klang erleichtert am anderen Ende:

„Ja, danke. Dein Angebot nehme ich gerne an. Ja, und du kannst den Golf in den Wochen, in denen ich weg bin, gerne behalten. Es wäre außerdem sehr nett, wenn du ab und zu mal in meiner Wohnung nach dem Rechten sehen könntest und den Briefkasten leerst!"

„Versprochen. Natürlich. Mach ich gern!"

„Ja, und wirf die Rechnungen und vor allem die Mahnungen und Kontoauszüge immer gleich ungeöffnet in den Papierkorb."

Britta lächelte ein wenig und versprach Johannes, am übernächsten Tag pünktlich um die Mittagszeit bei ihm zu sein, um rechtzeitig losfahren zu können.

Auf der Fahrt zum Franz-Josef-Strauß-Flughafen im Erdinger Moos sprachen sie über Belanglosigkeiten. Über den Verkehr. Über das diesige Wetter. Darüber, dass es mit jedem Tag Schnee geben würde.

Johannes freute sich:

„In Neuseeland ist jetzt Frühling. Greg sagte mir, die Natur explodiert geradezu, giert nach Sonne und Wärme. Apropos Sonne - ich hab mir in einem Outdoor-Laden in München einen Original Australier-Hut gekauft. Wegen des Ozon-Lochs!“

Johannes klang sehr aufgekratzt.

Britta blieb einsilbig.

Beinahe zwei Stunden brauchten sie, bis sie den Flughafen erreichten. Johannes fand einen auf eine halbe Stunde zeitbeschränkten Parkplatz ganz in der Nähe des Abflug-Terminals.

Britta holte einen Gepäckwagen heran, während Johannes seinen riesigen Lederkoffer auslud, zwei schwere Reisetaschen und eine kleine, die er mit an Bord nehmen wollte. An dieser war auch der neue große Hut befestigt.

Johannes war sehr praktisch für seine lange Reise gekleidet. Er trug eine Khaki-Hose aus leichtem Stoff mit vielen Taschen und eine dazu passende Jacke. Darunter ein kariertes Sporthemd und darüber einen leichten schlammfarbenen Pulli mit V-Ausschnitt.

Er sah gut aus, ihr Abenteurer.

Zu gut. Wie Britta fand.

Der Abschiedsschmerz machte ihr die Kehle trocken.

„Ich komm noch mit rein. Vielleicht haben wir ja noch die Zeit, um einen Saft oder einen Kaffee zusammen zu trinken.“

„Aber du stehst ja jetzt auf einem eingeschränkten Parkplatz. Die Politessen passen hier auf wie die Schießhunde!“

Britta winkte ab: „Ist mir egal. Wird schon nicht so doll werden.“

Um dann nach ein paar Augenblicken hinzuzufügen:

„Mir sind die paar Minuten zusammen mit dir schon die paar Euro wert, die ein Strafzettel kostet. Dir vielleicht nicht...!“

„Ich bitte dich. Sei nicht unfair und mach es uns nicht allzu schwer. Ich wandere ja nicht aus. Und ich bin ja auch zu erreichen. Bin ja nicht aus der Welt!“

„Da hast du Recht. Du bist einfach nur am Ende der Welt!“

„Sei jetzt bitte nicht kindisch. Wir sind doch kein Ehepaar, das sich für ein paar Wochen voneinander verabschiedet.“

Britta schluckte und schwieg.

Johannes ging mit dem Gepäckwagen voraus.

Es dauerte nur wenige Minuten, bis er eingecheckt hatte. Es war noch gut eine Stunde Zeit bis zur Boardingtime. Und die Maschine würde bestimmt auch nicht voll werden. Erst in London war mit deutlich mehr Passagieren zu rechnen. Und dann noch mal in Los Angeles.

Sie nahmen in einer kleinen Sitzgruppe vor einem Bistro Platz. Johannes bestellte für Britta eine Apfelsaftschorle und für sich selbst einen Latte Macchiato.

„Ich glaube, es ist die wichtigste Reise, die ich in den letzten zehn Jahren unternommen habe. Ich muss mir in diesen Wochen darüber klar werden, wie mein Leben weitergehen soll.“

Und nach ein paar Momenten fügte er leiser als vorher hinzu:

„Hätte nie gedacht, dass ich mal derart aus der Bahn kommen könnte. Und das dann auch noch in meinem Alter. In einem Alter, in dem die meisten an ihre Pensionierung denken und sich auf alles Mögliche freuen. Das kann ich ja wohl abhaken. Ich zahle bis an mein Lebensende für die Fehler, die ich gemacht habe. Und ich werde auch bis an mein Lebensende arbeiten müssen. Denn alles, was ich einmal besessen habe, ist wie Sand zwischen meinen Fingern zerronnen."

Britta antwortete nur:

„Sei nicht undankbar, Johannes. Schau dich um in der Welt. Es gibt Schlimmeres. Millionen, ja Milliarden werden heute Nacht vor Hunger nicht einschlafen können, während du dich in einem Flugzeugsitz räkelst. Sicher, für dich hat sich die Welt verändert. Deine Welt! Du musst schon bedenken, dass es eine besonders privilegierte Welt war. Und jetzt musst du deine Ansprüche, die du an das Leben gehabt hast, sehr stark zurückfahren. Ich will ja gar nicht sagen, dass du sie nicht verdient hattest. Ich weiß, wie viel und wie genial du dafür gearbeitet hast. Aber denk mal in Neuseeland darüber nach, ob das wirklich so schlimm ist. Oder ob Gott dir nicht jetzt eine sehr wichtige Lektion erteilt. Sie ist zwar sehr schmerzlich für dich, zugegeben. Aber sie bietet dir auch eine große Chance, wenn du genau hinschaust. Du wirst Vieles plötzlich mit ganz anderen Augen sehen. Einiges wird einen neuen Wert für dich bekommen. Manches wird in deiner Wertschätzung deutlich sinken. Anderes deutlich steigen. Lass es einfach zu. Es ist ein Prozess. Und ich wünsche dir und mir - ja auch mir - dass du schon bald sagen kannst: Es war das Beste, was mir in meinem Leben passiert ist."

Johannes zuckte kaum merklich zusammen, als Britta diesen Satz sagte. Er schloss eine Schublade in seinem Gedächtnis auf, deren Inhalt er längst vergessen zu haben glaubte. Lisa hatte diesen Satz in jener denkwürdigen Nacht zu ihm gesagt. In der Nacht, in der er selbst sein ganzes Leben in ein rabenschwarzes Dunkel gestürzt hatte.

Er rief sich zur Ordnung.

Brittas Worte mit denen von Lisa zu vergleichen, war nicht in Ordnung. Brittas Worte hatten bedeutend mehr Tiefe, eine viel größere Bedeutung. Für ihn und für sie selbst.

„Du bist eine außergewöhnliche Frau!"

Johannes sah Britta lächelnd an.

„Nein", wiegelte sie ab, „ich bin bloß ein Mensch mit einem gesunden Menschenverstand. Und ich glaube, dass einfache Menschen wie ich einen viel direkteren Zugang zum wirklichen Leben haben als Ihr Akademiker. Wir, einfache Menschen wie ich, sind, glaube ich, lebensfähiger. Wir verstehen die Natur besser, fühlen uns als Teil von ihr. Wir haben Respekt. Wir nehmen die Veränderungen der Welt wahr und stellen uns darauf ein. Denk doch selbst an deine schöne Zeit in der Jachenau, als deine Welt noch in Ordnung war. Denk daran, wie du dich gefühlt hast, wenn du abends die Pferde von der Weide heimgeholt hast in den Stall. Erinnere dich an den Geruch von Holz und Heu. Du hast selbst gesagt, es seien für dich die schönsten Gerüche der Welt. Besinn dich in Neuseeland wieder auf die Wahrheiten des Lebens. Ich bin heute sehr froh, dass ich auch in den Bergen meine Lektionen von meiner Insel im Norden nie verlernt habe. Das Leben ist ein Geben und Nehmen. Ein Kommen und Gehen. Wie Ebbe und Flut."

Johannes hatte ihr fasziniert zugehört.

Welch eine Frau!

Jetzt sagte er es zu sich selbst. Das, was sein Bruder Bernhard schon während der Tage vor der Beisetzung seines Vaters in einer stillen Minute zu ihm gesagt hatte, als sich Britta gerade mal nicht im Zimmer befand.

„Ich denke, du musst jetzt zu deinem Ausgang. Ich begleite dich noch dorthin. Dann werde ich mich verabschieden!“

Britta erhob sich. Johannes griff seine kleine Bordtasche und seinen Hut, setzte ihn auf:

„Na, wie seh’ ich aus? Steht er mir?“

„Ja, du könntest glatt als neuseeländischer Schafhirte durchgehen!“

Britta lächelte ein wenig.

Johannes nahm den Hut wieder ab.

Sie schauten auf die Anzeigetafel hoch oben in der Halle und verglichen die Angaben mit denen auf der Bordkarte von Johannes.

„Gate B 14.“

Sie begaben sich zur Kontrollbarriere. Johannes durchschritt die Glastür, stellte sein Bordgepäck aufs Band, zog seine Jacke aus, leerte die Hosentaschen und legte Jacke und Kleingeld in den grauen Kasten, den ihm die Kontrolleurin hinschob.

Britta war vor der Glastür stehen geblieben.

„Mein Gott, was wird sein, wenn er nicht zurückkehrt? Wenn etwas passiert? Oder wenn er sich entscheidet, ganz dort unten zu bleiben?“

Johannes kam noch einmal heraus, nahm sie in den Arm, küsste sie auf die Wangen, ließ sie los, um sie dann noch fester an sich zu drücken und verabschiedete sich:

„Mach's gut. Ich werd dir schreiben. Ganz sicher schon nach einer Woche. Ich dank' dir für alles, was du in diesem Jahr für mich getan hast. Vielleicht kann ich es ja einmal wieder gutmachen. Pass auf dich auf! Geh schön auf der linken Seite! Und verlier kein Geld!"

Er ließ sie endgültig los, drehte sich schnell um und ging zurück durch die Glastür, blieb kurz in dem Torbogen-Sensor stehen, ging dann weiter auf die Kontrolleurin zu, die mit ihrem Hand-Sensor an seinem Körper entlangfuhr, von oben nach unten, von vorne und hinten. Keine Störzeichen. Sie gab ihn frei, ließ ihn ans Band treten und seine Gepäck- und Kleidungsstücke wieder aufnehmen.

Britta sah, wie Johannes ein paar Meter ging, sich nochmals umdrehte, winkte und in Richtung Gate B 14 verschwand.

Die ganze Zeit über hatte sie sich tapfer zusammengerissen. Jetzt aber ließ sie ihren Tränen freien Lauf. Sie stieß auf ihrem Weg zum Ausgang mit einem älteren Herrn zusammen, weil sie durch ihren Tränenschleier nichts sehen konnte. Der alte Herr schaute sie mitleidig an.

Britta suchte die Damentoilette auf und wusch sich die Augen mit eiskaltem Wasser aus. Danach ging es ihr etwas besser. Sie fand nach kurzem Suchen ihr Auto. Kein Knöllchen hinter dem Scheibenwischer! Gott sei Dank! Und jetzt nichts wie ab nach Hause!

Sie musste jetzt so schnell wie möglich in ihre vertrauten vier Wände.

Sie wollte alleine sein, sich einigeln, von der Welt nichts mehr hören.

Kapitel 13

In einem fernen Land

...Sehen Sie zu, dass Sie sich nicht verirren. Es wäre sehr schade. Sie sind ein so außergewöhnliches Paar...

Es war ein elend langer Flug. Die Purser und Stewardessen der Air New Zealand taten alles, um den Passagieren den Aufenthalt an Bord so angenehm wie möglich zu machen.

Dennoch wusste Johannes bereits nach dem ersten Zwischenstop in London auf der langen Strecke nach Los Angeles nicht mehr, wie er sich noch räkeln sollte.

Ein junges Ehepaar aus Augsburg saß in der gleichen Reihe auf der gegenüberliegenden Seite des Ganges. Die beiden hatten einen Globetrotter-Tip für ihn:

„Fliegen Sie zum ersten Mal nach Neuseeland?“ fragte die hübsche junge Frau.

„Nein, es ist das zweite Mal. Ich bin eingeladen worden von einem guten Freund, der dort lebt. Er ist Architekt. In seinem Cottage, hoch oben im Norden der Südinsel, darf ich ein paar Wochen verbringen!“

„Wenn Sie schon mal dort waren, dann kennen Sie ja den Zweistunden-Rhythmus für Neuseeland-Flieger. Zwei Stunden lesen. Zwei Glas Whisky trinken. Zwei Stunden schlafen. Zwei Glas Wasser trinken. Zwei Happen essen. Dann wieder zwei Stunden schlafen. Zwei Stunden lesen, zwei Glas Whisky...!“

Sie mussten alle drei herzhaft lachen.

„Nein, beim ersten Mal habe ich mich nicht in dieser Weise therapiert. Da waren wir zu zweit. Meine junge Frau und ich. Und noch ziemlich verliebt. So etwas verkürzt den Flug enorm. Das dürften Sie beide ja wohl am besten wissen. Aber diese Zweistunden-Regel hat was. Das gebe ich zu," meinte Johannes schmunzelnd, „purer Zufall, wenn man nicht spätestens nach dem Rückflug schon alkoholsüchtig wäre!"

„Die meisten Neuseelandbesucher entgehen dieser Gefahr, indem sie gleich dort bleiben. Wir fliegen jetzt schon zum dritten Mal dorthin. Sie werden es selbst am eigenen Leib erfahren: Wer zum zweiten Mal dort war, muss einfach wieder und wieder hin. Sie werden es erleben. Es ist die Neuseeland-Sucht!"

Johannes musste lächeln, als er die junge Frau so begeistert von seinem Reiseziel reden hörte.

Ihr Mann griff den Faden von vorher wieder auf:

„Wir haben auf unserer letzten Reise vor zwei Jahren ebenfalls einen Architekten dort kennen gelernt. Oben an der Küste, am Farewell Spit. Genauer - in Puponga, einem kleinen Dorf direkt am Meer. Greg Putter. Ist er es vielleicht, der Sie eingeladen hat?"

„Mein Gott, ist die Welt klein! Ja, Sie liegen völlig richtig mit Ihrer Vermutung. Greg hat mich eingeladen. Ich habe ihn ebenfalls erst vor zwei Jahren kennen gelernt. Und er ist mir in dieser kurzen Zeit zum besten Freund geworden, den man sich nur wünschen kann. Nein, sowas!"

Sie stellten einander mit Namen vor.

Johannes war hoch erfreut, die Bekanntschaft der jungen Leute gemacht zu haben. Nicht nur wegen ihres gemeinsamen Bekannten, über den sie noch eine halbe Stunde lang alle möglichen kleinen Erlebnisse und Geschichten austauschten. Die beiden hatten so viel zu erzählen von ihren Weltreisen, die sie seit jungen Jahren schon unternommen hatten. Dabei hatten sie Tausende von Fotos geschossen, die in allen möglichen Publikationen schon rund um den Globus abgedruckt worden waren.

Unglaublich nette Leute, sehr gebildet, sehr angenehm.

Micha Pawlitzki hatte bereits in Werbepsychologie promoviert. Melanie Pawlitzki schrieb gerade an ihrer Dissertation. In ihrer Doktorarbeit befasste sie sich mit amerikanischer Literatur.

Johannes konnte ihr einige sehr brauchbare Hinweise geben, worauf es im Doktorexamen besonders ankommt. Und er wurde darin von Micha, ihrem Mann, mit weiteren wertvollen Argumenten tatkräftig unterstützt.

„Ihr Mehreinsatz wird sich bestimmt für Sie auszahlen“, bestärkte er sie in ihrem Vorhaben. „Es ist eine Ochsentour. Aber sie lohnt sich. Ideell und finanziell. Aber ein Doktorhut ist keine Lebensversicherung. Bis vor wenigen Jahren half mir der Titel auf meinem Weg nach oben. Auf dem Weg nach unten ist er eher hinderlich. Weil Sie dann die ganze Häme der Gesellschaft ernten. Also sehen Sie zu, dass es in Ihrem Leben immer nur bergauf geht.“

Johannes erzählte freimütig, was so alles passiert war in den zurückliegenden Jahren.

Die jungen Leute verfolgten seine Erzählung mit sichtlich innerer Bewegung.

„Sehen Sie zu, dass Sie sich nicht verirren. Sie sind ein so außergewöhnliches Paar. Passen Sie auf sich auf!“

Nachdem Johannes geendet hatte, schaute er eine ganze Weile sehr nachdenklich aus dem Fenster.

Melanie und Micha Pawlitzki unterhielten sich in gedämpfter Lautstärke. Irgendwie hatte sie die Erzählung von Johannes doch sehr betroffen gemacht.

Sie alle drei brauchten über eine Stunde, bis sich die Stimmung wieder erheiterte und der Ton zwischen ihnen wieder lockerer und unbeschwerter wurde.

Nach weiteren zwei Stunden bot Johannes den beiden das freundschaftliche Du an. Selten zuvor war zwischen Menschen der Sympathiefunke derart schnell übergesprungen. Und diesmal übersprang der Funke gleich eine ganze Generation.

In Los Angeles hatten sie viereinhalb Stunden Aufenthalt, bevor die Maschine wieder abhob. Die drei neuen Freunde unterhielten sich prächtig, schliefen, aßen, tranken, erzählten, gaben sich Rätsel auf, lasen in ihren mitgebrachten Büchern und Zeitschriften.

Die Zeit verging wie im Flug.

Nach insgesamt achtundzwanzig Stunden Reisezeit landeten sie schließlich in Auckland. Hier trennten sich ihre Wege.

Melanie und Micha wollten auf der Nordinsel bleiben. Ihnen hatte es die Landschaft angetan, in der vor wenigen Jahren der Film „Herr der Ringe“ gedreht worden war. Dort wollten sie auf die Suche nach weiteren ausgefallenen Fotomotiven gehen.

Johannes verabschiedete sich:

„Und wenn Ihr zurück seid, meldet euch bitte. Ihr seid jederzeit herzlich willkommen. Sollte ich mich jedoch entschließen, ganz und für immer hier unten zu bleiben, dann lasse ich es euch wissen. Gute Reise! Und vor allem: Auf Wiedersehen! Bleibt gesund! Macht's gut, ihr beiden!"

Johannes erreichte wenig später schon einen Anschlussflug. Die kleinere Passagiermaschine der Air New Zealand brauchte etwas mehr als eine Stunde, um nach Christchurch zu gelangen, der größten Stadt der Südinsel, an der Ostküste gelegen.

Es regnete Bindfäden, als er aus dem Flughafengebäude trat. Doch es war ein angenehm warmer, fast tropischer Regen, der dort niederging.

Johannes orientierte sich mit zusammengekniffenen Augen, den breitkrempigen Hut ins Gesicht gezogen. So war er gut geschützt. Es war eine lohnende Investition gewesen.

Auch der Gepäckwagen war dem Regen nicht schutzlos ausgeliefert. An der Ausgangstür befand sich ein kleiner Shop, der neben vielen anderen kleinen Reisehilfen auch Regencapes und Schutzfolien zum Abdecken von Gegenständen feilbot.

Anfangs war Johannes achtlos an dem kleinen Geschäft vorbei- und durch die automatische Tür nach draußen gefahren. Der Inhaber hatte ihn freundlich lächelnd angesehen und gegrüßt.

Als Johannes sich nach dem ersten überraschenden Regenguss sofort wieder mit seinem Wagen in die Halle zurückzog wie eine Schildkröte, die ihren Kopf einzieht, da erschien ihm das Lächeln des Ladeninhabers eine kleine Spur breiter.

Johannes kaufte eine Folie und ein Regencape für später. Man konnte ja nie wissen. Eines wusste er nach seinem Kauf jedoch ganz genau. Wie Recht Britta hatte! Die einfachen Leute kommen mit dem Leben tatsächlich besser zurecht. Sie passen sich den Veränderungen schneller an.

Das galt uneingeschränkt für den Ladeninhaber. Er hatte sich sehr schnell dem Wetter und dem unbedarft bedürftigen Neuseeland-Besucher angepasst. Er lieferte das beste Beispiel für die Überlebensfähigkeit einfacher Leute. Denn er hatte Johannes einfach das Dreifache des sonst üblichen Preises abgeknöpft.

Der Vollakademiker hatte es ohne Murren hingenommen. Er hatte es so hinnehmen müssen!

Was wäre ihm übrig geblieben?

Johannes fand schnell das kleine Nebengebäude, das man ihm an der Information beschrieben hatte. Es lag nur ungefähr hundert Meter vom Hauptausgang entfernt auf der gegenüberliegenden Straßenseite.

Er grüßte vernehmlich, als er an den Counter herantrat. Eine junge Frau blickte kurz auf, nickte ihm zu und stand erst nach einigen Minuten vom Schreibtisch auf, kam nach vorne, um zu fragen, wie sie ihm denn weiterhelfen könne.

Johannes sagte ihr, was er von ihr wünschte:

„Greg Putter hat einen Geländewagen bei Ihnen für mich reserviert. Kann ich ihn gleich übernehmen?"

„Ah, so, Sie sind das. Ja, es ist bereits alles vorbereitet. Mr. Putter hat auch schon die Kaution hinterlegt. Ich brauche dennoch Ihre Papiere."

Nach zehn Minuten stand Johannes wieder im Regen.

Gleich neben dem Gebäude befand sich der Parkplatz, auf dem der sandfarbene Toyota Landcruiser stand.

Johannes öffnete die Hecktür, zog sie am Reserverad

zur Seite und verstaute sein Gepäck. Er schloss die Tür und ging um das Fahrzeug herum, öffnete die Fahrertür - und vermisste das Lenkrad.

Er musste schmunzeln.

Die Macht der Gewohnheit!

Sofort wurde ihm bewusst, dass er sich etwas umstellen musste. Denn in Neuseeland fährt man, wie in den meisten Ländern der Welt, schon immer links. Er hätte es ohnehin wissen können. Schließlich war er ja schon einmal hier gewesen. Aber er hatte dabei keine Meile am Steuer eines Autos zurückgelegt.

Im dichten Stadtverkehr von Christchurch fiel ihm deshalb die Umgewöhnung alles andere als leicht. Schließlich war er ohnehin nicht das, was man einen geübten Autofahrer nennen konnte.

Er war sehr dankbar, dass Greg ihm einen Routenplan ins Auto hatte legen lassen. Zusammen mit einer von ihm selbst angefertigten Handskizze, einem Lageplan seines Hauses in Puponga.

Den Schlüssel zum Cottage sollte er sich in dem kleinen Schokoladengeschäft nebenan abholen, das für seine Pralines weltberühmt war. Sprich für die siebenunddreißig Ureinwohner, wie Greg sich und seine Mitbewohner gern nannte, und für die Puponga die Welt war.

Auf jeden Fall würden ihm die Pralines die vielen einsamen Stunden dort oben versüßen. Greg hatte sich für die außergewöhnliche Qualität und die Wirkung verbürgt.

Greg hatte es bedauert, als sie kurz vor seinem Abflug von Deutschland aus noch einmal telefoniert hatten, dass er ihn nicht persönlich abholen könne. Er sei noch mittendrin in einem Terminprojekt. Johannes kenne das ja. Aber er verspreche ihm, dass er ihn in zehn bis vierzehn Tagen nach seiner Ankunft für ein paar Tage in Puponga besuchen werde.

Greg benutzte einen Helikopter-Service, um zwischen dem einen und dem anderen Projekt immer mal wieder für drei, vier Tage von Auckland im Norden der Nordinsel nach Puponga im Norden der Südinsel zu springen, „mitten hinein ins vergangene Jahrhundert“, wie er zu sagen pflegte.

Johannes hatte er diesen Service zwar ebenfalls am Anfang ihrer Planungen angeboten, jedoch dann gemeint, dass sein Freund mehr vom Land habe, wenn er in Christchurch landen und mit einem geländegängigen Fahrzeug das Land erkunden würde. Der Toyota stünde ihm ohnehin die ganze Zeit über zur Verfügung, ganz gleich, wie lange er in Neuseeland zu bleiben gedenke.

Greg war auch in diesem Punkt wie in vielen anderen überaus großzügig. Er war es von Herzen. Nicht aus Angabe. Nicht aus dem Bedürfnis heraus, dafür ewigen Dank und Anerkennung oder gar Bewunderung zu ernten.

Auckland war ehemals auf einer schmalen Landbrücke zwischen Tasman-See und Pazifik erbaut worden. Auf dem Areal von achtundvierzig erloschenen Vulkanen.

Die Hitze aus dem Inneren der Erde war danach offensichtlich ganz nach oben an die Oberfläche gestiegen. Sie brodelte jetzt Tag und Nacht unübersehbar, unüberhörbar in der südlichsten, exotischsten, heißesten Metropole der Welt. Und ihre Bewohner legten großen Wert darauf, ein Zentrum der Globalen Welt zu sein. Weltbürger sozusagen.

Greg entfloh der Stadt immer wieder.

„Das musst du tun. Sonst verbrennst du in ihr!“

Johannes hatte diese Hektik in der kurzen Zeit der ersten Begegnung mit Greg und während ihres ersten gemeinsamen Projektes sehr direkt, beinahe hautnah miterlebt.

Lisa war damals unendlich begeistert gewesen und wäre am liebsten gleich dort geblieben.

Er, der Bauernsohn hingegen war anfangs zwar ebenfalls fasziniert gewesen, nach kurzer Zeit jedoch zu der Erkenntnis gelangt, dass ein ständiges Leben in einem solchen Hexenkessel für ihn schon nach kurzer Zeit den sicheren Tod bedeuten würde. In diesem Punkt würde er sich niemals ändern. Soviel stand für ihn fest. Obwohl nicht mehr so viel für ihn feststand.

Ein paar Momente krochen die dunklen Gedanken der letzten Jahre wieder in ihm hoch. Ausgelöst wohl durch die kurze schmerzhafte Erinnerung an Lisa. Doch die vielfältigen Eindrücke, die sich ihm jetzt und hier boten, ließen ihn diese beschwerlichen Gedanken schnell verdrängen.

Bei seinem ersten Besuch hatte er sich keine Zeit für das herrliche Land genommen. Nur an zwei Tagen waren Greg, Lisa und er mit einem Helikopter über die Inseln geflogen. Damals hatte er es natürlich sehr bedauert, Neuseeland nur aus der Vogelperspektive gesehen zu haben.

Das sollte sich diesmal ändern.

Jetzt hatte Johannes alle Zeit der Welt.

Viel Zeit zum wirklichen Kennenlernen.

Dennoch wollte er jetzt hier in Christchurch keine Wurzeln schlagen, die Zeit vertrödeln, sondern gleich losfahren. Obwohl er sehr müde war.

Todmüde!

Der Flug steckte ihm bleiern in allen Knochen.

Es war früher Nachmittag.

Die düsteren, wasserschwangeren Wolken verschmolzen mit den dunklen, schäumenden Wellen der Pegasus Bay zu einem sich bedrohlich bewegenden Gemälde. Blieb zu hoffen, dass der Regen nicht stärker werden würde.

Hatte Greg nicht gesagt, es sei bereits Frühling?

Sicher, die Umgebung von Christchurch bestach durch ihr außergewöhnlich frisches Grün, wie er es sonst wo noch nie gesehen hatte.

Dieses unvergleichliche Grün schien sich stolz von der bedrohlich dunklen Wasserwüste der Bay abheben zu wollen. Es beachtete die starken Wellen scheinbar gar nicht, die unermüdlich gegen es anrollten.

Eine herrliche Atmosphäre.

Ganz eigenartig. Fast bedrohlich. Wunderschön!

Und dann rissen urplötzlich die Wolken über den Bergen und über der Bucht auf. Himmel und Wasser explodierten im gleißenden Sonnenlicht.

Sofort drang die Frühjahrswärme mit aller Strahlkraft durch die getönte Frontscheibe ins Innere seines Fahrzeugs.

Das intensive Grün des Deltas schmerzte in den Augen.

Es war ihm, als habe die Sonne selbst einen Lichtschalter betätigt und das Grün wie eine riesige flache Neonleuchte entzündet. Überwältigend diese Leuchtkraft, diese ungewohnte Intensität.

Johannes kniff unwillkürlich die Augen zusammen, versenkte die Scheiben in den Türen und ließ die angewärmte und doch so herrlich frische Luft ins Auto hineinströmen. Und tief in seine bedürftigen Lungen.

Die Müdigkeit war wie weggeblasen.

Johannes atmete wie befreit ein.

Mehrmals so tief, dass ihm schwindlig vor Augen wurde. Die dunklen Gedanken der vergangenen Zeit verblassten mit jedem einzelnen Atemzug mehr.

Er spürte es in jeder Pore:

Neuseeland wirkte!

Das hatten ihm seine jungen Freunde im Flugzeug bereits so geschildert. Dennoch war es kaum vorstellbar gewesen, weil ihm jeder Vergleich fehlte.

Jetzt hatte er ihn.

Denn nur wenige Stunden später erlebte er die faszinierende Wirkung des Landes selbst in beeindruckender Weise.

Johannes war es gar nicht bewusst geworden, dass er an der Uferstraße angehalten und fast eine Viertelstunde dort übers Meer und an dem grünen Küstenstreifen entlang geschaut und die herrliche Landschaft auf sich hatte wirken lassen.

Nicht allzu spät am Abend würde er ja wohl am Ziel angekommen sein. Dennoch musste er jetzt endgültig durchstarten.

Quer durchs Land mochten es ungefähr vierhundert Kilometer bis Puponga sein. Die Meilenangaben in seinem Plan rechnete er schnell um. Denn in einer fremden Maßeinheit zu denken fällt auch hochgebildeten Menschen ungleich schwerer als in einer fremden Sprache zu denken oder gar zu träumen.

Die Ostküste entlang waren es sicher an die hundert Kilometer mehr, wenngleich es schien, dass diese Strecke die weitaus schnellere sein müsste. Greg hatte sie ihm auch empfohlen und eine Fahrtzeit von fünf bis sechs Stunden angegeben, je nach tagesabhängigem Verkehrsaufkommen.

Aber Johannes wollte ja von Anfang an etwas von der großartigen Landschaft haben. Und die Küstenstraße blieb letztlich eine Küstenstraße wie viele andere auch. Rechts das Meer. Links steil hoch die Berge. Vielleicht würde er diese Route auf seiner Rücktour wählen.

Wenn er jemals wieder von hier wegwollte!

Dieser Gedanke kam ihm spontan.

Na, das fängt ja vielversprechend an, dachte er bei sich.

Johannes startete und steuerte seinen komfortablen Geländewagen zuerst rund sechzig Kilometer die Küste entlang über Kaiapoi bis Waipara.

Die Fahrt ging zügig voran.

Im Geiste sah er sich schon in wenigen Stunden am Ziel. Aber er sollte sich täuschen.

Schon vor Waipara hatte sich die bis dahin zweispurige Bahn auf eine einspurige verengt. Der Verkehr wurde Richtung Culverden zudem immer dichter. Und der Straßenzustand erheblich schlechter.

Das ausgezeichnete Fahrwerk des Geländewagens und die komfortable Sitzfederung mussten Schwerstarbeit leisten. Die Schotterstrecken, die tief ins Landesinnere führten, verlangten ihnen alles ab. Und natürlich auch ihm selbst als Fahrer.

Zudem wurde es beinahe auf einen Schlag duster.

Dunkle Wolken waren erneut von den gefürchteten Westwinden heran getrieben worden. Es fing zeitweise wieder an zu regnen.

Die Orientierung fiel Johannes zunehmend schwer.

Und die Müdigkeit kehrte nur kurze Zeit später mit aller Macht zurück. Ihm fielen beinahe die Augen zu. Er zwinkerte ständig und mühte sich, seine Augenlider offen zu halten.

Nirgendwo waren irgendwelche Zeichen einer menschlichen Behausung zu sehen. So würde er ja wohl nicht weiterfahren können.

Die Nacht brach herein.

Der Himmel klarte auf.

Einige Wolkenfetzen jagten sich unter der Kuppel des südlichen Sternenhimmels.

Johannes hielt wenig später an einer großzügigen Ausbuchtung neben der Straße an, öffnete die Fenster. Die hereinströmende Luft war empfindlich kalt. Aber sie tat ihm im Moment unglaublich gut. Der Sauerstoff wirkte wie ein willkommener Wachmacher.

Die Wirkung hielt jedoch nicht lange an.

Johannes dämmerte es.

Seine Entscheidung, die Route quer durchs Land zu wählen, war offensichtlich nicht die Beste gewesen. Zumindest nicht für diese Tageszeit. Bei einem Start am frühen Morgen wäre das sicher kein Problem gewesen.

Jetzt aber fühlte er sich wie erschlagen.

Hundemüde. Und auch ein klein wenig hundeelend.

Er entschied sich schließlich, die Rückbank umzulegen und es sich im Fond gemütlich zu machen. Greg hatte ihm vorsorglich Decken und eine dicke Daunenjacke in den Gepäckraum gelegt.

Wozu denn das? Das hatte sich Johannes zuerst gefragt, als er die seiner Meinung nach überflüssigen Gegenstände gesehen hatte. Jetzt war er überaus dankbar dafür. Es war einfach nur gut, einen solchen Mann zum Freund zu haben. Der Klang einer Hupe weckte ihn zeitig am nächsten

Morgen. Johannes schrak hoch und brauchte fast eine geschlagene Minute, um sich zu orientieren, um klar zu haben, wo er sich befand. Und vor allem, weshalb er sich dort befand.

Die tiefstehende Morgensonne blendete ihn.

Auf der linken Seite seines Fahrzeugs nahm er eine weiße Bretterwand wahr. Er schüttelte ungläubig den Kopf, weil ihn Schafe durch den Zaun hindurch anschauten.

In diesem Moment klopfte jemand an die Scheibe.

Ein Mann mit breitkrempigem Hut und rotweiß-kariertem Hemd stand rechts neben seinem Auto und bedeutete ihm, dass er aussteigen solle.

Johannes rappelte sich endgültig hoch, öffnete die hintere Tür und stieg aus.

Der Mann bat ihn in kernigem Neuseeländisch, dass er die Zufahrt frei machen solle.

Jetzt erst realisierte Johannes, dass es sich bei dem weißen Bretterzaun um die Bracken eines überlangen Sattelzuges handelte, der Schafe geladen hatte. Und der Fahrer erklärte ihm, dass er auch noch Schafe von dieser Farm laden müsse, deren Zufahrt er blockierte.

Johannes war es vor Übermüdung am Abend zuvor nicht aufgefallen, dass er vor dem Holztor quer zur Zufahrt geparkt und übernachtet hatte.

Diese Zufahrttore hielt man üblicherweise immer geschlossen, um die Gefahr einzuschränken, dass sich die Herden selbstständig auf die Suche nach weiteren saftigen Weidegründen machten.

Johannes rangierte den Toyota ein paar Meter rückwärts. Der Fahrer öffnete die beiden großen Flügel des

Tores nach innen, stieg wieder ins Führerhaus und fuhr dann mit dem Laster und dem überlangen Aufleger in die Zufahrt hinein. Nach fünfzig Metern hielt er an, ließ den Motor laufen, stieg ab und kam zurück, um das Tor zu schließen.

Johannes half ihm dabei.

Der Fahrer tippte mit dem rechten Zeigefinger an seinen Hut. Johannes hob die Hand. Beide Männer stiegen in ihre Fahrzeuge.

Und weiter ging es in den Tag hinein.

Johannes verspürte einen mächtigen Hunger.

Sich Verpflegung vom Flughafen Christchurch mitzunehmen, daran hatte er nicht gedacht. Blieb zu hoffen, dass er bald schon ein Dorf, eine Stadt erreichte, um sich ein wenig frisch zu machen und vor allem, um ausgiebig zu frühstücken.

Ein Wegweiser zeigte in Richtung Maruia Springs.

Das Morgenlicht tauchte die Landschaft in ein unwirkliches Licht. In sanften, aber endlos langen Serpentinen schraubte sich der starke Landcruiser immer höher.

Johannes vergaß beinahe seinen Hunger beim Anblick der prachtvollen Flora:

Die sanften Hügel bedeckte ein dichter grüner Fleckerl-Teppich. Das Gras hellgrün, die Bäume und Sträucher darin wie eingewobene dunkelgrüne unregelmäßige Flecken. Und mittendrin immer wieder größere oder kleinere, strahlend gelbe Flächen von Stechginsterbüschen.

Für das Auge eine Weide.

Für das Land eine Plage. Denn für die Neuseeländer gelten diese Pflanzen als „Gelbe Gefahr“.

Nach einer weiteren Stunde überfuhr Johannes die mittlere Passhöhe bei Hanmer Springs. Ein weites flaches Tal eröffnete sich vor seinen Augen.

Weiße Föhnwolken zauberten herrliche Gebilde an den tiefblauen Himmel. Sie sahen aus wie riesige Raumschiffe oder manchmal auch wie Buckelwale oder ein Delfin.

Und in der grünen Ebene vor den noch spärlich mit Schnee bedeckten höheren Gipfeln im Osten gewahrte er zu Hunderten das eigentliche Wappentier Neuseelands:

Weiße Schafe.

Wohin das Auge auch blickte, weiße Schafe!

Johannes schmunzelte, während er zu sich sagte:

„Und ich als einziges schwarzes Schaf mittendrin!“

Greg hatte ihm schon bei seinem ersten Besuch in Neuseeland gesagt:

„Unser Land hat 44 Millionen Einwohner. 40 Millionen Schafe. Und 4 Millionen Menschen. Die Dummheit der Letzteren gleicht die zahlenmäßige Überlegenheit der Ersteren bei weitem aus, so dass man von einem ausgewogenen Verhältnis und einem friedlichen Miteinander dieser beiden Bevölkerungsgruppen sprechen kann.“

Gregs Humor war auf eigene Weise hintergründig.

Immer liebevoll. Nie zynisch oder sarkastisch.

Was das einfache Beispiel seiner neuseeländischen „Bevölkerungsmengenlehre“ eindrucksvoll unter Beweis stellte. Daran musste Johannes jetzt denken, als er die wunderschöne Szenerie in der endlos weiten Ebene vor sich liegen sah.

Im gleichen Moment aber meldete sich sein Magen wieder laut knurrend zu Wort. Johannes konzentrierte sich wieder auf seine Straße.

Weiter ging es Richtung Maruia Springs. Es kam seinem Bärenhunger sehr gelegen, dass die Fahrt jetzt deutlich flüssiger vonstatten ging. Die Straße war ein gutes Stück weit wieder befestigt. Und so gelangte er doch noch in akzeptabler Zeit an sein Zwischenziel.

An einer Raststätte füllte er den Tank und anschließend, bis absolut nichts mehr hineinging, seinen leeren Magen. Mit einem Frühstück, wie er es sonst noch nie in dieser Zusammenstellung gegessen hatte. Mit Eiern und gebratenem Schinken. Ja, das schon. Aber mit Bohnen, Speck und gegrilltem Lammfleisch! Am Morgen! Unvorstellbar!

Aber es schmeckte göttlich gut.

Weiter ging's! Am Bergrücken entlang, die Ebene zur Linken fuhr Johannes weiter in Richtung Nordosten an den Nelsonseen vorbei bis zur Richmond Range.

Von dort wandte er sich nach Nordwesten, nur wenige Meilen von der Küste entfernt in Richtung Takaka und Collingwood und erreichte schließlich „die größte Farm der Welt", das Hochland an der westlichen Nordspitze der Südinsel Neuseelands.

„Diese Region teilt sich in siebzehntausend Schaf- und Rinderfarmen. Für dich in Zahlen ausgedrückt: 17.000!"

Greg hatte es ihm neben seinen letzten Hinweis Richtung Puponga in den Plan geschrieben.

Eine bezaubernde, eine verzaubernde Landschaft. Lauter kleine schwungvolle Hügel. Wie ein riesiger Golfplatz mit viel zu langem Rasen. Von hohen Farnbaumgruppen gesprenkelt. Vom Westwind durchgepustet, ja regelrecht zerzaust.

Ein Paradies für Schafe und Rinder.

Johannes konnte es beim Anblick der prächtigen Tiere gut verstehen, dass die Neuseeländischen Rinderzüchter es immer schon abgelehnt hatten, ihr Vieh zusätzlich zu mästen. Es rasend schnell zu mästen und dabei mit diesem in Europa so beliebten ekelhaften Knochenmehl zu füttern. Nur um es schneller auf den Markt zu bringen. Nie!

Nach langen Jahren, in denen sie gemieden wurden, weil ihr Rindfleisch für den europäischen Markt viel zu teuer schien, durften sie den Dank für diese überzeugte und überzeugende Haltung schließlich doch noch ernten. In der ganzen Welt. Besonders in Europa.

Denn als Mitte der neunziger Jahre der Rinderwahnsinn den europäischen Landwirtschaftswahnsinn heimsuchte, da stieg die Nachfrage nach bestem Rindfleisch aus Neuseeland sprunghaft an. Da erhielt ein hoher Wert wieder die hohe Wertschätzung, die ihm zukommt.

So erntet man im Leben letztlich immer, was man sät.

Johannes wusste, warum er beim Anblick der friedlich weidenden Rinder auf diesen Gedanken kam.

Nur wenige Meilen weiter, kurz vor seinem endgültigen Ziel, gelangte er kurz nach Mittag in eine völlig andere Welt.

Greg hatte ihm empfohlen, zunächst ganz hoch bis ans Meer zu fahren und dann von Nelson aus der Küstenstraße der Tasman Bay entlang zu folgen, Richtung Farewell Spit.

Auf der Karte wirkte dieser kleine, ganz schmale Landstrich wie eine einzelne Adlerkralle, die auf eine Weise ins Meer hineinragt, als wolle sie die Tasmanische See vor der Vereinigung mit dem Südpazifik bewahren.

Hier schien alles in Bewegung zu sein.

Zweifelsfrei stand fest: Hier war alles voller Sand!

Sand in der Luft.

Sand in gewaltigen Dünen, die sich unaufhaltsam vorwärts schoben.

Johannes hielt seinen Wagen an, stieg aus, um das Ganze zu erfassen, um es auf sich wirken zu lassen. Sofort holte er seinen Hut aus dem Wagen, denn die Sonne brannte unbarmherzig auf ihn nieder.

Noch unbarmherziger aber war der Sand.

Er drang in alle Poren.

Und in wenigen Minuten auch in sein Auto.

Johannes hatte nicht zu Ende gedacht und die Tür des Wagens offen stehen lassen. Er wollte ja kurz darauf weiterfahren. Hätte er nur die Tür geschlossen. Das schwarze Armaturenbrett und die Armaturen selbst waren Minuten später schon mit braunem Puder überzogen. Und in den Nähten der Ledersitze hatten sich Millionen Sandkörner versammelt. Wie auch in den Zähnen von Johannes.

Gott sei Dank hatte er sich an der Raststätte mit genügend Wasserflaschen eingedeckt. So konnte er jetzt kräftig und ausreichend spülen.

Die letzten Meilen auf dem Weg zu seinem endgültigen Ziel boten wieder eine willkommene Abwechslung.

Er fuhr am grünen Hochplateau oberhalb der westlichen Steilküste entlang, über Schotterstrecken und teilweise über ins Gras eingefahrene Wege Richtung Süden.

Und wieder sah er Hunderte von weißen Schafen auf den saftig grünen Klippen weiden. Ein wundervolles Bild.

Schon bei diesem Anblick nahm er sich vor, in den nächsten Wochen einmal einen Mehrtagesmarsch einzuplanen, vom Dorf aus bis hier hoch zu wandern und dann an der Steilküste entlang zu gehen.

Und dann natürlich auch hinunter zum Strand.

An einem sicheren Standort, ganz vorne an der Steilküste, hielt er seinen Wagen an und warf einen ersten Blick hinunter ins tosende Meer.

Mit ungeheurer Gewalt rollten die Wellen gegen die steilen schroffen Felsen an, schäumten auf, versuchten sich wie Freikletterer in der Wand festzukrallen, sanken aber in sich zusammen und fielen in die nächste Woge hinein, die der ersten gefolgt war.

Ein Schauspiel in unendlichen Akten!

Aufstieg und Fall.

Geboren werden und sterben.

Ein ewiges Spiel!

Nie hatte er dieses Naturereignis in beeindruckenderer Form gesehen, erlebt, gespürt. Nicht nur als Beobachter, der hoch über den Klippen stand. Er spürte es tief innen in sich: Er wurde, ja, er spürte es: er war ein Teil davon.

Und auf einmal war es ihm, als stiege ein Gesicht aus der Tiefe, aus der Woge, aus der schäumenden Gischt.

Auf der Fahrt von Christchurch bis hierher hatte er kein einziges Mal an sie gedacht. Jetzt aber war sie ihm so gegenwärtig, als könnte er nach ihr greifen.

Britta. Ja, es war das Gesicht von Britta.

Für ein paar Sekunden.

Dann löste es sich in der Brandung der nächsten Welle wieder vollständig auf. Er konnte es einfach nicht halten.

Johannes verließ aufgewühlt das Hochplateau. An diese Stelle würde er so bald wie möglich zurückkehren. Genau an diese Stelle. Neuseeland wirkt! Melanie und Micha hatten es gesagt. Ja, es wirkte. Es überwältigte ihn.

Er stieg in sein Auto und fuhr wieder los. Das Land fiel langsam nach Süden hin ab, wurde flach und flacher.

Nach knapp einer halben Stunde erreichte er Puponga.

Das kleine Dorf lag friedlich in der Mittagssonne.

Der Westwind pfiff kühl gegen die Strahlung an.

Einer der Bewohner kam aus seinem Holzhaus, hielt kurz inne, als er das ankommende Fahrzeug wahrnahm, nickte Johannes lediglich kurz zu, wartete nicht ab, sondern ging weiter durch sein leicht verwildertes Gärtchen hindurch und folgte dem kleinen Pfad direkt zum Strand.

Johannes warf noch einmal einen Blick auf Gregs Lageplan, orientierte sich kurz und machte dann zielsicher das etwas abseits stehende Haus aus, das Gregs Cottage sein musste.

Er fuhr vor und hielt an.

Es musste das richtige Haus sein, denn schräg versetzt zur Ortsstraße hin befand sich der Schokoladenladen.

Als er ausgestiegen war, kam denn auch gleich die Besitzerin mit einem Holztablett auf ihn zu und hieß ihn willkommen.

„Diese Pralines sollen der erste, beste und für immer bleibende Eindruck für Sie sein. Wir alle hier möchten Ihnen Ihren Aufenthalt bei uns versüßen. Denn Sie sind der beste Freund von Greg. Er hat uns schon so viel über Sie erzählt. Herzlich willkommen, Doktor Brandmuller."

Die Striche über dem „u" ließ sie selbstverständlich weg. Johannes sagte ihr, dass sie bitte auch den Doktor und am besten den ganzen Brandmuller weglassen solle.

„John. I am John"

„Betty. I'm Betty!"

Betty war eine sehr ansprechende Frau. Sie trug einen

blauen Jeansanzug, ein rotes Shirt und kurze, derbe Stiefel. Sie mochte Mitte vierzig sein. Hatte eine durchaus gute Figur, was er auf den ersten Blick so sehen konnte. Und sie besaß ein hübsches, wenn auch ein wenig strenges Gesicht, mit einem leicht bitteren Zug um den Mund.

Sie hielt ihm erneut das Tablett mit der Schokolade hin, hob es bis unter seine Nase an.

Sie verfehlte ihr Ziel nicht.

Denn ein betörender Duft von schwarzer Schokolade und Kiwi strömte ihm entgegen. Und er ließ sich die Pretiosen munden.

Ja. Pretiosen. Der Begriff schien ihm sehr angebracht.

Denn die edlen Stücke waren so kunstvoll gedreht, als seien sie schwarze Edelsteine.

Johannes folgte Betty zu ihrem Haus.

Sie bat ihn herein. Das erste, woran er dachte, als er den kleinen, von süßen Kostbarkeiten überfüllten Laden betrat, war die Frage, wer das alles hier verkosten sollte?

Wer, außer den Ureinwohnern, verirrte sich das Jahr über hierher? Auf dem ganzen Weg vom Hochplateau bis hier runter war ihm kein Mensch begegnet.

Nun ja, es würde eine Erklärung dafür geben.

Im Moment war die Antwort auf seine Frage nicht ganz so wichtig. Betty hatte ihm Gregs Haustürschlüssel geholt, während er sich noch in den kleinen, mit viel Liebe und Sachkenntnis geschreinerten Regalen umschaute.

„Hier ist der Schlüssel. Ich habe Ihnen ein paar Lebensmittel in den Kühlschrank gelegt. Etwas zu essen. Etwas zu trinken. Es dürfte für ein paar Tage reichen. So lange, bis Sie sich richtig ausgeschlafen und dann ein wenig bei uns eingelebt haben. Die Betten sind bezogen.

Es befindet sich etwas Holz für ein paar Tage Feuer im Kamin in dem kleinen Schuppen auf der Rückseite. Im Frühling kann es bei uns manchmal noch richtig kalt sein. Die 'Roaring Forties', die Westwinddrift, die spüren wir bis ganz hier oben. Wenn Sie Lust auf Gesellschaft haben, es gibt auch eine Kneipe. Sie finden sie vier Häuser weiter. Ansonsten geht hier alles den neuseeländischen Gang. Anything goes. Alles geht. Und wenn die Dinge mal nicht gleich geschehen, muss man eben warten. Greg hat erzählt, dass es in Deutschland ein klein wenig anders ist. Vergessen Sie es. Sie sind ja jetzt hier!"

Ja, er wollte einiges vergessen hier unten.

Deswegen war er schließlich gekommen.

Jetzt aber war es Zeit zu gehen und in sein neues Heim einzuziehen. Er bedankte sich bei Betty, verließ ihr Haus und fuhr dann als erstes seinen Wagen unter den kleinen Carport. Dieser war fast ein wenig zu niedrig geraten für seinen Geländewagen. Zumindest hatte das den Anschein beim Einparken gehabt.

Das Haus machte im Vergleich zu den anderen noch einen relativ neuen Eindruck. Ausschließlich mit Holz gebaut. Schlicht gehalten. Jedoch mit einem eigenen Charme. Typisch Greg Putter.

„Die Erotik des Einfachen."

Dieses Prinzip verfolgte er sogar in seinen großen Projekten. Und alle seine Projekte trugen unverkennbar seine Handschrift.

Johannes meinte dagegen, für viele, manchmal sogar widersprüchliche Stilarten offen bleiben zu müssen. Je häufiger er aber in letzter Zeit darüber nachdachte, umso mehr zog er seine bisherige Einstellung in Zweifel.

Das Holz blieb wohl auch hier unbehandelt. Es schützt sich selbst. Ohne jedes Zutun. Denn es legt sich mit der Zeit eine natürliche silbergraue Patina zu.

Es liegt in seiner Natur.

Könnten es die Menschen doch bloß auch so tun!

So sinnierte Johannes vor sich hin, als er mit einem Teil des Gepäcks ums Haus herumging, um den Eingang zu finden. Dieser befand sich zum Meer hin, auf der ungeschützten Seite des Hauses. Greg hatte Terrasse und Eingangsbereich bewusst miteinander verbunden. Er liebte es, am Abend noch lange vor der Tür zu sitzen, zu lesen, auf einem Papierbogen erste Ideen zu skizzieren oder einfach nur seinen Gedanken nachzuhängen.

Gleich, als Johannes diesen Teil des Hauses sah, wusste er, dass er das genauso wie Greg lieben lernen würde.

Johannes stieg die drei Stufen zur breit überdachten Holzterrasse hoch, warf einen Blick aufs Meer und auf die grobe Holzsitzgruppe auf der rechten Seite. Dann schloss er die Tür auf und betrat das Haus.

Moderne Malerei an weiß lasierten Holzwänden. Weiße Regale mit Hunderten von Büchern. Eine ebenfalls weiße, großzügige Ledergarnitur mit farbigen Kissen. Ein offener Kamin. Ein riesiger Schreibtisch. Eine kleine praktische Küche mit einfacher Essecke. Ein zweckmäßiges, dennoch stilvolles Bad. Und ein großzügiger Schlafraum mit einem breiten und überlangen Bett, lang genug für den Zweimetermann Greg. Hier ließ es sich lange aushalten!

In längstens einer halben Stunde hatte sich Johannes eingerichtet, geduscht, eine Kleinigkeit gegessen, ein Bier getrunken.

Dann fiel er in einen komaähnlichen Tiefschlaf.

Kapitel 14

Hoffen und Warten

...Hanna, ich möchte sehr gerne einmal mit Ihnen
und Lara sprechen. So von Frau zu Frau...

Brittas Puls schnellte sofort in die Höhe, wenn das Telefon läutete. Doch jedes Mal war bloß irgendeine Dame von irgendeinem Callcenter dran. Sie habe gewonnen, sagte die eine. Sie könne etwas gewinnen, sagte eine andere. Immer antwortete Britta, sie habe schon alles, brauche nichts weiter, sei wunschlos glücklich.

Vor wenigen Minuten hatte sie wieder einmal ein solches Telefongespräch auf diese Weise beendet.

Schön wär's, dachte sie bei sich.

Mir würde es ja schon genügen, wenn wenigstens mal ein Anruf kommen würde, auf den ich schon über eine Woche warte.

Weshalb bloß ließ Johannes nichts von sich hören?

Kein Brief, kein Anruf, kein Lebenszeichen.

Konnte er sich nicht vorstellen, dass sie darauf warten würde? Hatte er keine Zeit? War ihm vielleicht sogar etwas zugestoßen?

Bei diesem Gedanken lief sie sofort ins Wohnzimmer und kramte in ihrer Schreibtischschublade nach dem blauen Gastgeber-Verzeichnis der Jachenau. Bernhard hatte es ihr gegeben, weil die neue Brandmüller-Alm darin abgebildet war, mit Anschrift und Telefonnummer. Für alle

Fälle, hatte Bernhard zu ihr gesagt. Und jetzt schien ihr doch ein solcher Fall gegeben zu sein.

Im Handumdrehen hatte sie die Nummer gefunden und gewählt. Bernhard meldete sich erst nach dem zehnten Klingelzeichen.

„Brandmüller, Bernhard, Grüß Gott!"

„Grüß Gott, Bernhard. Hier ist Britta."

„Welch eine Freude! Britta! Wie geht es dir?"

„Du, Bernhard, ich ruf an, weil ich seit über einer Woche nichts von Johannes gehört habe. Hat er sich schon bei dir gemeldet?"

„Nein, ich denk, das wird er auch nicht so schnell tun. Wir haben einander eigentlich nie geschrieben. Und nur ganz selten mal miteinander telefoniert. Das wird sich in Neuseeland nicht ändern. Er hat mich ja sogar erst kurz vor seinem Abflug vom Flughafen aus informiert, dass er dorthin fliegt. Und das auch nur, weil er mich bitten wollte, mich um alles zu kümmern, wenn er tatsächlich dort unten bleiben sollte. Ich hab es ohnehin nicht ganz verstanden, weshalb er unbedingt so weit weg muss."

„Es gibt wohl Menschen, die müssen sich offenbar erst einmal ganz weit von dem, was ihnen bisher wichtig war, entfernen. Erst wenn sie es dann nicht mehr haben, werden sie es vermissen. Erst dann wird ihnen der wahre Wert dessen bewusst, was sie zurückgelassen haben. Wollen wir hoffen, dass es für Johannes so sein wird."

An diesem Punkt fiel Britta noch etwas ein:

„Als er sich nach der Beerdigung deines Vaters von Hanna verabschiedet hat, meine ich, hätte er zu ihr gesagt, dass er ihr jede Woche schreiben werde. Hast du ihre Telefonnummer?"

„Nein, die hab ich nicht. Die kann ich dir aber gern besorgen. Ich frag Claudia danach. Ich seh' sie nachher noch unten im Dorf."

„Ja, das wäre schön!"

Die beiden schwiegen ein paar Sekunden.

Dann räusperte sich Bernhard hörbar am anderen Ende und fragte zögerlich:

„Äh, mmh, Britta, was ich dich bei dieser Gelegenheit fragen wollte - könntest du dir vorstellen, die Adventszeit und auch Weihnachten und Neujahr hier bei uns in der Jachenau zu verbringen? Hier bei mir, bei uns auf dem Brandmüller-Hof?"

Britta überlegte eine Weile.

„Bist du noch dran?" fragte Bernhard.

„Ja, ich bin noch da", antwortete sie ihm.

Und dann zögerte sie nicht länger:

„Wieso nicht? Ob ich mich hier selbst beschäftige oder mich bei dir nützlich machen kann. Ja, klingt verlockend. Es ist jetzt Mitte November. Am ersten Advent könnte ich unten sein."

„Versteh' mich nicht falsch! Ich suche keine billige Arbeitskraft. Es ist ja jetzt ohnehin nicht viel zu tun. Heuer hat es schon jetzt ganz schön geschneit. Und für die Arbeit im Stall habe ich ein polnisches Geschwisterpaar. Die beiden waren schon im Sommer und Herbst als Erntehelfer bei uns. Sie sind vor wenigen Tagen wiedergekommen. Ich hab ihnen angeboten, bis zum nächsten Herbst zu bleiben. Danach werden wir weitersehen. Marzena ist eine sehr, sehr fleißige Frau. Mir fehlt es an nichts. Ich dachte dabei nur an dich. Es macht ja keinen Sinn, dass du alleine in Tölz bist, wo du hier bei uns eine viel schönere Zeit verbringen kannst! Und außerdem unterhalte ich mich sehr gerne mit dir. Da werden die Winterabende nicht so sehr einsam!"

„Du, Bernhard, ich glaube, ich freue mich riesig über deine Einladung!"

Britta freute sich wirklich aufrichtig und ließ es Bernhard auch spüren.

Und dem ging es genauso.

„Also, dann erwarte ich dich am Samstag vor dem ersten Advent. Wir können ja dann gemeinsam am nächsten Morgen zur Kirche gehen."

Und nach einem kurzen Moment fragte er nach:

„Bist du überhaupt katholisch?"

„Ja. Durch die Heirat mit Sepp. Wir sind katholisch getraut worden, obwohl ich ja eine norddeutsche Protestantin war. Ich hab mich ganz gut in die Kirche hineingefunden. Mir waren die Menschen wichtig. Nicht das Kirchengesetz. Ich bin engagierte Christin. Und wenn ich ehrlich bin, dann mag ich die katholische Festlichkeit in einem Gottesdienst mehr als die ein klein wenig kühlere protestantische Feier. Egal. Du kannst dich mit mir sehen lassen, ohne dass du anschließend geteert und gefedert wirst. Ich bin nachweisbar rechten Glaubens!"

„Ich lasse mich gerne mit dir sehen. Vielleicht meinen die Leute ja sogar, wir seien ein Paar!"

„Jetzt mach aber mal halblang", lachte Britta. „Die, welche dich nicht kennen, denken höchstens, dass deine Mutter bei deiner Geburt wohl sehr, sehr jung gewesen sein musste. Und sie finden es schön, dass du sie auch in deinem Alter noch brav zur Kirche begleitest!"

Bernhard und Britta mussten prustend lachen.

„In Ordnung. Wir machen das so. Ich freu mich. Denk aber bitte trotzdem nachher noch an die Telefonnummer von Hanna. Ich möchte sie gerne anrufen."

Bernhard versprach es. Britta legte auf.

Ein Lied vor sich hin summend ging sie ihrer Arbeit nach. Sie hatte sich vorgenommen, noch einen gründlichen Winterputz zu machen, bevor auch in Tölz, nur dreißig Kilometer nördlich der Jachenau, der erste Schnee fiel.

Noch am Abend rief Bernhard an und gab ihr die Telefonnummer von Hanna. Britta rief sie gleich an, denn es war kurz vor acht, noch nicht Schlafenszeit.

„Störe ich Sie gerade, Hanna?" fragte Britta.

„Nein, ganz und gar nicht. Ich habe bis jetzt meinen Unterricht für morgen vorbereitet. Wir arbeiten an einem Krippenspiel. Ich möchte es mit meinen Holzkirchner Kindern aufführen und dann noch mal in der Kinderchristmette am Heiligabend in St. Nikolaus in Jachenau. Dort helfe ich meiner Kollegin, die das gleiche Stück mit ihren Kindern aufführen will."

„Das machen Sie ganz bestimmt gut, Hanna. Sie haben den richtigen Beruf gewählt. Da bin ich sicher. Die Kinder spüren, dass Sie sie sehr mögen. Vielleicht kann ich mir die Aufführung ja anschauen. Bernhard hat mich über Weihnachten auf den Brandmüller-Hof eingeladen. Ich bin schon ab ersten Advent unten."

„Ja, das wäre schön", freute sich Hanna.

„Weshalb ich Sie anrufe, Hanna - hat Ihr Vater sich schon einmal aus Neuseeland bei Ihnen gemeldet?"

„Welch ein Zufall. Vor wenigen Minuten haben wir miteinander gesprochen. Er hat gesagt, es sei kurz vor sieben

Uhr am Morgen. Und die Sonne stehe bereits strahlend über der Insel! Ich konnte es mir gar nicht vorstellen. Hab ihm gesagt, dass bei uns tiefer Winter herrscht!“

Und dann fügte Hanna noch hinzu:

„Da wird er Sie sicher auch gleich anrufen, könnte ich mir vorstellen!“

„Gott sei Dank. Da bin ich ja jetzt beruhigt. Ich dachte schon, es wäre etwas passiert!“

Britta war erleichtert.

Und nach einer kurzen Pause fragte sie:

„Hanna, ich möchte sehr gerne einmal mit Ihnen und Lara sprechen. So von Frau zu Frau. Dürfte ich Sie und Ihre Schwester am ersten Advent zum Kaffee am Nachmittag auf den Brandmüller-Hof einladen? Würden Sie mal mit Lara sprechen? Ich weiß ja nicht, ob sie das will. Sagen Sie ihr bitte, dass ich mich sehr, wirklich sehr freuen würde, wenn sie mitkommt!“

Hanna antwortete nicht sofort.

Britta sprach deshalb weiter:

„Verstehen Sie mich bitte richtig. Ich fühle mich nicht als Hausherrin dort. Es geht mir lediglich darum, dass wir ungestört miteinander plaudern können. Nicht wie in einem Café. Niemand schaut oder hört uns zu. Sie beide sind ja dort auch nach wie vor wie zu Hause. Und ich bin Gast. Damit wir das klar haben.“

„Ich werde gerne einmal mit Lara darüber reden“, antwortete Hanna. „Ja, warum nicht? Ich freu mich drauf.“

„Schön! Dann möchte ich Sie jetzt nicht weiter stören. Ich wünsch Ihnen einen schönen Abend und eine gute Nacht!“

„Ja, gute Nacht, Frau Wasmeier! Schlafen Sie gut!“

„Gute Nacht, Hanna!“
Kaum hatte sie aufgelegt, schrillte das Telefon. Mit Herzklopfen nahm sie den Hörer ab:

„Britta Wasmeier!“

„Hier ist der verlorene Sohn. Guten Morgen, Britta. Hier ist Johannes!“

„Was heißt hier Guten Morgen? Ich gehe gleich zu Bett!“

„Ach, ja, richtig. Hier bei uns steht die Sonne schon am Morgenhimmel. Und da vergisst man leicht, dass Deutschland ja elf, zwölf Stunden später dran ist. Ich hab vorhin schon mit Hanna gesprochen. Sie sagt, dass bei euch schon tiefster Winter ist. Und von Sonnenschein keine Spur. Wie geht es dir?“

„Jetzt geht es mir besser. Ich hab mir schon Sorgen gemacht. So ganz ohne Lebenszeichen von dir. Du bist ja schon über eine Woche weg!“

„Ja, entschuldige bitte. Aber hier stürzen so viele neue Eindrücke gleichzeitig auf einen ein, da verliert man das Gefühl für Zeit und Raum!“

„Nicht nur dieses Gefühl“, dachte Britta ein klein wenig bitter bei sich. Um dann zu der noch bittereren Erkenntnis zu gelangen: „Nein, ist ja völlig unlogisch. Du kannst nur verlieren, was du vorher gehabt hast. Und Gefühle für mich hat er ja wohl offensichtlich nie gehabt.“

„Bist du noch da?“ fragte Johannes nach.

„Ja, ich höre dich!“ antwortete Britta.

„Ich will nicht zu lange reden. Ich wollte dir nur sagen, dass ich dir in den nächsten Tagen mal einen längeren Brief schreiben werde, damit du dir ein Bild davon machen kannst, was ich hier unten angetroffen habe und wie es läuft. Ich kann dir nur so viel sagen, dass Neuseeland süchtig macht. Wir Europäer machen uns gar keine Vorstellung. Die Menschen hier leben nach ihrem eigenen Rhythmus. Anything goes! Alles geht. Und wenn das eine nicht geht, geht das andere. Da macht sich keiner wirklich einen Kopf darum. Und wenn etwas nicht sofort geschieht, dann geschieht es eben später. Die Natur bietet den Menschen ihre geregelte langsame Gangart an. Und die Menschen befolgen sie. Zumindest hier in Puponga. In Auckland dagegen ist es schlimmer als in New York."

Johannes war ins Schwärmen geraten, unterbrach dann jedoch endgültig seinen Redefluss, um sich zu verabschieden:

„Mach es gut Britta. Ich denk an dich. Wenn du auch nicht jede Woche etwas von mir hörst. Du kannst mir ja zurück schreiben, wenn du meinen Brief erhalten hast. Ich freu mich drauf. Also dann! Tschüss! Lass es dir gut gehen!"

Die Verbindung war unterbrochen.

Johannes hatte aufgelegt.

Eine Woche später war der Brief da. Johannes hatte ihn mit der Hand geschrieben. Er schilderte ganz zu Beginn, dass er in der untergehenden Sonne auf seiner Terrasse sitze, aufs Meer hinausschaue und an sie denke - wie sie durch den ersten Schnee laufe.

Dann folgte in allen Einzelheiten die Schilderung seiner Anreise. Dass er bis in den nächsten Nachmittag hinein geschlafen und noch fast eine Woche lang unter dem extremen Jetlag gelitten habe. Greg sei am darauf folgenden Wochenende für drei Tage auf die Südinsel gekommen. Jetzt wisse er auch genauer, weshalb Bettys Schokoladenladen eine Goldgrube sei.

Vor ein paar Jahren wären sie und Greg ein Paar gewesen. Nie zuvor habe es Greg länger als zwei Jahre mit einer Frau ausgehalten. Auch Betty habe diese bittere Erfahrung machen müssen und sei daran fast zerbrochen.

Während ihrer gemeinsamen Zeit habe sie immer wieder einmal eigene Pralinenrezepte ausprobiert. Weil Greg von klein auf so ein Süßer gewesen sei.

Einmal habe er eine ganze Schachtel davon mit nach Auckland genommen. Und als man ihm und seinen Geschäftsfreunden aus Australien und den USA in einem Hotel zum Espresso ein paar exklusive Pralinen gereicht habe, da sei er aufgestanden, ins Parkhaus geeilt und habe die Schachtel mit Bettys Pralinen aus dem Auto geholt.

Er habe dann den Geschäftsführer und den Chef du Rang zu sich zitiert und diese Bettys Pralines kosten und mit den zuvor gereichten Köstlichkeiten vergleichen lassen. Seine Geschäftspartner hätten beinahe nicht genügend „Original Bettys“ übrig gelassen.

Einer davon habe bei dieser süßen Orgie das Wort „Kontrollverlust“ in den schokoladen-überfüllten Mund genommen.

Von Stund an habe sich Greg kaum noch vor Aufträgen für Betty retten können.

Da diese jedoch keine Fabrik habe errichten wollen, sondern weiter auf ihrer Handfertigung bestanden habe, sei Greg die einzig richtige Lösung eingefallen.

Er habe den Preis einfach um das Fünffache angehoben im Vergleich zu dem, was seine Partner sonst in Auckland, Australien und New York für ähnliche Pretiosen bezahlten.

Und alle Kunden seien von Anfang an sehr damit einverstanden gewesen.

Dann schrieb Johannes, dass ihm Betty an einigen Abenden Gesellschaft geleistet und er die Gespräche mit ihr bis tief in die Nacht wirklich sehr genossen habe.

Sie sei eine wunderbare Frau und lebe ohne Groll auf Greg alleine in seinem Nachbarhaus. Obwohl sie, wie sie ihm berichtet habe, am Anfang wie ein Tier darunter litt. Und es sei bewundernswert, wie gut die Freundschaft heute zwischen beiden funktioniere.

Britta schluckte schwer.

Waren alle Männer so unsensibel?

Oder nur Greg und Johannes?

Da hatten sich ja zwei echte Kerle gesucht und gefunden! Beide hätten als Leuchtturm für selbstquälerisch veranlagte, reifere Frauen in der Nordsee und im Südpazifik fungieren können.

Selbstherrliche Mannsbilder, die offenbar Frauen wie sie und Betty anzogen wie Motten das Licht.

Sie ließ den Brief auf ihrem Schreibtisch liegen und schaltete den Fernseher ein, um sich abzulenken.

Zwischendurch aber stand sie wieder auf, nahm die eng beschriebenen Blätter noch einmal in die Hand und durchforstete sie erneut, um vielleicht doch noch irgendwo versteckt ein paar persönliche Zeilen für sie, Britta, zu entdecken.

Bis auf die Schlussbemerkung: „Ich freue mich auf deine Antwort!“ war jedoch nichts zu erkennen, was auf sie hätte gemünzt sein können.

„Ich freue mich auf deine Antwort!“

Welch ein Schwachsinn!

Johannes hatte ihr überhaupt keine Frage gestellt!

Welche Antwort, bitte schön, konnte er daraufhin von ihr erwarten?

Keine!

Britta entschied sich deshalb auch konsequent und kurzerhand, ihm nicht zu antworten.

Sie verstaute den Brief in einer Schublade, nahm ihren Mantel vom Haken und verließ das Haus.

Sie lief kreuz und quer durchs Dorf.

Ihr Gesicht war heiß, vor Ärger bestens durchblutet. Und ihr Magen vor bitterer Enttäuschung ganz nach unten gesackt.

Sie ging zu ihrem Haus zurück, nahm den Wagen und fuhr in die Stadt. Auf ein Kuchenstück ins Café Landauer.

Die Tage bis zum Samstag vor dem ersten Advent vergingen wie im Flug. Britta machte ihr Haus in diesen beiden Wochen winterfest.

Sie schaute in jeden Winkel, überprüfte jedes Fenster, zog jeden Stecker aus seiner Dose. Sie goss noch einmal ihre Blumen, brauchte verderbliche Lebensmittel auf. Bevor sie das Haus verließ, löschte sie bis auf zwei Lampen im unteren und oberen Stockwerk alle Lichter. Sie sollten brennen, um Einbrecher abzuhalten. Ein über Tage dunkles Haus lud ja dunkle Gestalten geradezu ein.

Dann brachte sie Elisabeth, ihrer Nachbarin, den Haustür- und Garagenschlüssel. Ihre Freundin würde sich während ihrer Abwesenheit gewissenhaft um das Anwesen kümmern. Auf Elisabeth war zu allen Zeiten Verlass.

Sie konnte beruhigt fahren.

Britta nahm den Golf Variant, mit dem sie die ganze

Zeit über gefahren war. Den Laderaum hatte sie gefüllt mit Eingemachtem, mit selbst gebackenen Plätzchen und selbst gebackenem Brot. Dazu die mit viel Bedacht gewählten Geschenke für Bernhard, natürlich auch für das polnische Geschwisterpaar und die beiden Schwestern Hanna und Lara.

Für die Kleine von Lara hatte sich Britta ebenfalls etwas einfallen lassen. Dazu war sie eigens nach München gefahren, weil sie dort in einer Seitenstraße zur Theatinerstraße einen ganz besonderen Kinderladen wusste, der auch sehr geschmackvolle Babysachen führte.

Sogar für Claudia war ihr etwas Passendes eingefallen. Ein Buch über die Haltung exotischer Blumen im rauen Klima Europas. Das würde sie bestimmt interessieren.

Sie brauchte eine dreiviertel Stunde.

Dann kam sie auf dem Brandmüller-Hof an.

Das Sonnental lag unter einer dicken Schneedecke. In Tölz hatte es in der Nacht lediglich dünn geschneit. Das meiste davon war schon wieder weggetaut gewesen, als sie gegen neun am Morgen losgefahren war.

Wie beim ersten Mal empfing Bernhard sie gleich vor der Haustür. Sie wunderte sich sehr über diesen aufmerksamen Mann.

Wieso bloß hatte er immer noch keine Frau gefunden?

Ein Rohdiamant, der sich versteckt hielt und nach dem keiner hier suchte. Dabei hätte sich jede Frau nach einem solchen Mann und Partner die Finger lecken können.

Aber was half es, wenn keine etwas von ihm wusste!

Noch nicht einmal ahnte.

Denn Bernhard ging ja kaum vor die Tür. Zumindest nicht zum reinen Vergnügen.

Als sie in die Diele eintrat, standen dort die beiden Geschwister aus Polen wie ein Empfangskomitee. Sie stellten sich Britta lächelnd vor.

Laschek, etwa Ende dreißig, breitschultrig mit längerem schwarzem Haar und mit derben Händen verbeugte sich vor ihr, als sie ihm die Hand reichte.

Marzena machte sogar einen Knicks.

Sie war eine sehr hübsche Frau, wohl Anfang bis Mitte vierzig. Mit rotbraunem Haar, einer betörenden Figur, einem sinnlichen Mund, tiefgründigen grünen Augen - so hätten die beiden Blutsbrüder Greg und Johannes ihre Geschlechtsgenossin sicher beschrieben.

Brittas Ärger war noch nicht verflogen.

Mit ihren zynischen und auch sarkastischen Gedanken versuchte sie ihre verletzte Seele abzuschirmen. Denn eigentlich hätte sie lieber hemmungslos geweint als hemmungslos über Johannes gelästert.

Britta zog ihre dicke Jacke aus und hing sie an die Garderobe.

Die Geschwister machten sich wieder an ihre Arbeit.

Bernhard führte Britta in die Wohnstube.

„Setz dich erst mal hin. Lass uns einen kleinen Schnaps zur Begrüßung trinken!“

Er ging an den Schrank, holte einen Enzian heraus und goss zwei Gläser ein.

„Zum Wohl!“

Sie stießen mit den Gläsern an und kippten die Schnäpse in einem Zug weg.

Britta schüttelte sich: „Der wärmt gut.“

„Ja, das tut er. Und du wärmst auch gut. Ich freu mich sehr, dass du gekommen bist, Britta!“

„Ich freu mich auch. Ich glaube, ich komm mit deinen beiden Polen gut zurecht. Sind sicher fleißige Leute."

„Ja, das stimmt. Die sehen beide die Arbeit. Denen musst du nichts sagen. Die beiden packen überall an. Und deshalb gebe ich ihnen auch mehr Geld als sie woanders bekommen würden. Für gute Leistung gutes Geld. Das war auf unserem Hof zu allen Zeiten guter Brauch. Mein Vater hat immer gesagt: Wenn wir Bauern wollen, dass die Menschen im Land unsere Leistung wieder mehr schätzen lernen, dann müssen wir mit gutem Beispiel vorangehen und die hoch schätzen, die zusammen mit uns die Leistung erbringen. Und er hatte dazu noch einen seiner typischen Sprüche gedichtet: Ein hungriger Knecht füllt dem Bauern den Magen schlecht. Und damit hatte er Recht!"

„Du reimst ja fast schon so gut wie dein Vater", lachte Britta. „Aber jetzt lass uns mal festlegen, was wir bis Weihnachten noch so alles tun wollen. Ich bin ja nicht auf Urlaub hier."

„Gemach, gemach! Ich hol erst mal deine Sachen aus dem Auto. Du kannst die große Stube hier oben haben. Die kennst du ja schon. Marzena und Laschek wohnen hinten im alten Gesindehaus neben der Scheune. Solltest sehen, was die beiden daraus gemacht haben. Eine Puppenstube! Marzena hat einfach ein Händchen für alles!"

„Na, höre ich da einen verliebten Unterton?"

Britta sah ihn verschmitzt an.

Bernhard wechselte leicht die Farbe.

„Das Rot steht dir gut", legte Britta gezielt nach.

„Neeiiinn, ich meine halt nur...", versuchte Bernhard Britta von ihrer Spur abzubringen.

Doch es klang wenig überzeugend.

„Ihr würdet gut zusammen passen. Ich glaube, dass Marzena dich auch gut leiden mag. Du weißt ja. Frauen sehen so etwas auf einen Blick. Und ich hab gesehen, wie sie dich vorhin angeschaut hat."

„Na, ja, ich gebe ja zu, dass sie mir gut gefällt. Aber gut Ding will Weile haben. Ich geh jetzt und hol deine Sachen aus dem Auto!"

Bernhard ging nach draußen.

Britta stellte die Flasche weg und brachte die Gläser in die Küche. Marzena nahm sie und steckte sie in die Geschirrspülmaschine.

„Wie feiern Sie Advent und Weihnachten, Marzena?"

„Bitte sagen Sie nicht Sie zu mir!"

„Ich sage aber nur dann du, wenn du es auch zu mir sagst. Und natürlich Laschek auch."

„Das kann ich doch nicht tun. Sie sind ja eine Dame!"

Brittas Gesicht wurde ernst:

„Nein, Marzena, ich bin keine Dame. Ich bin eine Frau so wie du. Und da ich die ältere von uns beiden bin, darf ich dir auch das Du anbieten, wie man bei uns so sagt. Ich heiße Britta. Ich bin auf einem Bauernhof oben an der Nordsee auf einer Insel geboren und aufgewachsen. Und mein verstorbener Mann und ich waren immer ganz einfache Leute. Wir hatten sehr viele Freunde, die auch ganz einfache, aber glückliche Leute waren. Ich bin sicher, wir beide, du und ich, werden gute Freundinnen werden."

Britta umarmte die junge Frau und küsste sie auf die Wange.

„Danke, ich will das dann tun", sagte Marzena mit leicht geröteten Wangen. „Britta!" Den Namen fügte sie zwei, drei Sekunden später lächelnd an.

„Ich hatte dich ja vorhin gefragt, wie ihr in Polen Weihnachten feiert! Wie bereitet ihr euch vor?“ fragte Britta noch einmal nach.

„Wir wohnen ganz nah am Wald. Wir haben drei Kühe und ein Pferd. Mein Onkel ist der Bauer. Unsere Eltern leben nicht mehr. Wie schon als Kinder legen wir auch noch heute in den Wochen vor Weihnachten jeden Tag etwas für die Tiere im Wald hinter unser Haus. Trockenes Brot, einen Apfel oder so etwas. Und am Heiligen Abend legen wir immer noch ein wenig Heu vor den Stall und schütten einen Eimer mit ... ich weiß jetzt nicht, wie die Körner auf Deutsch heißen, die unser Pferd immer frisst...“

„Meinst du Hafer? Bestimmt!“ meinte Britta.

„Ja, vielleicht“, fuhr Marzena fort, „die Körner sind für das Pferd vom Christkind. Das, was übrig ist, das schütten wir unserem Pferd in die Krippe. Und das Heu, das übrig ist, legen wir den Kühen hin. Dann sind alle gesegnet!“

„Ja, Marzena, das ist ein schöner Brauch. Ich glaube, das machen viele Bauern bei uns hier in Deutschland auch noch so. Auf jeden Fall wollen wir es in diesem Jahr hier auf dem Brandmüller-Hof so tun. Und in der Adventszeit werden wir beide ganz viele köstliche Sachen backen. Du wirst sehen, Laschek und Bernhard werden sich sehr darüber freuen. Lass uns jetzt das Mittagessen herrichten und dann backen wir als erstes einen schönen Kuchen für morgen. Denn wir bekommen Gäste. Hanna und Lara kommen zu Besuch. Hanna und Lara sind die großen Töchter von Johannes, dem Bruder von Bernhard. Johannes ist weit weg von hier. In Neuseeland.“

Marzena schaute ein wenig verständnislos.

„Macht nichts, ist ein schwieriger Name. Auf jeden Fall

ist er ganz weit weg. Und seine Töchter kommen morgen Nachmittag auf einen Kaffee zu uns."

Britta schlief in dieser Nacht sehr gut. Sie fühlte sich in der behaglichen Stube, in ihrem riesigen Bett so wohl, wie sie das bereits während der Trauertage für Alois Brandmüller getan hatte.

Bernhard nahm sie und auch Marzena und Laschek am Sonntagmorgen mit zur Kirche. Sie gingen zeitig los. Denn zu Fuß brauchten sie immerhin fast zwanzig Minuten vom Hof herab in die Ebene. Und dann den leichten Anstieg wieder hoch zum Kirchberg.

Der Himmel hing voller Wolken.

Der Schnee lag dick und schwer auf den Hausdächern. Die Tannenäste trugen weiße Hauben. Die Sträucher graue Winterbärte.

Neugierig wurden die vier bei ihrer Ankunft auf dem Vorplatz der Kirche beäugt. Die Bauern grüßten Bernhard, schenkten Britta, Marzena und Laschek weniger Beachtung. Dafür die Frauen umso mehr. Hinter vorgehaltener Hand tuschelten sie. Britta bemerkte es schmunzelnd. Es war doch überall das gleiche. Vor der Kirche noch missgünstig, neidisch, ehrabschneidend. Minuten später in der Kirche dann fromm, ehrfürchtig, unschuldig.

Sie beeilten sich, in das warme Gotteshaus zu kommen. Denn den ganzen Weg über und auch jetzt auf dem freien Platz blies ein kräftiger Ostwind.

Drinnen war es angenehm warm und wohltuend still. Britta kniete kurz nieder in ihrer Bank, setzte sich dann, um auf den Beginn des Gottesdienstes zu warten. Sie schaute sich um, schaute nach oben und nach vorne zum

Altar. Sie nahm die schöne Rokoko-Kirche ganz anders wahr als beim Trauergottesdienst vor vier Wochen.

St. Nikolaus war wirklich ein herrliches Gotteshaus. Mit all seinen prächtigen Details. Mit wieviel Liebe hatten die Baumeister und ihre Helfer sie bereits in ihrer Urform im 13. Jahrhundert errichtet. Unter welch großen Opfern der Bauern, Holzknechte und Flößer der Jachenau war sie wohl entstanden und über die Jahrhunderte erhalten worden.

Die Menschen um sie herum hüstelten, schnäuzten sich die Nase, unterhielten sich murmelnd.

Sie dachte an Johannes.

Sie betete für ihn. Für Hanna und Lara.

Sie betete auch für Claudia.

Und sie betete natürlich wie immer auch für Sepp.

Nicht zuletzt auch für Bernhard und ihre neuen Freunde aus Polen.

Sie dankte für all das, was der Herr ihr gegeben hatte. Nicht zuletzt für den Tag gestern und für den schönen Morgen hier in der Jachenau.

Danken kam für Britta immer an erster Stelle.

Und erst dann bat sie ihren Schöpfer zu helfen, wo Not war. Und ganz zuletzt auch ihr selbst, um mit ihrem Leben besser klar zu kommen. Und sie betete, dass Johannes wieder zurückkommen möge. Und dafür, dass Johannes vielleicht an diesem Tag auch ein wenig an sie denken solle.

Gleich nach dem Gottesdienst bereiteten die beiden Frauen das Mittagessen vor. Als sie gegessen und gespült hatten, ging Britta zusammen mit Marzena und ihrem Bruder hinüber ins Gesindehaus, um zu schauen, was die beiden daraus gemacht hatten. Sie kannte die Räume ja nicht, hatte sie vorher nicht gesehen. Aber so viel konnte sie sehen, dass sich die beiden wirklich eine Puppenstube, nein ein ganzes Puppenhaus geschaffen hatten. Marzena freute sich sehr, dass Britta die Wohnung so gut gefiel.

Britta ging wieder zurück ins Haus, nahm sich ein Buch aus dem Regal heraus und begann darin zu lesen.

Bernhard saß in seiner Bürostube, weil er noch ein paar Vorbereitungen treffen wollte, damit er und seine Freunde gleich nach Neujahr wieder ins Holz gehen konnten.

Zum Brandmüller-Hof gehörte ein eigener Wald. Ein ziemlich großer sogar. Und die Oberaufsicht über alle Forstarbeiten im Staatswald und in den Privatwäldern hatten die Jachenauer schon vor einigen Jahren auf Thomas übertragen. Sie teilten sich die Kosten dafür.

Britta stand auf, legte das Buch zur Seite und ging zu ihm hin in seine Stube:

„Was machst du? Kann ich dir helfen?"

„Leider nein. Ich plane gerade den richtigen Zeitpunkt für den Holzeinschlag. Denn Bauholz muss an ganz bestimmten Tagen im Winter geschlagen werden, an Tagen, an denen es am wenigsten schwindet und kaum Risse bekommt. Wir richten uns hier in der Jachenau wieder mehr und mehr nach den alten Holzschlagregeln. Der Mond und sogar die Tierkreiszeichen spielen dabei eine Rolle. Lange Zeit wurde das ja als Humbug angesehen. Aber die Menschen müssen langsam wieder begreifen, dass sie ein Teil der Natur sind und deshalb den Naturgesetzen unterliegen."

„Das klingt sehr spannend!" Britta war beeindruckt.

„Artur Eidenmüller hat vor Jahren wieder begonnen, mit seinem Rückepferd Moritz ins Holz zu gehen. Das ist viel schonender, natürlicher und an vielen Enden auch kostengünstiger als der Einsatz schwerer Traktoren. Und ein besonderes Erlebnis ist es außerdem, wenn man dem alten Gespann bei der Arbeit zusieht."

Bernhard schaute gedankenverloren aus dem Fenster.

Dann wandte er sich wieder Britta zu:

„Die Arbeit im Holz ist von jeher gefährlich gewesen. Wenn du dich umschaust auf einem Spaziergang hoch oben im Wald, dann triffst du auf einige kleine Marterl, auf die kleinen Kreuze, die dort aufgestellt worden sind. Jedes einzelne steht für einen Mann aus dem Tal, der im Holz dort droben sein Leben verloren hat."

Britta dachte einen Moment nach und meinte dann:

„Ihr seid schon ein ganz besonderer Menschenschlag hier unten. Ihr strahlt das einfach aus. Stärker als das Menschen aus anderen Regionen tun. Ich glaube, das war es auch, was mich damals, als ich mit Sepp, meinem Mann, zum ersten Mal gesprochen habe, gleich so zu ihm hingezogen hat. Ihr verändert euch nicht. Ganz gleich, was ihr in eurem Leben macht. Im Grunde bleibt ihr die Bauern und Holzknechte, die ihr immer schon gewesen seid. Ganz gleich, was ihr später beruflich tut."

Britta ging zum Fenster, rückte die Gardinen zurecht, schob einen Blumentopf ein wenig zur Seite. Dann drehte sie sich wieder zu Bernhard um und fuhr fort:

„Schau, Johannes ist ein großer Architekt geworden. Er hat überall in der Welt gearbeitet, ganz besondere Bauwerke errichtet. Im Grunde seines Herzens aber ist er geblieben, was er war. Und ich denke sogar, er wäre glücklicher geworden, wenn er hier unten geblieben und zusammen mit dir diesen Hof geführt hätte."

„Nein, das wäre ja so nicht möglich gewesen. Er war der Ältere. Er hätte den Hof übernommen und ich wäre dann sicher mit Thomas zur Waldarbeitsschule gegangen. Das hätte mir auch sehr gefallen."

Bernhard fand eine einleuchtende Erklärung:

„Auf keinem Hof der Welt kann es zwei Bauern geben. Keine zwei Herren. Du kommst von der Nordsee. Hast du dort schon einmal zwei Kapitäne auf einem Schiff gesehen? Nein! Natürlich nicht. Auf einem Bauernhof ist das genauso. Denn das kann nicht funktionieren."

Britta nickte zustimmend.

Ja, Bernhard hatte Recht.

„In der Wirtschaft, da beachtet man dieses eherne Gesetz nicht. Sogar hier bei uns gibt es Firmen, die haben zwei, manchmal sogar drei Chefs. Das kann einfach nicht gut gehen. Das ist ein Verstoß gegen die Natur. Du hast ja an Johannes und diesem Ralf Golz gesehen, zu was sowas führt. Es hat Johannes aus dem Land getrieben. Er ist unglücklich geworden. Nicht reicher. Ärmer! Viel ärmer. Denn er hat nicht nur Geld verloren, sondern auch seine Familie. Und das ist das bitterste. Viel bitterer als Geld."

Bernhard hatte einen wehmütigen Gesichtsausdruck bekommen, während er so gesprochen hatte.

Britta schluckte schwer.

Das, was Bernhard gesagt hatte, nahm sie sehr mit.

Sie dachte an Johannes, der am Telefon und auch in seinem Brief alles andere als wehmütig geklungen hatte.

Dennoch ahnte sie, dass er in dieser fremden Welt dort unten nicht auf Dauer glücklich sein konnte.

Sie hoffte es. Sie wünschte es sich.

Sie wünschte es sich auch für Johannes.

Draußen begann es wieder heftiger zu schneien. Die Uhr in der Wohnstube schlug drei Uhr. Britta ging in die Küche, um Kaffee zu kochen, den Kuchen aufzuschneiden und den Kaffeetisch zu decken.

Ob die beiden wohl kommen würden?

Sie warf einen besorgten Blick aus dem Fenster.

Es schneite jetzt noch heftiger als vorhin. Sie könnte es Lara und Hanna bei Gott nicht verübeln, wenn sie nicht kommen würden.

Oder hatte Lara sich nicht bereit gefunden mitzukommen? Britta glaubte jedoch so viel Menschenkenntnis zu besitzen, dass Lara die Einladung nicht ausschlagen würde. Sicher hatte sie auch mit Claudia darüber gesprochen. Und wenn sie an die Begegnung vor einem Monat zurückdachte, als Claudia ihr die Hand gereicht und Glück gewünscht hatte, dann konnte sie sich beim besten Willen nicht vorstellen, dass Claudia ihrer Tochter abgeraten haben könnte zu kommen. Minuten später erhielt sie die Bestätigung.

Ein Wagen fuhr vor. Und durch das Küchenfenster hindurch sah Britta, dass die beiden Schwestern mit Laras Auto gekommen waren. Denn die saß am Steuer. Hanna saß hinten im Fond.

Lara stieg aus, öffnete die hintere Tür und holte eine große Tragetasche vom Rücksitz.

Laras Tochter!

Jetzt stieg auch Hanna aus und schlug alle Autotüren zu. Sie hatte offensichtlich während der Fahrt auf ihre kleine Nichte aufgepasst. Britta rief Bernhard zu: „Sie kommen!"

Dann eilte sie zur Tür, öffnete sie und ging ihren Gästen mit offenen Armen entgegen.

„Ich freu mich ja so sehr, Sie hier zu sehen. Ich kann Ihnen gar nicht sagen, wie sehr! Kommen Sie erst mal ins Haus, damit die Kleine sich nicht den Tod holt in dieser Kälte!“

Lara ging durch die Diele hindurch in die Wohnstube und stellte ihre kleine Tochter in der Tragetasche auf einen Sessel. Dann kam sie wieder heraus in die Diele.

Hanna hatte bereits ihre Jacke auszogen und Britta die Hand gereicht.

„Hallo, Frau Wasmeier. Danke für Ihre Einladung! Wir sind gerne gekommen. Mmh..., hier riecht es schon so weihnachtlich!“

Lara ging auf Britta zu und reichte ihr die Hand:

„Ich glaube, ich habe mich sehr daneben benommen. Was müssen Sie von mir halten!“

„Ich halte Sie für eine sehr sensible Frau, die sich sehr verletzt gefühlt hat. Und deren Verhalten ich jederzeit nachvollziehen kann. Aber lassen Sie uns nicht hier zwischen Tür und Angel reden. Kommen Sie doch erst mal rein.“

Bernhard war aus seinem Büro gekommen und umarmte seine Nichten.

„Welch ein Glanz in meiner Hütte. Bis gestern ohne Frau im Haus. Und plötzlich gleich drei!“

„Du kannst nicht zählen, Bernhard. Es sind vier!“

Lara berichtigte ihn.

„Ich seh’ nur drei“, antwortete Bernhard.

„Du hast Marzena vergessen“, ermahnte ihn Britta.

„Du darfst Annkathrin ruhig mitzählen, auch wenn sie noch in der Trage liegt. Dann sind es ja wohl fünf!“

„Annkathrin?“

Britta fragte noch einmal bei Lara nach.

„Annkathrin heißt Ihre Tochter?“

„Ja. Marius hat den Namen ausgesucht. Und mir gefiel er auch gleich sehr gut!“

„Und mir erst“, rief Britta hocherfreut. „Meine Großmutter hieß Annkathrin. Sie war die beste Frau der Welt. Meine Eltern sind bei einem Unfall ums Leben gekommen, da war ich gerade zwölf. Und von da an war meine Großmutter meine Mutter. Leider lebt auch sie nicht mehr. Aber es wird sie im Himmel freuen, dass ich mit einem kleinen Mädchen zusammen bin, das ihren Namen trägt. Das hat etwas zu bedeuten. Da bin ich sicher!“

Britta ging zu der Tragetasche hin, beugte sich darüber und stellte ganz leise fest:

„Sie schläft noch so tief und fest.“

Sie streichelte der Kleinen ganz zart über die Wangen.

„Mein Gott, wie lange ist es her, dass ich ein so kleines bezauberndes Mädchen so nah gespürt habe.“

Und dann lächelte sie ganz breit, als sie sich wieder zu ihren Gästen und besonders an Lara wandte:

„Und ich kann Ihnen leider auch nichts anderes sagen als all die anderen, die es Ihnen schon gesagt haben. Ich will es mal vorsichtig ausdrücken. Aber die kleine Annkathrin kann ihren Großvater wirklich nicht verleugnen! Nehmen Sie es mir nicht übel. Es gibt doch Schlimmeres auf der Welt, meinen Sie nicht, Lara?“

Lara lächelte ein wenig gequält:

„Da, sehen Sie, Sie denken eben doch jetzt, dass ich eine blöde Pute bin. Ich weiß, dass Hanna es Papa gesagt hat, das mit der Ähnlichkeit. Und vor allem, was ich dazu gesagt habe.“

„Jetzt ist es aber gut. Ihr Vater hat gewusst, dass Sie das niemals so gemeint haben."

Sie wandte sich zu Hanna, legte ihr eine Hand auf den Arm und sagte zu ihr:

„Hanna, seien Sie mir nicht böse. Sie verstehen das sicher richtig. Sie kennen Ihren Vater ja sehr viel besser als ich und wissen, wie sehr er Sie liebt."

Und zu Lara gewandt, fuhr Britta fort:

„Aber die älteste Tochter spielt eine ganz besondere Rolle im Leben eines Vaters. Er hat mir die ganze Geschichte erzählt, als Sie noch ein ganz kleines Kind waren, wie Ihre Annkathrin jetzt. Wie gern er sich bei seinem Studium von Ihnen hat stören lassen. Wie gern er sich mit Ihnen beschäftigt hat. Und dass er so stolz war, mit Ihnen an der Hand später durchs Dorf zu gehen, zu Opa Alois und Oma Walburga, hoch zum Brandmüller-Hof. Wie sehr er es lachend genossen hat, dass alle meinten, seine Lara habe von ihm das Aussehen und von Claudia die Schönheit geerbt."

Hanna, Lara und Bernhard mussten gleichermaßen lachen. Und Bernhard bestätigte:

„Ja, Lara war sein Ein und Alles. Ihr hätte er beinahe seine Karriere geopfert!"

Lara war sehr froh, dass Britta ihr so unkompliziert und mit so viel Wärme begegnete, hatte sie doch einige Berührungsängste gehabt und befürchtet, in irgendeiner Form zumindest mit versteckten Vorwürfen rechnen zu müssen.

Stattdessen hatte diese Frau ihr diese Befürchtungen gleich in den ersten Minuten genommen. Nicht nur dadurch. Sie strahlte eine solche Gelassenheit und auch

Kraft aus, wie sie das selten bei einer Frau wahrgenommen hatte. Und in ihrem großen Unternehmen war sie in ihrem Personalbereich bis zu ihrem Erziehungsurlaub ja nun auch schon Hunderten von Frauen begegnet, jeden Alters, jedweder Bildung. Keine war so gewesen wie Britta.

Lara spürte es, Britta war eine ganz eigene, ganz besondere Persönlichkeit.

Und sie begann zu verstehen, dass sich ihr Vater zu dieser Frau hingezogen fühlen musste. Wenngleich ihr der Gedanke immer noch einen Stich ins Herz versetzte. Denn bei allem, was vorstellbar war - sich vorzustellen, dass ihr Vater mit einer anderen Frau als mit ihrer Mutter zusammen sein konnte, das tat ihr einfach immer noch weh. Auch wenn es eine Frau von diesem Format war.

Britta wollte den Kuchen auf die Teller verteilen.

Hanna nahm ihr die Kuchenschaufel aus der Hand.

„Das möchte ich tun, bleiben Sie bitte sitzen. Wem darf ich Kaffee einschenken?“

Britta nickte ihr dankbar zu. Hanna versorgte alle am Tisch. Dann fuhr Britta fort:

„Die älteste Tochter spielt für diejenigen Männer eine besondere Rolle, für die deren Geburt keine mittlere Katastrophe war. Im Gegenteil. Für Ihren Vater war das erste Kind, seine Tochter genauso viel Wert wie ein erstgeborener Sohn. Lachen Sie nicht. Das ist für so manche in unserem Land immer noch nicht vorstellbar. Ich kenne einige, die würden besser in Indien leben mit ihren Ansichten.“

Der Kuchen schmeckte den Gästen vorzüglich.

„Es ist eine Backkunst-Mischung aus Polen und Spiekeroog. Marzena und ich haben diesen Kuchen gemeinsam gebacken. Wo ist Marzena eigentlich? Und Laschek? Bernhard sei doch bitte so gut und hol die beiden herüber!"

Bernhard stand sofort auf und ging zur Tür.

Britta erhob sich ebenfalls, ging erneut auf leisen Sohlen zur Tragetasche, lächelte hinein und kam wieder zurück zum Tisch.

„Lass uns das Ganze nicht zerreden, Lara. Wir alle wissen, auch Johannes, ich meine Ihr Vater weiß, wie es zu all dem gekommen ist. Niemand kann das, was geschehen ist, ungeschehen machen. Wir können alle nur lernen, mit dem was ist, zu leben. Jeder kann dazu beitragen, dass es für alle erträglich ist. Wir müssen verzeihen können. Das ist das Wichtigste. Wenn wir Menschen uns nicht verzeihen, dann wird Gott uns nicht verzeihen. Denn von ihm stammt das höchste Gesetz. Und das ist die Liebe!"

Annkathrin bestätigte das, was Britta gerade gesagt hatte, mit kräftiger Stimme. Lauthals forderte sie ihr Recht ein, jetzt auch an der adventlichen Tafelrunde beteiligt zu werden.

Hanna gab ihr die Flasche. Das ließ sich die Tante nicht nehmen. Und auch Britta durfte sie anschließend auf den Arm nehmen und warten, bis die Kleine ihr Bäuerchen absolviert hatte.

„Eines nur noch, und dann wollen wir wirklich über etwas anderes reden. Ich bitte Sie, Lara. Schreiben Sie Ihrem Vater einen Brief nach Neuseeland. Und legen Sie ihm ein Foto von Annkathrin dazu. Das könnte der Schlüssel sein für seine Entscheidung, wieder nach Hause zu kommen."

„Ja, ich glaube, das werde ich tun. Sie haben Recht. So

kann es nicht bleiben. In den letzten Nächten habe ich schon Albträume gehabt. Wie furchtbar wäre es, wenn Vater dort unten etwas zustoßen würde. Und ich müsste in dem Gefühl, mit der Schuld weiterleben, ihn abgewiesen, ihm nicht verziehen zu haben. Ich könnte damit nicht weiterleben. Ja, ich werde ihm gleich morgen schreiben. Ich verspreche es Ihnen!"

„Nein, Lara, versprechen Sie es nicht mir, sondern sich selbst. Ich spiele dabei überhaupt keine Rolle!"

„Ich denke aber schon. Sie gehören doch jetzt zur Familie!"

Britta war sehr gerührt.

Erst nach fast einer halben Minute war sie fähig, weiter zu sprechen:

„Ihren Vater und mich verbindet etwas, das Zeit braucht. Ich habe Ihrer Mutter nach der Beerdigung ja gesagt, wie es sich mit uns verhält. Ich liebe ihn und leide sehr unter der Trennung. In seinem Herzen ist jedoch noch kein richtiger Platz für mich. Er trauert Ihrer Mutter bis heute nach. Auch seine Frau Lisa hat daran nichts ändern können. Eher im Gegenteil."

Nach einer kurzen Pause fuhr sie fort:

„Ihre Mutter ist übrigens eine ganz außergewöhnliche Frau. Und ich kann sie so gut verstehen, wenn auch viele ihr vorgeworfen haben, und nicht zuletzt auch Johannes, dass sie diesen einmaligen Fehltritt nicht hatte verzeihen können. Ich hätte genauso entschieden. Sie hat ihm in der Zwischenzeit ja verziehen. Aber sie hat nicht mit ihm zusammen weiterleben können. Das hätte ich auch nicht gekonnt, wenn Sepp, mein verstorbener Mann, mich betrogen hätte. Nein, da bin ich sicher."

Marzena, Laschek und Bernhard betraten das Zimmer.

Lara und Hanna begrüßten sie.

Bernhard setzte sich neben Marzena auf die Couch. Laschek holte sich einen Stuhl aus der Küche.

„Darauf sitzt man besser!"

Er war all diesen deutschen Komfort nicht gewöhnt. Da hielt er sich lieber an das, was er kannte.

Hanna meinte sehr direkt, so wie es nun mal ihre Art war:

„Bernhard, ihr zwei seid ein schönes Paar!"

Beide bekamen einen hochroten Kopf und rückten ein wenig voneinander ab.

„Ah, getroffen! Ihr habt euch verraten. Mal ehrlich. Was ist hier gelaufen in den letzten Tagen? Wir müssen das wissen. Denn schließlich darf es in einer großen Familie keine Geheimnisse geben! Sei ehrlich Bernhard - warst du mit Marzena in der Scheune?"

Das Gesicht der beiden, die sich vorkamen, als säßen sie auf der Anklagebank, färbte sich im gleichen Moment noch eine Spur dunkler.

„Du bist ein freches Biest, Hanna. Du bist einfach unmöglich!" Bernhard schüttelte den Kopf.

Alle lachten und Britta meinte nur:

„Man braucht ja heute nicht mehr ins Heu. Ich glaube, die beiden werden das schon richten. Vielleicht feiern wir an Weihnachten schon Verlobung. Wäre nicht schlecht, oder?"

„Ja und ich werde Brautjungfer", rief Hanna gleich.

„Die wird erst zur Hochzeit gebraucht", stellte Bernhard richtig, „und vielleicht hörst du noch einmal genau hin. Das Wort heißt Brautjungfer! Du musst also nachweislich Jungfrau sein, wenn du dieses hohe Amt bei uns bekleiden willst. Das kann ich mir bei dir beim besten Willen nicht vorstellen!“

„Und ob, mich will ja keiner. Ich geh nach Andechs. Das hab ich ja schon oft gesagt. Was soll ich mit einem Mann? Dich hätte ich genommen, Bernhard. Aber jetzt bist du ja bestens versorgt.“

In diesem Ton verging der Nachmittag. Gegen Abend verabschiedeten sich die Schwestern:

„Es war ein sehr schöner Nachmittag, Frau Wasmeier. Ich danke Ihnen sehr dafür“, betonte Lara.

„Ja es war sehr schön. Eines aber gefällt mir gar nicht. Ich bin ja nun mal die Älteste hier und ich möchte euch alle deshalb ganz herzlich bitten - lass uns Du zueinander sagen. Das würde mir sehr viel besser gefallen.“

„Das ist sehr lieb von dir, Britta!“

Hanna war wie immer die Unkomplizierteste.

Aber auch Lara nahm das Angebot dankbar an.

Bernhard und Laschek befreiten Laras Auto mit zwei Handfegern vom Schnee. Dann verstaute Bernhard Annkathrin in ihrer Tragetasche im Wagen, die Schwestern stiegen ein, winkten noch einmal und fuhren hinunter ins Dorf zu ihrer Mutter.

Kapitel 15

Entscheidung am Meer

...Das Meer bäumte sich auf. Und aus der nächsten Woge stieg ein wunderbares Bild zu ihm auf....

Johannes saß am Abend des fünfzehnten Dezember auf der Terrasse und schaute gedankenverloren in den Sonnenuntergang hinein. Der Wind war an diesem Tag schier unerträglich gewesen. Jetzt hatte er sich gelegt. Nur noch eine kleine warme Brise wehte. Die Wellen rollten leicht und sanft ans Ufer, spielten mit dem Sand.

Vor einer halben Stunde war Johannes aus Auckland zurückgekommen. Noch immer trieb es nahezu alle Bewohner von Puponga aus dem Haus, wenn der Hubschrauber vom Meer her kommend ins Dorf einflog. Sofort versammelten sich die Ureinwohner, als hätten sie dieses Schauspiel noch nie erlebt. Der Helikopter blieb kurz in der Luft auf der Stelle stehen, stellte sich gegen den Wind und sank dann langsam auf der tellerebenen Grasfläche siebzig Meter von Gregs Cottage entfernt nieder. Hundert Meter weit trieb der Rotor dabei den feinen Sand vom Strand ins Meer.

Johannes war ausgestiegen und von der Menge mit großem Hallo begrüßt worden, so als sei er monatelang nicht da gewesen. Dabei war es gerade mal vierzehn Tage her, dass er nach einem Wochenendaufenthalt von Greg mit diesem gemeinsam in die Hauptstadt ins Büro geflogen war. Und wo sie mal wieder beinahe vollzählig versammelt waren, zogen sie wie üblich auch vollzählig zu Tom, dem Finnen, einem blonden Hünen von Gestalt, etwa vierzig Jahre alt. Tom war ein Aussteiger. Niemandem hatte er erzählt, was er früher so genau getrieben hatte, was und wo er früher gewesen war. Es fragte ihn auch keiner. Und so betrieb er seit fünf Jahren den „Puponga-Saloon“, eine gemütliche, wenn auch ein klein wenig verwahrloste Kneipe.

Leben konnte er von seinem Geschäft nicht.

Er trieb deshalb noch eifrig Handel mit diesem und mit jenem. Manchmal hielt Tom die Kneipe wochenlang geschlossen. Dann war er wieder mal in ganz Papua-Neuguinea unterwegs, wechselte dort von einem Eiland zum anderen, genoss die Zuneigung der Inselschönheiten in vollen Zügen und kaufte den Maori alles ab, was sie ihm für billiges Geld nach zähem Ringen überließen.

Zurück in Auckland dauerte es dann nur wenige Tage, bis er all die Kostbarkeiten bis aufs letzte Stück verkauft hatte. „Ein absolut sozialer Dienst. Ich bin die Mutter Theresa von Neuseeland.“

Mit dieser Einstellung machte er die amerikanischen und europäischen Touristen glücklich. Zum Wucherpreis versteht sich. Danach zog er sich wieder mit gut gefüllten Taschen für Monate in sein Paradies zurück.

In den ersten Tagen nach seiner Rückkehr war er nicht gut ansprechbar, weil er seinen geschäftlichen Erfolg erst einmal mit unvorstellbar großen Schnapsmengen feiern musste.

Vom Besten war sein Angebot an internationalen Spirituosen. Davon würden ohnehin nur die Finnen wirklich etwas verstehen, war er überzeugt. Niemand sonst. Das liege vermutlich in den finnischen Genen begründet. Diese Erklärung gab Tom regelmäßig dazu ab. Und die Ureinwohner hörten ihm jedes Mal so aufmerksam dabei zu, als erzähle er das zum ersten Mal.

Die Helikopterlandung und die sich regelmäßig daran anschließende Bürgerversammlung waren zu einem festen Ritual geworden. Einem leider viel zu seltenen. Handelte es sich dabei doch jedes Mal wieder um eine äußerst willkommene Abwechslung in der ansonsten so absoluten Ruhe ihres kleinen Paradieses.

Sie hatten längst gelernt, und auch Johannes hatte es nach wenigen Wochen schon erfahren, dass auch das sonnigste Paradies so seine Schattenseiten haben kann.

Eintönigkeit und Einsamkeit.

Da war Johannes das Angebot von Greg gerade recht gekommen. Greg und er hatten in Auckland fast fünfzehn Stunden täglich an einem sehr bedeutsamen Gemeinschaftsprojekt für Indien und Pakistan gearbeitet.

Im jahrzehntelang umkämpften Kaschmir würde ein riesiges Wasserkraftwerk entstehen, das alle bisher bekannten Dimensionen sprengte.

Greg hatte mit seinem Team den grandiosen Plan dafür entworfen. Doch bis zur endgültigen Vergabe waren noch ein paar ganz spezielle Probleme zu lösen.

„Dafür gibt es keinen Besseren als dich!“

Das war alles, was Greg am Ende des ersten Gespräches auf der Terrasse seines Hauses zu Johannes gesagt hatte, nachdem er ihm in groben Zügen die Gesamtkonzeption erläutert hatte.

„Ich habe es doch schon vorher gesagt. Dafür gibt es

keinen Besseren als dich. Du bist ohnehin das Beste, das mir je in meinem Leben passiert ist!"

Das war alles, was Greg am Ende der zweiten Arbeitswoche zu ihm gesagt hatte.

Johannes war ein wenig zusammengezuckt bei diesem Satz. Weil er ihn schon einige Male in seinem Leben gehört hatte. Und nicht immer war das, was danach gekommen war, zu seinem Besten gewesen.

Jetzt saß er hier, den Brief von Lara in der Hand. Zweimal hatte er ihn schon gelesen. Mehrfach hatte er ganz heftig schlucken müssen. Einmal gar hatte er sich die Tränen aus den Augenwinkeln gewischt.

„Lieber Papa!

Ich hoffe, es geht Dir dort unten am Ende oder am Anfang der Welt gut.

Mir geht es nicht gut. Denn ich bin so maßlos traurig. Und ich fühle mich schuldig. Dir gegenüber, Mama gegenüber und auch Hanna gegenüber. Aber am meisten Dir gegenüber. Denn so wie ich mich in den letzten Jahren verhalten habe, das war nicht einfach so, als hätte ich mich mal daneben benommen. Es war sehr viel schlimmer. Du kannst es mir vielleicht nie verzeihen. Dann muss ich damit leben. Und ich weiß nicht, ob ich das kann.

Ich will lediglich versuchen, es Dir in wenigen Worten zu erklären. Es fällt mir in einem Brief leichter, als Dir dabei in die Augen zu sehen. Ich habe es mir seit jenem Tag gewünscht, dass ich alles ungeschehen machen könnte. Aber ich musste auf schmerzliche Weise lernen, was es heißt, plötzlich erwachsen und kein Kind mehr zu sein. Als Du Mama gesagt hast, dass Du sie betrogen hast, da ist meine ganze heile Welt zusammengebrochen. Da habe ich endgültig Abschied genommen von meiner Kindheit. Von einer Kindheit, die ich mir auch heute noch genau so und nicht anders für mein eigenes Kind wünsche, bei allem was geschehen ist.

Ja genau eine solche Kindheit wie ich sie haben durfte, die wünsche ich mir für Annkathrin, Dein Enkelkind, das Dir wie aus dem Gesicht geschnitten ähnelt.

Und ich wünsche mir vor allem für sie, dass Marius Dir als Vater ähnelt. Er wird niemals so sein können wie Du. Aber er wird sich Mühe geben.

Denn er weiß, dass Du mein Maßstab bist.

Du warst doch nicht bloß der Architekt für irgendwelche Bauwerke. Du warst der Architekt, der Baumeister meines ganzen Lebens.

Du warst immer die einzig feste Größe, die es in meiner Welt, nein auf der ganzen Welt gab.

Du warst mein Fundament.

Du hast mich als kleines Kind stundenlang getragen. Ich wurde Dir nie zu schwer.

Du hast meine Tiraden während meiner Pubertät ertragen, Mama besänftigt, wenn sie mal ausgerastet ist.

Du hast mich auch nach Mitternacht noch von München abgeholt, wenn wir dort um die Häuser gezogen sind und kein Ende finden konnten. Ich fiel Dir nie zur Last.

Du hast meine hysterischen Anfälle wenige Tage vor dem Abitur ausgehalten, mich in den Arm genommen, mich heulen lassen und dann wieder aufgebaut.

Du hast mich während meines Studiums, wenn ich Dich in München buchstäblich heimgesucht habe, niemals aus geschäftlichen Gründen links liegen lassen. Nein, Du hast immer nur Deine eigenen Pläne einfach liegen lassen und bist mit mir ins Café gegangen und hast Dir meine Pläne und Phantastereien angehört. Nie hast Du sie verworfen. An jedem Unsinn hast Du noch irgendetwas Sinniges entdeckt.

Du hast mir Mut gemacht, auch noch so hohe Mauern trittsicher zu überwinden, hast mir geholfen, beruflich ganz schnell Schwindel erregende Höhen zu erreichen.

Und dann lässt Du mich mit einem einzigen Satz abstürzen, ins Leere fallen.

Ich habe Dich betrogen - das hast Du zwar zu Mama gesagt. Aber auch ich habe mich betrogen gefühlt.

Plötzlich war mein Fundament nicht mehr da, die Mauern stürzten unter mir zusammen. Ich verlor den Halt und fiel ins Bodenlose.

Meine Seele hat so laut geschrien, dass ich um mich herum nichts mehr wahrgenommen habe. Und als mein Bewusstsein wiederkehrte, da war da nur noch blanke Wut in mir. Was mir aber das Schlimmste ist, dass ich nicht in der Lage war, Dir auf Wiedersehen zu sagen, als Du nach Opas Beerdigung weggegangen bist.

Ich konnte es nicht. Alles hat in mir geschrien: Geh hin zu ihm. Ich konnte es nicht.

Liebster Papa,
ich bitte Dich mit jeder Faser meines Herzens:
Komm wenigstens noch einmal heim, bevor Du für immer nach Neuseeland gehst. Ich muss dir hier noch einmal ganz persönlich sagen können:

Ich liebe Dich.
Ich brauche Dich.
Ich kann Dich nicht verlieren!

Deine Lara!"

Johannes ging nach drinnen. Eine sternenklare Nacht zog herauf. Mächtig wölbte sich das Firmament in seiner Unendlichkeit unter dem leuchtenden Kreuz des Südens.

Unruhig lief er im Haus umher. Schaute immer wieder auf Laras Brief, der offen auf seinem Schreibtisch lag. Er nahm seinen Lederblouson vom Haken und ging hinunter an den Strand.

Minutenlang blieb er dort stehen. Die ausrollenden Wellen umspülten seine Stiefel. Sein Blick ging westwärts, dorthin, wo er in zehntausend Meilen seine Lara wusste, unter deren Ablehnung er so lange Zeit so fürchterlich gelitten hatte.

Er hatte als Vater immer gewusst, dass es die verletzte Seele war. Und er hatte auch gewusst, dass er Laras Seele niemals heilen konnte. Das musste sie schon selber tun. Und jetzt war es ihr gelungen. Mit diesem Brief.

Wie von tausend Hunden gehetzt, lief er zurück zum Haus. Panische Angst erfüllte ihn, der Brief könnte plötzlich aus irgendeinem unerfindlichen Grund nicht mehr da sein.

Aber er lag noch dort, wo er ihn zuvor hingelegt hatte. Wie konnte es auch anders sein! Trotzdem nahm er ihn, faltete ihn zusammen und verschloss ihn in der Innentasche seiner Lederjacke, zog den Reißverschluss zu und ging wieder hinunter zum Strand. Er lief an ihm entlang, hinauf zu den kleinen Klippen.

Dort setzte er sich hin, fühlte mehrfach im Innenfutter seiner Jacke nach, ob der Brief noch darin knisterte.

Und als er so zum Sternenhimmel schaute, da kam ihm nach so langer Zeit betäubender Betriebsamkeit und Suche endlich wieder ein tiefes und erlösendes „Dank Dir, Gott“ aus seinem wunden Herzen.

Über eine Stunde saß er da, schaute aufs Meer, blickte zum Himmel hoch, hörte das Kommen und Gehen der Wellen, beugte sich weit nach vorn, sah, wie sie sich an der Klippe, auf der er saß, brachen.

Und er bemerkte nicht, dass sich das Salz seiner Tränen mit dem Salz des Meeres unter ihm vermischte.

Um ein Uhr in der Nacht rief er Lara an. In Deutschland war es ja noch heller Nachmittag. Und das noch am vorhergehenden Tag. Verrückt, diese Zeitunterschiede. Der neue hatte ja vor einer Stunde bereits in Neuseeland begonnen. Oder? Ja, doch!

„Lara Demel...!“

„Hallo, Lara, hier ist Papa!“

Lara musste sich räuspern, bevor sie antworten konnte.

Ihre Stimme klang angespannt, unsicher und abwartend:

„Hallo, Papa, du bist es?“

Und dann, nach einer kurzen Pause:

„Es ist so schön, deine Stimme zu hören!“

„Ja, mir geht es genauso. Ich habe mir gedacht, du kannst ja jetzt problemlos anrufen. Hier bei uns in Neuseeland ist schon die erste Stunde des neuen Tages vorbei. Aber ihr seid ja noch einen halben Tag zurück. Deshalb müsste es nach Adam Riese so gegen zwei bei euch sein...!“

„Ja, stimmt genau!“

Johannes hatte die belanglosen Sätze gebraucht, um sich warm zu laufen. Jetzt aber war es an ihm, sich zu räuspern, bevor er weitersprach. Aber der Kloß in seinem Hals blieb:

„Du hast mir das schönste Weihnachtsgeschenk gemacht, das ich je in meinem Leben bekommen habe. Dein Brief...-“

Johannes räusperte sich erneut, atmete tief durch, bevor er noch einmal ansetzte:

„Dein Brief hat so vieles in mir aufgewühlt. Das kannst du dir gar nicht vorstellen!“

Lara antwortete beklommen:

„Ich habe so viel gutzumachen. Ich schäme mich so!“

„Du hast nichts gutzumachen. Überhaupt nichts! Höchstens ich. Niemand sonst. Aber lass uns bitte jetzt all das vergessen, was war!“

„Wann kommst du zurück?“

Johannes hörte sehr wohl, dass Angst in ihrer Frage mitschwang.

„Ich wäre so gerne über Weihnachten gekommen... -“

Johannes unterbrach sich selbst, wechselte unvermittelt das Thema:

„Wie geht es deiner Kleinen? Ich möchte sie so gerne sehen und im Arm halten. Wie alt ist sie jetzt? Sieht sie mir immer noch ähnlich?“

„Sie wird bald schon ein Vierteljahr alt. Ja, es geht ihr prächtig. Du wirst sehen. Und Annkathrin sieht dir wirklich frappierend ähnlich. Alle, die dich kennen, sprechen mich darauf an.“

„Mein Gott, dann trägt das Kind ja schon in jungen Jahren ein schweres Schicksal!“

Lara musste über die Bemerkung ihres Vaters lachen:

„Wir sind schon auf der Suche nach einem guten Kinderpsychologen!“

„Annkathrin ist wirklich ein sehr schöner Name“, meinte Johannes.

„Ja, das sagen auch alle“, versicherte sie ihm.

Johannes ging noch einmal auf Laras zuvor gestellte Frage ein:

„Du verstehst sicher, dass ich Greg gegenüber fair sein muss - entschuldige, Greg ist.. -“

„Ja, ich weiß schon, Hanna hat mir gesagt, wer das ist und weshalb du in Neuseeland bist“, unterbrach ihn Lara.

„Gut! Also, Greg und ich arbeiten zusammen an einem sehr, sehr wichtigen Projekt. Es ist hochpolitisch und wirtschaftlich so bedeutsam, dass wir alles tun müssen, um noch in diesem Jahr die endgültige Freigabe der beteiligten Staaten zu bekommen. Es kann deshalb sein, dass ich erst Anfang Januar nach Deutschland kommen kann. Wir arbeiten hier mit dem kompletten Team fast rund um die Uhr an den letzten Feinheiten. Wahrscheinlich bis

Heiligabend. Und dann geht es sofort am Tag nach Weihnachten weiter! Ich denke, wir brauchen noch die Tage zwischen den Jahren. Da bleibt kaum Zeit, um zwischendurch einmal Luft zu holen!“

„Kommst du dann im Januar für immer wieder zurück? Oder gehst du dann wieder?“

Johannes blieb das Zittern in Laras Stimme nicht verborgen, trotz der mehr als zehntausend Meilen, die zwischen ihnen lagen.

„Du - das kann ich noch nicht mit Bestimmtheit sagen. Greg hat mir eine Beteiligung an seinem Unternehmen angeboten. Und Greg ist ein völlig anderer Mensch als Ralf es war. Ich könnte hier wirklich ein ganz neues Leben beginnen.“

Lara schwieg.

„Bist du noch da?“ fragte Johannes.

„Ja!“

„Bitte versteh mich. Natürlich hab ich großes Heimweh nach dir, nach euch allen. Aber ich muss die Perspektiven abwägen, die ich in Deutschland und in Neuseeland habe. Das bin ich mir selbst schuldig. Ich will euch Kindern ja später nicht zur Last fallen. Die Folgen des Untergangs unserer alten Firma werden mich wohl bis ins Alter begleiten. Und da muss ich mich noch mehr als zehn Jahre voll reinhängen. So sieht es aus!“

Lara schwieg.

Johannes spürte, wie Laras Hoffnung völlig in sich zusammenbrach. Er versuchte sie aufzumuntern:

„Aber es ist ja nichts entschieden. Wenn ich im Januar komme, dann bleibe ich sicher erst einmal für ein, zwei Monate. Und es ist gar nicht ausgeschlossen, dass ich in

Deutschland bleibe. Oder zumindest in Europa. Wer weiß! Greg und ich haben auch über eine solche Möglichkeit gesprochen. Er ist da ziemlich offen für vieles. Wenn die Zeit reif dafür ist, werden wir konkret darüber reden!"

„Na dann, gut!" antwortete sie, nur wenig erleichtert. Und dennoch sah sie in ihres Vaters Erklärung einen kleinen Hoffnungsschimmer.

Johannes verabschiedete sich:

„So, für heute muss ich Schluss machen, mein Schatz. Grüß mir die Kleine ganz herzlich von mir. Natürlich auch Marius. Und vergiss nicht Hanna. Und Bernhard. Ja - und grüß mir auch Mutter, bitte! Sag Hanna und Bernhard, ich würde mich an Weihnachten noch einmal telefonisch bei ihnen melden."

„Ja, das mach ich gerne - ja, und da ist noch etwas, Papa. Hanna und ich waren am ersten Advent bei Bernhard auf dem Hof. Ich glaube, Bernhard hat sich in seine polnische Erntehelferin Marzena verliebt. Sie ist wirklich eine ganz, ganz Liebe. Wär' nicht verkehrt, wenn er sie heiraten würde."

„Ja, das wäre sicher gut", bestätigte Johannes.

Lara druckste noch kurz herum. Dann sprach sie weiter:

„Mhm..., aber ich wollte eigentlich noch was ganz anderes sagen. Frau Wasmeier war auch da. Sie ist seit dem ersten Advent auf dem Hof. Bernhard hat sie gebeten, über Weihnachten und Neujahr zu bleiben. Ja, und was ich eigentlich sagen wollte - Britta - ja, Hanna und ich dürfen sie duzen - also, Britta ist eine wundervolle Frau, wie mir noch keine begegnet ist. Ja, das wollt ich dir noch sagen."

Johannes hatte aufmerksam zugehört und war dabei sehr nachdenklich geworden.

„Ja, richtig! Britta! Fast hätte ich sie vergessen. Natürlich musst du sie auch ganz herzlich grüßen. Sag ihr, dass ich mich auch bei ihr melde an Weihnachten. Ach so, du sagst, sie ist auf dem Hof. Dann erreich ich sie gleich beide zusammen, Britta und Bernhard."

Lara hatte gesagt, was ihr wichtig war und beendete das Gespräch:

„Also, behüt dich Gott, Papa!"

„Behüt dich Gott, Lara. Ich bin so unendlich froh. Gute Nacht, mein Schatz! Ähmm, einen schönen Nachmittag wünsch ich dir natürlich. Habt ihr viel Schnee?"

„Und wie! Es ist ein ganz heftiger Winter!"

„Und hier feiern wir Weihnachten bei zweiundzwanzig Grad! Du kannst dir vorstellen, wie sich das für mich anfühlt. Nun ja, wenn ich im Januar komme, versuch ich zumindest noch vor Dreikönig da zu sein. Dann krieg ich wenigstens noch ein bisschen von Weihnachten mit, so wie ich es liebe! Also, jetzt ist aber wirklich Schluss! Ich umarme dich! Bis dann! Bis Weihnachten!"

Tatsächlich ging es in Gregs Büro bis in die späten Nachmittagsstunden des Heiligen Abends heiß her. Dann aber schickte Greg sein Team nach Hause. Vorher hatten noch alle versichert, pünktlich am siebenundzwanzigsten wieder da zu sein. Zu Johannes meinte er:

„John, ich hab's dir noch gar nicht gesagt. Wir fliegen heute noch nicht nach Puponga. Lass uns hier im Sky Tower Weihnachten feiern. Ich habe uns zwei Smokings geordert. Wir essen etwas Feines und trinken anschließend noch ein paar gute Tropfen oben im Penthaus. Matt McClean hat alle Lonesome Rider der Stadt dorthin eingeladen. Matt ist okay. Ich konnte es ihm nicht abschlagen. Und ihr beiden kommt ja auch gut miteinander klar."

Johannes konnte Gregs Wunsch nicht abschlagen.

„Okay, aber eigentlich möchte ich nicht die ganzen Weihnachtstage hier verbringen."

„Ich auch nicht", versicherte ihm Greg, „Morgen Mittag, wenn du deinen Rausch ausgeschlafen hast, fliegen wir rüber nach Puponga. Vorher trau ich mich nicht, sonst kübelst du mir in die Maschine. Ihr Europäer seid ja nichts Gutes gewohnt!"

Es wurde ein schöner, ein langer, ein unterhaltsamer Abend. Ein wenig beschaulich, ein wenig trübsinnig, ein wenig lustig, ein wenig heftig, ein wenig melancholisch. Besonders als Matt zu vorgerückter Stunde seine altehrwürdigen schottischen Weihnachtslieder anstimmte.

Die Weihnachtsnacht war hell und sternenklar.

Ein frischer Wind wehte aus Nordwest.

Der exotische Duft der Südpazifik-Metropole drang aus den Straßen und Schloten herauf bis zum obersten Bürostockwerk des Sky Towers, dem höchsten Gebäude der südlichen Hemisphäre.

Ein Meisterwerk von Greg Putter.

Wie konnte es anders sein!

Johannes stand gegen zwei in der Nacht auf der Rundgangterrasse des Salons in Schwindel erregender Höhe und schaute hinunter auf das brodelnde Lichtermeer.

Er hob den Blick, und seine Gedanken gingen in die Richtung, aus der der Wind wehte. Dort, in zehntausend Meilen Entfernung, würde gegen halb vier am Nachmittag die Kinderchristmette gefeiert. Ganz sicher gingen Lara und Hanna mit Klein-Annkathrin auch hoch zum

Kirchberg. Denn alle Kinder erhielten dort nach dem Krippenspiel den Weihnachtssegen.

Er spürte die tiefe Wärme in sich bei dem Gedanken an seine Liebsten daheim. Und die Beklemmung, die sich auf seine Seele legte. Ja, ihn ergriff das Heimweh mit einer Macht, wie er es bisher noch nie gespürt hatte.

Minutenlang stand er so da.

Dann gingen seine Gedanken zu Britta.

Wie sie jetzt durch sein Elternhaus ging. Ja, er konnte sie sich genau vorstellen, wie sie den Heiligen Abend auf dem Brandmüller-Hof vorbereitete. Er roch buchstäblich den Duft, der durchs Haus strömte, von Backwerk und Braten, sah förmlich den Schmuck an den Fenstern und auf dem Tisch vor sich, die Tannenzweige, die Kerzen.

Er stellte sich Britta vor, wie sie gemeinsam mit der jungen Frau, der, wie Lara gesagt hatte, Bernhard so zugetan war, den Tisch eindeckte. Wie die beiden in der Küche herumwerkelten. Wie Britta die Speisen abschmeckte.

Er dachte an seinen Bruder Bernhard, der am Vormittag schon bestimmt alles aufs Reinlichste gesäubert und frisches Stroh eingestreut hatte. Und der jetzt in den späten Nachmittagsstunden, kurz vor Einbruch der Dunkelheit, schon zur Abendfütterung in den Stall ging, mit dem Vieh redete, jedem über den Schädel streichelte, das eine oder andere am Ohr zog oder den Tieren einen liebevollen Schlag aufs Hinterteil versetzte.

Johannes sah genau vor sich, wie Bernhard jeder einzelnen Kuh, jedem einzelnen Rind eine Extraportion Zuckerrübenschnitzel, die er am Vorabend schon eingeweicht hatte, in den Futtertrog gab. Das Weihnachtsessen fürs Vieh sozusagen.

Neben dem Heuballen vor der Tür, den er dort bestimmt wieder hinlegte, wie in jedem Jahr, damit das Christkind ihn segnet und er das Heu dann an den Weihnachtstagen dem Vieh als besonderes Weihnachtsgeschenk machen kann.

Und seine Gedanken gingen zu Claudia und Andreas.

Er nahm einen tiefen Schluck aus seinem Glas, behielt den Scotch ein paar Sekunden im Mund und ließ ihn dann in kleinen Schlucken die Kehle hinunterlaufen.

Es brannte ein wenig im Hals.

Aber der Gedanke an Claudia und Andreas brannte nicht mehr so heftig in seinem Herzen.

Nein, es wunderte ihn beinahe ein wenig.

Er fühlte tief in sich hinein.

Ja, er spürte es, der Schmerz hatte nachgelassen.

Zeit eilt, Zeit heilt.

Oh, wie wahr. Ja, der volksmundige Ausdruck beschrieb genau das, was er fühlte. Ein wenig Wehmut blieb. Aber sie brannte nicht mehr. Das Geschenk von Lara hatte offenbar vieles geheilt.

Johannes wandte sich schon wieder zum Gehen, denn er fröstelte leicht und wollte sich wieder nach drinnen begeben. Da kam ihm erneut Brittas Gesicht in den Sinn.

Er blieb stehen und blickte noch eindringlicher als zuvor Richtung Nordwesten. Dorthin, wo Britta wohl am Abend mit seiner gesamten Familie gegen zehn durch den Schnee runter ins Tal und dann die Anhöhe hoch zur Kirche St. Nikolaus ging, um dort mit den Jachenauern die Christmette zu feiern. Er sah ihre hochgewachsene Gestalt, sah sie in ihren dicken Mantel gehüllt, das blonde Haar, wie es ihr schönes Gesicht umrahmte.

Er sah sie in der Kirche sitzen, beten und singen.

Er begleitete sie nach dem Gottesdienst durch die Heilige Nacht nach Hause.

Er hörte den Schnee unter ihren Stiefeln knirschen.

Er spürte den kalten Wind, der beißend an ihren Ohrläppchen fraß.

Er versuchte sie aus der Ferne mit seinen liebevollen Gedanken zu wärmen.

Johannes blickte nach unten ins Lichtermeer der pulsierenden Stadt.

Weihnachten im Südpazifik.

Er schüttelte den Kopf, hob schnell wieder den Blick, schloss erneut die Augen und sah die Fenster seines Elternhauses von weihnachtlichem Kerzenschein erleuchtet, den Christbaum mit den brennenden weißen Wachskerzen in der großen Stube, fühlte die Wärme und Behaglichkeit, die den Brandmüller-Hof erfüllten.

Er sah erneut Britta, die ebenfalls jetzt dort war.

Er fühlte, wie sie für menschliche Wärme sorgte.

Und er spürte eine tiefe Sehnsucht in sich.

„Zu viel Whisky. Einfach zu viel Scotch!“

Mit dieser Bemerkung versuchte er seine plötzlich aufwallenden tiefen Gefühle wieder an die Oberfläche zu zerren und sie dann schnoddrig abzutun.

Und um die Gefahr auszuschließen, dass ihn seine sentimentalen Gedanken noch einmal ereilten, drehte er sich abrupt um und ging in den Salon zurück.

Dort gesellte er sich wieder zu Matt und Greg, die am Fenster standen, die Gläser in der Hand, und auch in dieser hochheiligen himmlischen Nacht ganz irdische, geschäftliche Geheimnisse austauschten.

Gegen drei Uhr am Morgen rief er bei Bernhard zu Hause an. Einen besseren Zeitpunkt hätte er gar nicht wählen können. Denn alle waren zur Bescherung nach der Kinderchristmette in der Wohnstube versammelt. Bernhard selbst war am Telefon. Johannes wünschte ihm ein frohes Fest und fragte danach, ob er seine Bescherung im Stall auch schon hinter sich hätte. Und Bernhard schilderte ihm genau das, was Johannes eine Stunde zuvor noch durch den Kopf gegangen war, als er draußen gestanden hatte.

„Warte, ich gebe dir mal deine Töchter!"

„Hallo, Papa! Wie schön, dass du anrufst!"

Lara hatte die ganze Zeit über schon neben Bernhard gestanden und ihn am Arm gezupft, er möge ihr doch bitte den Hörer geben.

„Na, meine Große - wie ist es, wenn man Weihnachten mit seinem eigenen Kind feiert?"

„Ja, es ist das Größte. Auch wenn Annkathrin ja von der ganzen Aufregung hier noch nichts mitbekommt... Was ist denn?"

Lara unterbrach das Gespräch.

Johannes hörte sie sagen: „Ja mach ich!"

Dann war sie wieder am Apparat:

„Ich soll dich schön grüßen von Marius. Wir bleiben über Weihnachten bei Mama hier unten. Marius hat sich bis zum Dreikönigstag frei genommen. Wir wollen ein wenig Langlaufen. Mama hat uns zu Weihnachten eine neue Ausrüstung geschenkt. Es wird bestimmt schön. Es ist nur so schade, dass du nicht hier bei uns sein kannst. Ich freu mich so sehr, wenn du im Januar kommst!"

„Ja, mein Schatz, ich freu mich, glaube ich, noch mehr als du."

„Warte, ich gebe dir Hanna!“

„Hallo Paps, hier ist Hanna. Ich möchte, dass du dich jetzt sofort in den Flieger setzt und hierher kommst.“

„Ja, Kleine, das würde ich gerne tun. Aber ich muss auch an später denken. Das, was ich hier tue, ist sicher ganz entscheidend für mein ganzes künftiges Leben. Ich gebe aber zu, dass ich nirgendwo lieber wäre als bei euch.“

Es war einige Sekunden ruhig am anderen Ende.

„Bist du noch da?“ fragte Johannes.

Wieder vergingen ein paar Sekunden.

„Frohe Weihnachten, Johannes! Hier ist Claudia!“

„Oh, du bist auch auf dem Hof? Dann ist ja die ganze Familie beisammen. Das finde ich sehr schön. Ja, feiert zusammen und freut euch auf ein besseres neues Jahr. Ich denke, wir haben alle in dieser Nacht sehr viel zu danken, nach allem, was in den letzten Jahren so passiert ist.“

„Ja, du hast Recht. Was mich am meisten freut ist, dass Lara und du wieder zueinander gefunden habt. Ich habe ihren Brief nicht gelesen. Vielleicht zeigst du ihn mir mal, wenn du uns im neuen Jahr besuchst. Sie hat mir von eurem Telefonat erzählt. Ja, ich war so froh. Du glaubst gar nicht wie sehr!“

„Doch, Claudia, ich glaube es dir.“

Und nach einer kurzen nachdenklichen Pause fragte er sie:

„Was macht Andreas? Geht sein Geschäft gut?“

„Ja, er hat begonnen, moderne Massivmöbel herzustellen. Er kann sich vor Aufträgen nicht retten.“

„Bestell ihm beste Grüße. Ich werd euch bestimmt im Januar besuchen. Dann schau ich mir seine Kollektion an. Vielleicht kann ich ja dann den Außendienst für

Neuseeland und Australien übernehmen. Die könnten ein schönes Stück Jachenauer Wohnkultur fraglos gut gebrauchen!"

„Ja, ich werd's ihm sagen. Ich freu mich auf deinen Besuch! Frohe Weihnachten, Johannes! Aber warte, hier ist noch jemand für dich!"

Trotz der lockeren, befreiten Atmosphäre musste sich Claudia doch eine kleine Träne aus den Augenwinkeln wischen, bevor sie den Hörer weitergab.

„Frohe Weihnachten, mein Lieber. Wie geht es dir?"

Britta bemühte sich um einen frischen Unterton in ihrer Stimme.

Johannes freute sich, sie zu sprechen:

„Britta - ich habe vorhin schon intensiv an dich gedacht. Hab mir vorgestellt, wie du nachher den Heiligen Abend mit Bernhard und mit euren Gästen feiern wirst. Unser Heiliger Abend hier in Auckland war schon ein klein wenig anders als der bei uns zu Hause. So ganz ohne Schnee, mitten im Frühling, und dann auch noch in einem riesigen Büroturm anstatt auf einem verschneiten Bauernhof - das ist eine gänzlich unwirkliche Welt. Aber leider ist sie Wirklichkeit!"

„Das muss ja nicht auf ewig so bleiben", meinte Britta.

„Hhmm, das sagt sich so einfach. Es gibt Zeiten, da hat man keine Wahl. Da muss man das Leben so leben wie es kommt. Und dann muss man auch dankbar sein dafür, dass man überhaupt noch etwas bekommt. Greg bietet mir hier die Chance zu einem Neuanfang."

„Ja, du musst wissen, was für dich das Wichtigste ist. Denk nur immer daran, dass unsere Lebensuhr unaufhörlich tickt. Und vergiss nicht, du bist in Neuseeland jeden

Tag einen halben Tag älter als wir hier. Das sind in zehn Jahren, lass mich rechnen..."

Alle, die in der Brandmüller-Stube mithören konnten, lachten laut los bei Brittas abenteuerlichen Lebenszeit-Berechnungen. Auch Johannes und Britta selbst lachten.

„Kommst du im Januar?"

„Ja, wie es aussieht, wird das klappen!"

„Meldest du dich noch einmal an Silvester?"

„Ja, das werde ich auf jeden Fall tun."

„Frohe Weihnachten, Johannes!"

„Frohes Fest, Britta!"

Kurz nach Mittag flogen Johannes und Greg heim nach Puponga. Aber es war nicht Johannes, der mit den Turbulenzen des Fluges zu kämpfen hatte, sondern Greg selbst. Nur wenige Stunden hatte er in seinem Appartement geschlafen. Johannes hatte es sich auf der Klapp-Ledercouch in Gregs Wohnraum bequem gemacht, so wie immer, wenn er in Auckland war. Und gegen zwölf Uhr am ersten Weihnachtsfeiertag war er relativ frisch und ausgeschlafen wach geworden. Die kalte Dusche hatte ein Übriges getan. Ihm ging es den Umständen entsprechend gut.

Matt und Greg hatten ein Pensum verdrückt, das er sonst nur noch Tom zugetraut hätte. Gleich nach ihrer Ankunft zog sich denn auch Greg sofort zu ein paar zusätzlichen Stunden Schlaf zurück.

Johannes schloss sich noch für gut eine halbe Stunde der Bürger-Vollversammlung an, die sich wie üblich ohne gesonderte schriftliche Einladung schon bei der ersten Wahrnehmung der Rotorgeräusche zusammengefunden hatte.

Er nahm die Weihnachtswünsche von Tom entgegen, trank auf sein Wohl, sprach ein paar Worte mit diesem, ein paar Worte mit jenem. Dann verließ er den Saloon, um in sein Cottage hinüberzugehen.

Betty kam ihm entgegen:

„Merry Christmas, John!"

„Merry Christmas, Betty!"

Er umarmte sie. Sie drehte sein Gesicht zu sich, und dann küsste sie ihn erst rechts und links auf die Wange und dann noch einmal zärtlich und direkt auf den Mund. Dann löste sie sich von ihm und verschwand in Toms Kneipe.

Johannes schaute ihr nach.

Er schüttelte etwas verwundert den Kopf, drehte sich um und ging mit großen Schritten dem Haus entgegen, sprang die drei Stufen zur Terrasse hoch und verschwand im Wohnzimmer.

Drinnen war es stickig warm.

Greg hatte sich gleich schlafen gelegt, ohne vorher ein Fenster zu öffnen. Schon nach wenigen Minuten roch es im Schlafzimmer so ähnlich wie vorhin gegenüber bei Tom.

Den ganzen Tag lief Johannes umher wie ein Tier in seinem Käfig. Die Gedanken kamen und gingen. Seine Stimmungen wechselten zwischen banger Zukunftsangst und Zuversicht, zwischen Trauer und Freude, Euphorie und Sentimentalität.

Als sich Greg am Abend aus den Federn geschält hatte, zum Kühlschrank geschlurft war und eine Saftflasche in einem Zug geleert hatte, da sagte Johannes:

„Ich muss mit dir reden!"

„Okay, sprich!“

„Du weißt, wie es mir mit Ralf Golz ergangen ist. Und ich würde dich niemals mit ihm vergleichen. Du hast mir deine Partnerschaft angeboten, Greg. Du bist wirklich der einzige Mensch auf der Welt, dem ich im Geschäftsleben mein volles Vertrauen schenken würde. Aber ich brauch etwas Zeit zum Nachdenken.“

„Natürlich, nimm dir alle Zeit der Welt“, gähnte Greg.

„Da ist noch eine Sache, die ich bedenken muss“, fuhr Johannes fort. „Eine ganz persönliche, die nichts mit dir zu tun hat.“

„Ha, meinst du die Sache mit Betty?“

„Wie, welche Sache mit Betty?“

Johannes blickte Greg verständnislos an.

„Na, sie hat mir doch erzählt, dass sie sehr auf dich steht. Und ich kann dir von Mann zu Mann sagen, sie wäre die Schlechteste noch lange nicht für dich. Sie ist eine tolle Frau. In jeder Beziehung. Bei uns hat es nicht gepasst. Du kennst mich ja. Ich bin nicht bindungsfähig. Aber du bist doch völlig anders als ich.“

„Nein, Greg, Betty ist es nicht. Ich mag sie sehr. Und du hast Recht - sie ist eine verdammt attraktive Frau. Und ich gebe auch zu, dass ich nicht unbedingt an Stahlbeton denke, wenn ich sie in ihren Jeans sehe. Ich bin ja auch nur ein Mann. Aber es hat nichts mit Betty zu tun. Glaub mir.“

„Was willst du? Sag es mir!“

„Unser Kaschmir-Projekt liegt ja nun in den letzten Zügen. Denkst du, dass du zwei Tage ohne mich auskommst?“

„Aber klar doch! Die kniffligen Geschichten hast du erledigt. Das war mir wichtig. Wir gehen am siebenundzwanzigsten noch einmal konzentriert an ein paar Feinheiten. Ich denke, wir brauchen dich in diesem Jahr nicht mehr. Mach ein paar Tage Ferien. Und dann sagst du mir hinterher, ob du bei mir einsteigen willst oder nicht. Denk dabei daran, ich hab es dir ja schon einmal gesagt: Du kannst auch in Deutschland oder in Österreich arbeiten. Ist doch heutzutage völlig gleich, wo wir sind. Wenn wir uns nur von Zeit zu Zeit irgendwo sehen können, geht das in Ordnung. Alles andere machen wir per Internet."

„Ich danke dir. Greg. Ich möchte von hier aus so zwei, drei Tage in Richtung Farewell Spit wandern. Bis hoch zu den Klippen und zur Steilküste. Das macht mir den Kopf frei und ich kann dann besser entscheiden."

„Ja, mach das. Nimm dir meinen Rucksack mit dem Ein-Mann-Zelt und dem Schlafsack mit. Da oben findest du ja kaum etwas zum Übernachten. Und unter dem Frühlingshimmel ist es eh viel schöner! Nimm auf jeden Fall dein Handy mit. Man weiß ja nie, welches Ungeheuer dich nachts besucht!"

„Danke, Greg. Ich geh ganz früh schlafen. Und dann morgen ganz zeitig los. Ich stell mir nur noch Proviant für unterwegs zusammen."

Zwei Tage lang wanderte Johannes zielsicher auf die Nordwestspitze der Südinsel zu. Kein Mensch sonst war unterwegs. Er war mit sich, seinen Gedanken und den vielen Schafen allein, die ihn jedoch einfach links liegen ließen und einfach so taten, als bemerkten sie ihn nicht.

„Mein Gott, wie schön ist deine Welt", dachte er bei sich und pfiff das Lied, während er zügig ausschritt, laut vor sich hin.

Die Sonne brannte schon ziemlich heiß vom Firmament herab. Gott sei Dank hatte er ja seinen „Australier", seinen breitkrempigen Hut mitgenommen. Er behielt ihn auch den ganzen Tag über auf.

Am Abend des zweiten Tages erreichte er das Hochplateau, auf dem er während seiner Anfahrt nach Puponga angehalten hatte.

Er baute sein Zelt in sicherer Entfernung zu der Steilfelsenkante auf, legte sich aber noch nicht gleich zum Schlafen, sondern ging noch ein wenig umher, atmete die herrliche salzgeschwängerte Luft tief ein, schaute zum Himmel hoch, blieb ganz still stehen und hörte hinaus in die Nacht, hinaus in den Kosmos.

Eine feierliche Stille lag über dem Land.

Wenn auch nicht völlig geräuschlos.

Das Meer rauschte leise. Im dichten grünen Gras verursachte Kleingetier entsprechend kleine zirpende, knackende Laute. Der Wind blies recht lau von Norden her, spielte wie mit leichter Hand mit Büschen und Gras.

Über den Himmel zogen rasch ein paar Wolkenfetzen. Es wirkte beinahe so, als hätten sie sich verspätet und wollten sich nun noch schnell irgendwo in Sicherheit bringen, bevor sie in der völligen Dunkelheit unsichtbar zu werden drohten.

Die Nacht wurde empfindlich kalt. Gegen Morgen drang die feuchte Luft vom Meer her durch jede Ritze des kleinen Zeltes. Und sogar Gregs Schlafsack wurde im Innern ein wenig klamm.

Johannes knöpfte die Plane am Zelteingang von innen auf, steckte den Kopf ins Freie und beschloss aufzustehen und sich auf seinem kleinen Kocher einen heißen Kaffee zuzubereiten.

Im Osten glühte der Himmel bereits hellrot, trotz der frühen Stunde. Leichter Dunst lag über Land und Meer.

Johannes zog sich seine lammfellgefütterte Lederjacke über, setzte seinen Hut auf, verließ seinen Zeltplatz und ging näher an die Steilküste heran.

Vorsichtig rückte er bis zur Graskante des Plateaus vor, blieb dann aber sicherheitshalber in zwei Metern Entfernung stehen und schaute hinunter aufs Meer.

Etwa zwanzig Robben tummelten sich auf den Klippen, sprangen in Gruppen ins Wasser, balgten sich dort herum und krochen durch den Sand zurück.

Greg hatte ihm am Abend des ersten Weihnachtstages noch erzählt, dass an diesem Küstenstreifen jedes Jahr Wale stranden. Kein Mensch könne sich so recht erklären wieso. Vermutlich verrechneten sich die riesigen Meeresbewohner bei der Einschätzung der Gezeiten. Nirgendwo auf der Welt würden sie derart extrem ablaufen wie hier. Auch vor Puponga seien sie schon gestrandet. Es sei schon Jahre lang immer ein Drama gewesen mit anzusehen, wie sie verendeten. Aber im letzten Jahr sei es ihm gemeinsam mit allen Bewohnern gelungen, zwei davon wieder ins Meer zurückzubefördern. Sie hätten diesen Sieg über den Tod bis in die Morgenstunden bei Tom gefeiert. Er, Greg, habe sich nie so gerne betrunken, wie in dieser Nacht. Es sei sein wertvollster Rausch gewesen.

Wie berauscht war auch Johannes von dem Anblick, der sich ihm bot. Tosend rollten die mächtigen Wellen heran, schlugen gegen die Felsen, zogen sich wieder zurück, um einen neuen Anlauf zu nehmen, mit unverminderter Kraft.

Da plötzlich explodierte der Himmel.

Die Sonne brach aus dem Morgendunst hervor, ihre Strahlen tanzten über die Kämme der Wellen, setzten das Meer in Flammen.

Gewaltige Wellen rauschten heran, brachen sich an den Felsen. Aus ihrer Gischt sprangen unzählige, kleine Regenbogen, verschwanden nach Sekunden wieder im Meer.

Auch im morgendlichen Tau des Grases auf dem Hochplateau brach sich millionenfach das gleißende Licht. Es schien, als habe jemand Brillanten, wie einen Teppich so dicht, über die endlosen Weiden gestreut.

Die Natur zelebrierte ein einzigartiges Schauspiel.

Ihre Gewalten schrieben eine großartige Symphonie.

Diesen Konzertsaal Gottes musste Edvar Grieg, der weltberühmte norwegische Komponist, vor Augen gehabt haben, als er einst seine „Morgenstimmung“ schuf, sein herrliches Werk.

Johannes hörte die anschwellenden Klänge.

Die ewige Symphonie der Gezeiten.

Der Nordwind blies mit Macht.

Das Meer bäumte sich auf. Und aus der nächsten Woge stieg ein wunderbares Bild zu ihm auf, gemalt von Meer, vom Wind und der Sonne. Und er verstand auf den ersten Blick, weshalb dieses Bild gerade jetzt aus dieser Komposition heraus entstand.

Weil es dazu gehörte.

Weil es Teil davon war.

Britta!

Ihr Gesicht, ihre blauen Augen, tief wie das Meer, ihr Lachen, ihre Bewegungen, ihre Haltung, ihre Statur, ihre

Strahl- und Anziehungskraft, ihre Wärme, ihre Liebe tauchten vor ihm aus den Wogen auf.

Eine Woge der Sehnsucht erfasste ihn.

Britta!

Wie taub, blind und gefühllos war er in den letzten Monaten durch die Welt gelaufen, hatte sich in seinem Selbstmitleid gesuhlt, war darin fast untergegangen. Egoistisch, anmaßend und selbstgerecht.

Britta!

Erst jetzt habe ich die Lektion gelernt!

Deine Lektion der Gezeiten!

Das Geben und Nehmen!

Weil das eine nicht ohne das andere sein kann!

Ich nicht ohne dich!

Weil es das Leben ist!

Unser Leben!

Ich will mit dir unser Leben leben!

Johannes war mit schnellen Schritten zu seinem Zeltplatz zurückgegangen, hatte alles zusammengepackt, den Rucksack geschultert und war wieder südlich marschiert, um so schnell wie möglich die Schotterstraße zu erreichen, die in Richtung Puponga führte.

Gott ist mit den Liebenden.

Ja so musste es sein.

Denn nach einem halben Tag war er bereits an der Straße angekommen. Greg hatte ihm für alle Fälle auch diesmal einen detaillierten Plan von der Gegend mitgegeben. Gab es eigentlich etwas, an das er nicht rechtzeitig vorher dachte?

Kaum war er nur eine Stunde lang auf der Straße marschiert, da hörte er, wie ein Pick-up sich näherte. Sie hielten unaufgefordert an und luden ihn ein, aufzusteigen. Es waren Schafbauern auf Inspektionstour. Sie nahmen ihn mit bis Puponga.

Gleich nachdem er dort angekommen war, rief er seinen Freund in Auckland an:

„Greg, ich bin schon wieder zurück!"

„Schön, dann kann ich dich ja gleich holen lassen. Es gibt was zu feiern. Wir werden wohl morgen fertig mit unserem Entwurf."

„Entschuldige bitte, Greg, aber ich kann nicht bleiben. Ich habe mich entschieden. Ich will heim. Mir ist oben in den Klippen klar geworden, wo ich hingehöre. Und vor allem weiß ich jetzt sehr genau, was Britta mir bedeutet. Ich hab dir ja von ihr erzählt. Ich will mit ihr leben."

„Schade mein Freund, ich hätte deine Gesellschaft gerne noch ein paar Wochen genossen. Für die Blicke von Betty hast du ja leider kein Auge gehabt. Deine Britta muss schon eine außergewöhnliche Frau sein."

„Da hast du Recht. Das ist sie. Außergewöhnlich!"

„Ich hoffe, ich werde sie einmal kennen lernen, wenn ich nach Deutschland komme."

„Das wirst du. Darauf freu ich mich jetzt schon!"

„Dann wird es das Beste sein, ich buch dir gleich einen Rückflug. Du willst doch sicher mit Britta das neue Jahr beginnen."

„Meinst du, das schaff ich noch?"

„Aber klar doch. Pack schon mal deine Sachen. Lass alles im Haus wie es ist. Gib Betty den Schlüssel. Auch den vom Auto. Ich schick dir den Heli rüber. In zweieinhalb

Stunden kann er dich abholen. Lass uns dann heute Abend noch einmal darüber reden, wie wir unsere Partnerschaft und Zusammenarbeit aus der Ferne organisieren können. Bei aller Liebe darfst du ja auch deinen Broterwerb nicht aus den Augen verlieren. Aber ich glaube ganz sicher, dass wir eine gute Lösung finden werden. Komm erst mal rüber. Und dann kannst du morgen schon deinen Rückflug antreten."

Die Abschiedstour durch Puponga fiel Johannes nicht leicht. Bis auf einige wenige traf er jeden in seinem Cottage an. In den vergangenen Wochen waren die „Ureinwohner" und er zu Freunden, ja fast zu einer verschworenen Gemeinschaft geworden.

Tom gab ihm mit auf den Weg, dass man auf der Welt sei, um zu leben und zu lieben und nicht nur um zu leisten. Johannes versprach, darüber nachdenken zu wollen.

Am schwersten fiel ihm der Abschied von Betty.

Sie lag minutenlang in seinen Armen und heulte wie ein Schlosshund. Dann riss sie sich zusammen und sagte:

„Richtiger Mann, falsche Zeit, falscher Ort."

Sie verschwand kurz und kehrte mit einer riesigen Tüte ihrer verführerischen Pralinen in der Hand zurück:

„Damit du wenigstens dabei an mich denkst."

Dann schob sie ihn energisch aus der Tür.

Am neunundzwanzigsten Dezember um zweiundzwanzig Uhr zehn hob die Air New Zealand vom Flughafen Auckland ab. Und am dreißigsten Dezember nachmittags um vier landete die Maschine zeitversetzt in München. Dichtes Schneetreiben empfing den Ankömmling.

KAPITEL 16

Heimkehr

...Erst vorgestern ganz früh am Morgen beim Sonnenaufgang habe ich mich entschieden, für immer heim zu kommen...

Britta saß mit Marzena, Bernhard und Laschek am großen Tisch in der Küche. Sie hatten nach einem arbeitsreichen Tag gerade zu Abend gegessen, blieben, nachdem der Tisch abgeräumt war, noch beieinander sitzen und sprachen über das Wetter.

Es war kurz nach achtzehn Uhr. Gott sei Dank hatte es endlich aufgehört zu schneien. Wie seit Jahrzehnten nicht mehr, war ungeheuer viel Schnee gefallen. Alleine in der letzten Nacht war fast ein halber Meter dazugekommen.

Gerade erst vor wenigen Tagen waren Stimmen laut geworden, die eindringlich vor einer drohenden Einsturzgefahr für das Dach der Eissporthalle in Bad Reichenhall warnten. Sie befürchteten eine Katastrophe, weil das flache Dach von Tonnen von Schnee bedeckt war.

Die beiden Männer hatten deshalb auch das flach geneigte Dach des Kälberstalles in stundenlanger Schwerstarbeit von den enormen Schneemassen befreit. Bernhard hatte befürchtet, es könne unter der Last einbrechen.

Laschek war ihm die ganze Zeit über schon eine sehr wertvolle Hilfe gewesen. Die beiden Männer mochten sich sehr. Laschek war ein ganz ruhiger, besonnener Mann. Er sagte selten etwas. Immer nur dann, wenn er direkt angesprochen und gefragt wurde. Dabei hatte dann jedoch alles, was er sagte, Hand und Fuß. Im neuen Jahr würde er bei Thomas eine Waldarbeiterausbildung beginnen. Thomas hatte sich fortgebildet und war befugt, selbst auszubilden. Eine ideale Chance für den jungen Polen. Er würde seine Sache sehr gut machen. So viel war sicher.

Britta hatte mit Marzena zusammen alle Schränke im Haus durchforstet. Einige der Kleidungsstücke von Walburga und Alois waren noch in gutem Zustand. Und so manche Winterjacke von Bernhard und Johannes war durchaus noch tragbar.

In wenigen Stunden brachten die beiden ein paar davon wieder in Schuss, fassten Tascheneingriffe und Ärmelkanten mit schwarzem oder braunem Wildleder ein, so dass die Jacken sogar wieder modisch wirkten.

Bernhard und Laschek waren begeistert von dem Ergebnis. Großzügig überließ Bernhard die besten Stücke seinem künftigen Schwager.

Marzena und er hatten beschlossen, sich am Dreikönigstag zu verloben. An Silvester wollten sie das nicht, weil beide es an einem kirchlichen Feiertag vorzogen. Marzena legte großen Wert darauf als tiefgläubige Katholikin, und natürlich erst recht als Polin, die sich dem Vermächtnis ihres großen Landsmannes, des Papstes Johannes Paul II., ein Leben lang verpflichtet fühlte.

Britta hatte Marzena spontan umarmt und geküsst, als die junge Frau es ihr in der Küche so nebenbei mitgeteilt hatte.

Jetzt saßen sie alle gemeinsam am Tisch. Und Britta griff das Thema wieder auf, nachdem alles zum Wetter gesagt und keine andere Sicht der Dinge mehr zu erwarten war:

„Ich freu mich sehr für euch. Besonders für dich, Bernhard. Da kann man mal wieder sehen: Alles hat seine Zeit. Liebe und Glück sind nicht nur für ganz junge Menschen bestimmt. Auch wenn sich junge Leute zu keiner Zeit haben vorstellen können, dass sich auch sehr viel reifere, ja sogar alte Menschen bis zu ihrem Tod danach sehnen. Ja auch ältere Menschen haben, so lange sie leben, das Bedürfnis nach Nähe, nach Hautkontakt und nach zärtlichem Streicheln. Und sogar viele davon sind in der Lage, bis ins hohe Alter noch körperliche Lust zu empfinden. Ich glaube, dafür gibt es kein Verfallsdatum. Das meint man nur, so lange man jung ist."

Marzena errötete ein wenig.

„Ja, aber die meisten Menschen verändern sich doch sehr im Alter. Sie werden krank, können sich nicht mehr gut bewegen, und vergessen alles ganz schnell."

„Ja, da hast du Recht", bestätigte Britta. „Das ändert aber leider nichts an ihren Bedürfnissen. Die werden eher größer. Von der rein körperlichen Lust einmal abgesehen. Aber alles andere. Man sagt doch nicht von ungefähr: Im Alter werden die Menschen wieder wie Kinder. Das stimmt auch. Aber der Vergleich hinkt doch meiner Meinung nach sehr, sehr stark."

Britta wischte ein paar Krümel vom Tisch und fuhr dann eindringlich fort:

„Es gibt dabei einen gewaltigen Unterschied. Einem hilflosen Kind gehört unsere ganze Liebe. Aber was ist mit den hilflosen, oft kindischen, manchmal trotzigen alten Menschen? Wie verhalten wir uns da? Im Gegensatz zu den Kindern werden sie nicht geliebt! Das ist der große Unterschied! Niemand nimmt sich mehr Zeit für sie. Niemand hört ihnen gerne und geduldig zu. Niemand nimmt sie mehr liebevoll in den Arm. Niemand streichelt sie zärtlich. Nein, im Grunde genommen werden sie kalt gestellt, bevor man sie oft in der Kälte eines Krankenhauses oder Heimes, das den Namen nicht verdient, sterben lässt. Anstatt wirklich in ihrem Heim, in ihrer Heimat, in ihrem Haus im Kreis ihrer Lieben!"

Britta hatte sich sehr ereifert.

Marzena und die beiden Männer hatten ihr dabei aufmerksam und nachdenklich zugehört.

Bernhard dachte bei sich: Welch eine Frau!

Aber das hatte er ja schon bei der ersten Begegnung gedacht. Er war sich gleich sicher gewesen, dass Britta über eine sehr große Bildung verfügte. Nicht nur über eine ausgesprochen große Herzensbildung, sondern auch über eine überdurchschnittlich gute Allgemeinbildung in nahezu allen Bereichen des Lebens und der Gesellschaft. Verblüffend, was sie alles wusste. Überraschend, welche Gedankengänge sie manchmal verfolgte.

Eines stach bei allem hervor, was sie auch sagte und was sie auch tat: Ihr in allen Lebenslagen und -situationen ausgeprägter gesunder Menschenverstand.

Damit zog sie mit jedem Gesprächspartner gleich. Dabei machte es keinen Unterschied, welchen akademischen Grad, welche gesellschaftliche Stellung dieser besaß.

Bernhard bestätigte ebenfalls, was Britta zuvor so eindringlich beschrieben hatte:

„Du hast Recht in allem, was du gesagt hast. Wenn ich

so darüber nachdenke, wie es sein wird, wenn ich selbst einmal alt und gebrechlich bin. Ich will dann nicht wie ein Säugling in die Windeln machen, eingecremt, eingeölt werden - sozusagen als letzte Stufe vor der Letzten Ölung! Ich habe Angst vor dem Siechtum. Und ganz große Angst habe ich davor, in meinem eigenen Körper gefangen zu sein!"

Jeder am Tisch hing minutenlang seinen Gedanken nach. Bis Britta die nachdenkliche Stille unterbrach, sich erhob und in die Runde fragte:

„Wer möchte einen kleinen Verdauungsschnaps? Alle? Gut! Und dann wollen wir ganz schnell das Thema wechseln. Morgen ist Silvester. Und übermorgen fängt ein neues Jahr an. Da wollen wir uns doch darauf freuen und gespannt sein, was es an schönen Überraschungen bringt. Außer eurer Verlobung, natürlich", meinte sie lächelnd zu Marzena und Bernhard.

Britta war gerade auf dem Weg ins Wohnzimmer, um Gläser zu holen, da fuhr ein Auto vor.

Britta fragte sich, wer das wohl sein könnte, so spät am Abend um diese Zeit. Hanna oder Lara vielleicht?

Bernhard rief ihr zu: „Ich mach schon auf!"

Er ging zur Tür und öffnete sie.

Als Britta mit den Gläsern in der Hand zurück in die Diele kam, blieb sie wie angewurzelt stehen.

Ihr stockte der Atem. Fast wäre ihr eines der Gläser aus der Hand geglitten.

„Johannes!"

Mehr brachte sie nicht heraus, stellte die Gläser auf der Vitrine neben der Garderobe ab und flog auf den Mann zu, der gerade durch die Tür eingetreten war.

„Britta!“

Johannes nahm sie in beide Arme, drückte sie so fest an sich, dass ihr beinahe die Luft wegblieb.

Dann sah er ihr sekundenlang ganz tief in die Augen. Schließlich neigte er sich ihr zu, küsste sie fest auf den Mund und sagte dann mit leicht atemlos klingender Stimme:

„Ich hab es dort unten ohne dich nicht mehr aushalten können. Erst vorgestern ganz früh am Morgen beim Sonnenaufgang habe ich mich entschieden, für immer heim zu kommen. Heim zu dir. Ich liebe dich! Das ist mir dort unten so sehr bewusst geworden. Alles andere ist mir nicht mehr so wichtig! Wenn du es auch noch willst, dann möchte ich gerne für immer mit dir zusammenleben. Wo immer du willst!“

Britta kämpfte mit ihren Tränen:

„Ja, Johannes, das möchte ich auch. Ich liebe dich schon so lange. Es hat so weh getan, dass ich nicht in dein Meer von Selbstmitleid eindringen konnte. Als Du abgeflogen bist, hab ich geweint wie ein Kind. Ich dachte, ich hätte dich für immer verloren.“

Bernhard hatte in der Zwischenzeit das Gepäck von Johannes hereingeholt, das der Taxifahrer vor der Tür abgestellt hatte. Johannes begrüßte Marzena und Laschek. Britta holte noch ein weiteres Glas. Marzena hatte den Enzian aufgetischt.

Britta schenkte ein. Bernhard begrüßte seinen Bruder noch einmal ganz offiziell:

„Auf unser Wiedersehen! Ganz herzlich willkommen daheim, Johannes!“

Alle hoben ihr Glas und prosteten einander zu.

„Ich freue mich sehr“, bedankte sich Johannes.

Zwei Stunden lang musste er erzählen, wie es gewesen war in Neuseeland, was er dort erlebt hatte und wie es nun weitergehen sollte.

„Greg ist ein außergewöhnlicher Mann. Ein ganz anderer Partner, als das Ralf Golz jemals war. Ich werde hier in Deutschland arbeiten können. Und auch wenn ich mit einem großen Teil meines zukünftigen Einkommens noch lange Jahre meine Geschäftsschulden abtragen muss, bleibt mir, denke ich, dennoch so viel, dass wir beide ganz gut davon leben können.“

„Wir haben ja auch noch meine Rente. Vergiss das nicht. Und mein kleines Häuschen. Es ist zwar bescheiden, aber bezahlt!“

Britta war froh, ein solch überzeugendes Gewicht mit in die Waagschale werfen zu können.

„Immer schön langsam. Eins nach dem anderen. Jetzt gehen wir erst einmal alle zu Bett. Ich meine: Ihr geht jetzt alle schlafen. Ob ich das kann, wird sich zeigen. Ich bin hundemüde, aber völlig aufgekratzt. Und ich werde erst mal abwarten müssen, wie ich mit der Zeitverschiebung klar komme. Wie man reagiert, das weiß man im Vorhinein ja nicht so genau.“

Britta lag schon fast eine halbe Stunde in ihrem großen Bett, als Johannes, nachdem er ausgiebig heiß geduscht hatte, noch einmal zu ihr ins Zimmer kam und sich zu ihr aufs Bett setzte. Nur das sanfte Licht aus dem Flur und der Schein der Außenlampe fielen ins Zimmer.

„Ich habe große Sehnsucht nach dir. Aber ich möchte heute Nacht nicht mit dir schlafen. Das bedeutet mir viel zu viel, als dass ich das jetzt nach diesem Tag so unausgeruht und aufgekratzt tun wollte."

„Ja, du hast Recht. Das wollte ich auch nicht. Und ich gebe auch zu, dass ich ein bisschen Angst davor habe. Es ist alles so lange her. Sepp ist jetzt mehr als vier Jahre tot. Und ich habe auch Berührungsängste. Schließlich bist du ein junger Mann im Vergleich zu mir. Wie wirst du mich sehen? Bin ich überhaupt noch reizvoll für dich? Männer in deinem Alter, und wenn sie dann auch noch so aussehen wie du, suchen sich deutlich jüngere Frauen. Lisa war ja auch eine solch attraktive Frau, so wie du sie mir geschildert hast."

Britta bemerkte, wie er zusammenzuckte.

„Tut mir Leid, Johannes, dass ich in deiner Vergangenheit herumrühre. Aber seit ich vorhin zu Bett gegangen bin, ist mir nichts anderes mehr durch den Kopf gegangen!"

Johannes legte sich neben sie und nahm sie in seinen Arm. Sie kuschelte sich wohlig in ihn hinein, während er zu ihr sagte:

„Ganz ruhig, Liebes, mach dir keine Gedanken! Liebe hat nichts mit dem Kopf zu tun, sondern mit dem Herzen und mit dem Bauch. Das weißt du doch selbst sehr viel besser als ich."

Er streichelte ihr Gesicht und küsste sie leicht.

Sie legte ihre Hand in seinen Nacken, zog ihn näher zu sich heran und küsste ihn mit geöffneten Lippen. Er gab ihrem sanften Drängen nach, ihre Zungen berührten sich.

Johannes umfasste zärtlich ihre Brüste, bemerkte, wie sie sich spannten, genoss es, wie sich ihre lustvollen Knospen fest aufrichteten.

Britta drängte sich enger an ihn.

Und auch sie spürte deutlich, wie sehr ihn ihre Berührung erregte. Er streifte seinen Bademantel ab und sie umfasste zärtlich, was sich ihr begehrlich entgegenreckte und sich dann lustvoll in ihrer Hand rieb.

Johannes zog ihr das Nachthemd über den Kopf, umschloss ihre dunklen Warzen mit seinen Lippen, saugte daran, umspielte sie mit der Zunge, ging kreisend tiefer und tauchte ganz behutsam mit seinem Finger in sie ein.

Britta erschrak beinahe unter dieser Berührung.

Sie hatte das Gefühl, dass sich alle Säfte ihres Körpers dort auf einmal versammelt hätten. Und damit hatte sie nicht gerechnet. Jetzt schämte sie sich beinahe ein wenig, das im wahren Überfluss zu genießen, was vielen anderen Frauen in ihrem Alter beinahe vollständig abging.

Wie oft hatte sie daran gedacht, dass sie auch ein Problem damit haben könnte, waren ihre Wechseljahre doch längst schon vorüber. Und von Freundinnen in Tölz wusste sie, dass diese sehr litten unter ihrer „Trockenperiode", wie sie das unangenehme Phänomen scherzhaft nannten, obwohl es weniger wie ein Scherz, sondern vielmehr nach Galgenhumor klang.

Johannes schob mit seinen kundigen Händen ihre letzten Bedenken und Ängste beiseite. Britta schob ihm ihr Becken vorbehaltlos entgegen, keuchte laut an seinem Ohr und flüsterte ihm, aufs Höchste erregt, zu:

„Komm!"

Johannes drehte sich über sie. Britta öffnete ihre Schenkel. Er drang behutsam in sie ein, hielt inne, flüsterte, während sie ihn mit den Beinen umschlang und voller Begehrlichkeit küsste:

„Oh, du, nicht so heftig. Ich glaube, ich halte das heute nicht sehr lange aus. Ich liebe dich! Ich begehre dich so sehr! Oh, Britta. Es ist so unendlich schön...!“

„Komm, lass dich fallen. Komm, komm einfach!“

Britta öffnete sich völlig, drehte sich in ihn.

Dann spürte sie, wie er sich heftig in ihr entlud.

Sie hielt ihn mit ihren Beinen umschlungen, zog ihn ganz tief in sich hinein und ihre Bewegungen passten sich rhythmisch den anschwellenden Wogen ihrer eigenen Lust an. Britta spürte, wie sich auf einmal alles in ihr zusammenzog, entspannte, wieder anspannte, wie die Abstände immer kürzer wurden, intensiver, ihr den Atem nahmen...

... und dann explodierte alles in ihr.

Sie stieß ihren Atem unter lautem Stöhnen in kurzen Stößen aus - und ließ sich in einem ganzen Meer voller Glückseligkeit davontragens

Ohne ein Wort zu sagen blieben sie minutenlang eng umschlungen auf ihrem Bett liegen.

„Ich glaube es nicht!“

Das war alles, was sie jetzt sagen konnte.

Johannes sinnierte scherzhaft vor sich hin:

„Ja, so ist das mit unseren guten Vorsätzen. Da halten wir beide Minuten vorher noch große Reden. Von wegen Müdigkeit und Angst und so weiter. Und da bedarf es nur einer kleinen Berührung von dir - und alle guten Vorsätze sind dahin. Du bist schuld!“

„Gerne!“ Britta sah ihn verschmitzt lächelnd an.

Johannes küsste sie sanft auf die Augen. Dann ließ er sie plötzlich los, rückte ein wenig von ihr ab und sprudelte dann ganz aufgeregt, wie ein begeisterter Junge, los:

„Du, ich habe eine großartige Idee. Bernhard hat mir doch am Tag vor der Beerdigung von Vater erzählt, dass er die Brandmüller-Alm neu hergerichtet hat. Was hältst du davon, wenn wir beide morgen Mittag eine Silvester-Wanderung zur Alm hinauf machen und das neue Jahr dort oben begrüßen? Wir beide ganz allein. Was meinst du?"

„Oh, ja, das ist wirklich eine großartige Idee."

Aber dann, nach kurzem Nachdenken, meinte Britta:

„Aber jetzt, wo so viel Schnee liegt. Glaubst du denn, dass wir das schaffen, ich meine, dass ich das schaffe?"

„Ganz bestimmt. Wir nehmen uns alle Zeit der Welt. Es ist nur ein kurzes Stück, nur die letzten zweihundert Meter vom Waldrand bis zur Hütte, die wir durch den Tiefschnee zurücklegen müssen. Die Strecke bis zum Anstieg ist ganz sicher geräumt, weil es dort auch zum Forstamt geht. Dann führt der Weg durch den Wald nach oben. Der ist recht gut geschützt. Da dürfte nicht allzu viel Schnee liegen. Wir brauchen schlechtestenfalls etwa drei Stunden."

„Gut. Aber meinst du, Bernhard ist das recht?"

„Ich denke schon. Wir beide sind immer großzügig miteinander umgegangen. Die Alm gehört ja mir. Ich habe sie als Erbteil bekommen, zusätzlich zu meinem Studium. Dafür besitzt Bernhard den Hof und das gesamte Land, das dazugehört. Wir alle, Vater, Bernhard und ich, haben das Gefühl und die Überzeugung gehabt, dass wir eine gerechte Lösung gefunden haben. Aber natürlich hab ich die Alm Bernhard immer zur eigenen Nutzung zur Verfügung gestellt. Und natürlich auch unentgeltlich."

Britta hörte ihm gedankenverloren zu.

„Was anderes hätte ja auch keinen Sinn gemacht. Es sei denn, ich wäre so eine Art Architekten-Almhirte geworden.

Ich wäre in zwei Berufen gleichzeitig aufgegangen. Die Idee ist gar nicht so schlecht. Zum einen hätte ich zeitweise am Tag die Viecher versorgt, zum anderen einen eigenen Käse hergestellt, hier und da ein paar Wanderer dort oben bewirtet. Und in meiner landwirtschaftsfreien Zeit hätte ich Konzepte entworfen und Zeichnungen angefertigt für Greg in Neuseeland!"

Britta meinte dazu: „Das klingt gut. Darüber sollten wir bei nächster Gelegenheit wirklich reden."

Johannes küsste sie noch einmal ganz zärtlich, erhob sich dann von ihrem Bett, zog sich wieder an und sagte:

„Jetzt wird es Zeit für dich zu schlafen. Und ich werde es auch versuchen. Oben in meiner Jugendkammer. Ich falle vor Müdigkeit gleich um!"

Britta grinste ihn aus den Kissen heraus an:

„Na ja, nach Umfallen fühlte sich das vorhin nicht gerade an."

Johannes wies sie lachend zurecht:

„Du bist ein frivoles Stück. Eine anständige Frau vom Land, äh, von der Insel, die sagt so etwas nicht! Sie denkt nicht einmal daran. Ich glaube, ich muss mir das noch mal überlegen, ob ich wirklich mit dir zusammen alt werden möchte!"

„Ist in Ordnung", meinte Britta, „dann kann ich mich ja jetzt umdrehn und schlafen. Gute Nacht, du alter Moralapostel!"

„Gute Nacht, schöne Sünderin!"

Johannes zog sich auf leisen Sohlen zurück.

Dabei hätte ihn ohnehin niemand hören können. Bernhard war in weiser Voraussicht am Abend bereits zu seiner Marzena ins Gesindehaus umgezogen.

Kapitel 17

Zeit der Zärtlichkeit

...Du verblüffst mich immer wieder mit deinen Gedanken.
Ich liebe dich sehr dafür...

Britta wurde erst gegen neun am Silvestermorgen wach. Beim Blick auf die Uhr schreckte sie hoch. Sie wusste im Moment gar nicht, woran sie war.

Habe ich nur geträumt? Ja, das wird wohl so gewesen sein. Oder ist Johannes wirklich nach Hause gekommen? Und wenn das so ist: Was ist gestern Abend spät in diesem Bett geschehen?

Britta versuchte sich zu orientieren, glaubte zunächst, sie habe lediglich etwas Wunderbares geträumt. Dann aber siegte die Gewissheit, dass das, was geschehen war, Wirklichkeit war.

Sie ging auf Zehenspitzen die Treppe hoch, öffnete ganz behutsam die Tür zur Jugendkammer, überzeugte sich, dass Johannes noch im Bett lag und schlief, zog glücklich lächelnd die Tür wieder zu und begab sich dann nach unten.

Dort begann sie das Frühstück für die neue Großfamilie zuzubereiten, die von einem zum anderen Tag jetzt den Brandmüller-Hof bevölkerte.

Bernhard und Marzena kamen erst gegen halb zehn aus dem Gesindehaus herüber. Laschek werkelte noch in den Stallungen und in der Scheune herum. Er hatte bereits das

Vieh versorgt und dabei noch ein paar Kleinigkeiten entdeckt, die noch zu richten waren, getreu seinem Grundsatz, möglichst alles sofort zu erledigen, weil dann nichts vergessen wird.

Laschek hatte Bernhard schon am Vorabend gesagt, er solle mal richtig ausschlafen, so am letzten Tag des Jahres.

Bernhard hatte sich über die Großzügigkeit seines angehenden Schwagers gefreut. Das einzige, das ihn an Lascheks Angebot ein wenig gestört hatte, war dessen anzügliches Grinsen gewesen, als er das Wort „ausschlafen" so besonders betonte.

Bernhard konnte sich beim besten Willen nicht vorstellen, was es dabei zu grinsen gab. Marzena auch nicht. Zumal sie ja wusste, was sich gehörte als tieffromme Frau. Doch mit ihren katholischen Grundsätzen war es in dieser Nacht nicht so weit her gewesen.

Die Liebe ist eine Himmelsmacht.

Das hatte Bernhard ihr am Morgen gesagt, als sie mit einem ziemlich schlechten Gewissen neben ihm aufgewacht war.

Die Liebe ist eine Himmelsmacht!

Bernhards Auslegung dessen, was in dieser Nacht mit Macht und so himmlisch über sie gekommen war, gefiel Marzena ausnehmend gut. Ihr schlechtes Gewissen verflüchtigte sich zusehends mehr.

Etwas verstohlen dreinschauend drückte sie sich trotzdem in der Küche herum, als sie Britta bei den Vorbereitungen des Frühstücks und des Mittagessens zur Hand ging.

Britta nahm ihr Verhalten mit Belustigung wahr.

Dachte bei sich, wenn du wüsstest, mein Kind!

Als Laschek zum Frühstück herüber kam, hörten sie Johannes ebenfalls pfeifend und singend in seiner kleinen Obergeschossdusche rumoren.

„Wollen wir nicht Lara und Hanna anrufen und ihnen sagen, dass ihr Vater da ist?“

Britta schlug sich mit der flachen Hand an die Stirn, als Bernhard sie fragte.

„Mein Gott, da sieht man's mal wieder: So ein alter Schädel denkt nur an sich selbst. Wie sagte Sepp immer: Es ist so schade, wie die Menschen sind. Jeder denkt an sich, nur ich denk an mich!“

Bernhard musste laut lachen.

Marzena und Laschek hatten nicht ganz verstanden.

„Ich erklär euch das bei Gelegenheit mal“, beruhigte er die beiden. „Jetzt aber muss ich erst einmal telefonieren.“

Johannes kam wenig später laut singend die Treppe herunter, trat in die Küche und atmete tief ein:

„Dieser Kaffeeduft ist wie Opium für das Volk!“

„Das hat zwar mal ein anderer als du gesagt, in einem etwas anderen Zusammenhang. Aber du gefällst mir deutlich besser als der, der diesen Unsinn einmal von sich gegeben hat“, kommentierte Britta, ging auf ihn zu und gab ihm einen schnellen Kuss auf den Mund.

„Gestern Abend war das irgendwie anders“, gab Johannes ihr zu bedenken.

„Man kann nicht jeden Tag mit dem beginnen, mit dem man abends zuvor aufgehört hat. Es sei denn, du meinst Beten. Das kann man natürlich abends als letztes und morgens als erstes tun. Jetzt setz dich erst mal an den Tisch und dann haut mal alle kräftig rein. Wir wollen doch nicht hungrig ins neue Jahr gehen. Es ist ja schon schlimm genug, dass du gestern Abend nichts Richtiges mehr zu essen bekommen hast. Außer Enzian und ein paar Nüssen und Plätzchen."

Sie nahmen alle Platz und redeten munter durcheinander. Eine fröhliche Runde.

Marzena schaute Bernhard verliebt an.

Johannes saß links neben Britta und streichelte ihr ständig mit seiner rechten Handoberfläche über die Wange, während er gleichzeitig herzhaft in sein drittes, dick mit Schinken belegtes Schwarzbrot in seiner Linken hinein biss.

„Na ja, da steht mir ja allerhand bevor. Das sind die genialen Männer, die immer zwei Dinge gleichzeitig tun. Und keins davon dann richtig", frotzelte Britta.

Ein herrlicher Morgen.

Es hatte aufgeklart. Der Wetterbericht sagte strahlenden Sonnenschein und steigende Temperaturen voraus, und nur verminderte Föhnentwicklung. Am Neujahrstag sollte es wieder etwas kälter werden. Die Sonne aber würde bleiben bis zu Dreikönig. Was sich ja auch für ein Bergtal gehörte, das sich Sonnental nannte.

Ein Auto fuhr vor.

„Noch ein Heimkehrer aus Neuseeland?" fragte Johannes.

„Ich glaube, Heimkehrer aus Jachenau, oder besser aus Holzkirchen und München", mutmaßte Britta, stand auf und ging zur Diele hinaus, um die Haustür zu öffnen.

„Hallo, Britta, wo ist er, wo ist Papa?"

Hanna rannte an Britta vorbei in die Küche.

„Papa!"

Johannes konnte ihren Ansturm kaum auffangen. Er war gleich vom Tisch aufgestanden, als er Hanna herein laufen hörte. Und hinter ihr stand Lara in der Diele mit Klein-Annkathrin auf dem Arm. Britta stand lächelnd daneben.

Johannes ging auf die drei zu.

Lara hielt ihm die Kleine entgegen.

„Das ist sie. Annkathrin. Dein Enkelkind!"

Johannes nahm das kleine Mädchen mit beiden Händen, hielt sie hoch, ließ sie wieder runter. Er strahlte sie an.

Dann gab er sie Britta und nahm Lara in den Arm und drückte sie endlos an sich. Beide sprachen kein Wort. Beiden liefen die Tränen die Wangen herunter.

Es gab nichts, was zwischen den beiden noch zu sagen gewesen wäre.

Alles war gesagt.

Und alles war gut.

„Dieser letzte Tag in diesem Jahr ist wie der erste Tag in einem neuen Leben", sagte Johannes tief bewegt.

Marzena hatte sich umdrehen müssen, so sehr ergriffen war sie von der ganzen Situation.

Sogar Laschek räusperte sich verdächtig oft.

Bernhard schickte still ein Danke zum Himmel.

Sein Blick traf sich mit dem von Britta.

Beide nickten sich zu. Sie waren seelenverwandt. Das zeigte sich in vielen kleinen alltäglichen Dingen. In der Art, wie sie dachten. In den Worten, die sie machten. In ihrem beredten Schweigen, wenn sie spürten, dass jedes Wort jetzt und hier überflüssig war.

Johannes nahm Britta sein Enkelkind wieder vom Arm:

„Die haben alle gesagt, du würdest ausschauen wie dein alter Opa. Nein, mein Kind, du bist so schön wie deine

Mutter. Jetzt bin ich beruhigt. Dein Leben kann nur noch schöner werden!"

Lara erklärte ihm, warum sie so schnell hatten kommen können:

„Wir sind bei Mama unten im Dorf. Marius ist auch mit uns da. Er ist jedoch heute ganz früh mit Thomas zum Langlaufen gegangen. Wir haben Urlaub bis Dreikönig. Und Hanna hat mal wieder Ferien, wie üblich!"

Hanna setzte eine schnippische Miene auf:

„Hättest auch etwas Vernünftiges studieren sollen! Deine eigene Schuld!"

Lara mahnte zum Aufbruch:

„Tut mir leid, Papa, wir müssen wieder. Sonst kannst du gleich eine andere, weit weniger angenehme Seite deiner Enkeltochter kennen lernen. Das hat sie aber bestimmt von dir. Sie kann einen ganzen Hausstand zusammenbrüllen! Es ist Fütterungszeit für sämtliche Raubtiere. Ich habe nichts dabei. Wir müssen wieder runterfahren zu Mama."

„Sag ihr, ich lass sie grüßen!"

Johannes war dabei ein klein wenig ernster geworden.

„Ich hoffe, wir können uns in den nächsten Tagen einmal sehen. Es hat sich so viel für uns alle verändert. Ich glaube, wir haben alle das Schlimmste überstanden. Und es ist alles gut so, wie es sich entwickelt hat. Mama und Andreas passen gut zueinander."

Und nach einer kurzen Pause, ging Johannes auf Britta zu, nahm sie in den Arm und wandte sich Lara wieder zu:

„Ich fand es sehr schön von dir, dass du mir Britta bei unserem Telefongespräch so ans Herz gelegt hast. Ich bin dir sehr dankbar dafür. Du hast Recht. Britta ist eine außergewöhnliche Frau. Und wir haben uns heute Nacht versprochen, dass wir unseren künftigen Weg gemeinsam gehen werden. Und das Schönste dabei ist, dass ihr beide, auch du Hanna, Britta in unsere Familie aufgenommen habt. Ich danke euch sehr dafür."

Marzena musste auf einmal ganz schnell das Haus verlassen. Sie gab vor, noch etwas ganz Wichtiges drüben in ihrer Wohnung zu tun zu haben.

Hanna nahm Annkathrin auf den Arm, trug sie nach draußen und legte sie im Fond von Laras Auto in ihre festgeschnallte Tragetasche.

Lara küsste Johannes noch einmal auf die Wange:

„Tschüss Paps, man sieht sich!"

Britta und Johannes blieben nebeneinander vor dem Haus stehen, warteten ab, bis das Auto um die erste Kehre verschwunden war. Erst dann gingen sie zurück ins Haus.

Der Aufstieg zur Brandmüller-Alm war doch etwas beschwerlicher, als Johannes es Britta versprochen hatte. Gut, dass sie wenigstens an die Wanderstöcke gedacht hatten. Das machte das Steigen doch erheblich leichter.

Das alte Jahr verabschiedete sich mit einem herrlichen Tag. Strahlend blau der Himmel. In glitzerndes Weiß gehüllt das ganze Tal.

„Gott ist eben ein Bayer", Johannes brachte es auf den Punkt. Und Britta hätte nicht zu widersprechen gewagt. Ja, es war wirklich ein himmlischer Anblick, der sich ihnen vom Höhenweg aus bot. Die Berge standen rundum wie ein unüberwindbarer Schutzwall. Johannes legte seinen Arm um Britta und zeigte in alle Richtungen, nannte jeden Gipfel, jeden Kogel, jeden Hügel mit Namen.

Die Häuser kuschelten sich tief in den Schnee, hatten

sich ihre dick bedeckten Dächer wie eine Zudecke über den Kopf gezogen. So, als wären sie in einen tiefen Winterschlaf gefallen. Nur aus einzelnen Kaminen stieg ein wenig Rauch, ganz unschuldig, um sich nach wenigen Höhenmetern im tiefen Blau des Himmels zu verlieren.

Auf einem kleinen Plateau hielt Johannes an und schaute noch einmal hinunter ins Dorf:

„Du, Britta, sieh mal da!"

„Was ist?"

„Siehst du dort St. Nikolaus? Jetzt geh mit den Augen mal etwas nach rechts. Das Haus mit den blauen Fensterläden und der Malerei mit den Holzrückern und Holzknechten am Giebel. Siehst du es? Erinnerst du dich? Das ist das Haus von Andreas."

„Ja, jetzt hab ich's", bestätigte sie.

„Siehst du das Pferdefuhrwerk mit dem Schlitten dahinter? Ernst macht heuer wieder seine Silvesterfahrt durchs Tal. Das macht er in jedem Jahr. Dabei nimmt er keinen mit. Er muss mit sich, den Pferden und dem Herrgott alleine sein am letzten Tag. Und das wiederholt er dann gleich morgen am Neujahrstag. Denn er beginnt das Jahr so, wie er es beendet hat. Wie in einem ewigen Kreislauf."

„Ja, das ist schön", lächelte Britta nachdenklich hinunter. „Ich habe Ernst ja nur einmal kurz bei der Beerdigung deines Vaters gesehen. Ja, er strahlt etwas Besonderes aus. Eine ganz besondere Ruhe, sehr viel Sicherheit und Gelassenheit, ja, eine Lebenskraft, die man richtig spürt!"

„Irgendetwas machen wir falsch in unserem Leben", seufzte Johannes. „Ähmm... mache ich falsch, wollte ich sagen", ergänzte er.

„Du hast eine Chance, gerade jetzt einiges in andere

Bahnen zu lenken. Es ist nur eines dazu notwendig - deine Entscheidung!"

„Ich habe mich doch für dich entschieden!"

Johannes nahm Britta erneut in den Arm und küsste sie zärtlich auf den Mund.

„Ich kann dir gar nicht sagen, was ich empfinde. Ich weiß nicht, ob ich jemals so glücklich war!"

„Das bin ich auch. Ich bin sehr, sehr glücklich. Lass uns in den nächsten Wochen in Ruhe darüber reden, wie du dein Leben wieder in Ordnung bringen kannst und wie ich dir dabei helfen kann. Ich freue mich sehr darauf!"

Johannes behielt Britta im Arm und schaute weiter nachdenklich über das Land.

„Man wird natürlich, wenn man all das erlebt hat, so wie ich in den letzten Jahren - ja, man wird dann vorsichtiger, unsicherer, auch ängstlicher, wenn es darum geht, Entscheidungen zu treffen."

Britta antwortete nicht sofort, sondern ließ seine Worte ein wenig wirken. Dann aber gab sie zurück:

„Was immer du planst, mir musst du nichts beweisen. Und dir selbst doch auch nicht. Du weißt, was du kannst. Du musst nur wieder spüren, was und wer du bist!"

Johannes schaute Britta verwundert und gleichzeitig bewundernd an:

„Du verblüffst mich immer wieder mit deinen Gedanken. Ich liebe dich sehr dafür!"

„Meine Gedanken sind doch nichts Besonderes. Sie sind ganz einfach. Jeder kann sie denken. Aber das Einfache spielt heute offenbar keine Rolle mehr. Die Wissenschaften gefallen sich darin, ganz einfache Dinge ganz besonders kompliziert auszudrücken. Umgekehrt müsste es sein. Dann kämen wir weiter bei der Lösung unserer Probleme im Land."

„Da hast du sicher Recht. Aber es geht doch immer auch darum, die richtigen Entscheidungen zu treffen."

„Das muss doch jeder von uns. So lange wir Menschen auf der Erde leben, war das nicht anders. Aber auch das haben wir verlernt. Es sind nicht die Entscheidungen an sich, die uns schwer fallen. Entscheidungen zu fällen heißt immer, das eine o d e r das andere zu wählen. Die Menschen heutzutage wollen aber immer beides, das eine u n d das andere. Das ist wie Duschen ohne nass zu werden. So funktioniert das Leben nicht."

„Je älter man wird, desto schwerer wiegen die Konsequenzen. Ich hab einfach Angst, dass ich keine Zeit mehr habe. Sie verrinnt mir zwischen meinen Fingern. Und wenn ich Fehler mache, habe ich kaum noch Zeit, sie zu korrigieren!"

„Was soll ich denn sagen?", warf Britta ein, „im neuen Jahr werde ich sechzig Jahre alt. Ich gebe zu, noch bis vor Wochen habe ich oft an diese Zahl gedacht. Sie wirkte so erschreckend. So endgültig. Sie hat mir Angst gemacht. Glaub mir, dein Gefühl, keine Zeit mehr zu haben, das kenne ich genauso gut wie du. Aber ich glaube, ich habe meinen Weg gefunden, damit umzugehen. Jetzt freu ich mich sogar auf meine neue Zeit!"

„Logisch! Wo du ja jetzt einen deutlich jüngeren Mann hast. Das ist wie ein Jungbrunnen!" scherzte Johannes und drückte sie an sich. Britta gab ihm einen Klaps auf den Hinterkopf:

„Darüber solltest du keine Scherze machen. Das ist auch so ein Thema. Meinst du, darüber hätte ich mir noch keine Gedanken gemacht? Eine Frau hat schließlich den Wunsch, anziehend auf ihren Mann zu wirken. Egal wie alt sie ist. Und die Anziehungskraft lässt nun mal im Alter erheblich nach. Davor kann keiner die Augen verschließen. Und Frauen wirken älter als gleichaltrige Männer. Das ist nun mal so. Und liften lass ich mich nicht!"

„Dafür leben Frauen statistisch ja auch viel länger als wir", versuchte Johannes die Nachdenklichkeit Brittas zu unterbrechen.

Und dann fuhr er etwas ernster fort:

„Aber allen Ernstes - du wirst so schnell nichts von deiner Anziehungskraft verlieren!"

Und dann fragte er: „Oder hat das etwa gestern Abend den Anschein gehabt, dass ich mich von dir abgestoßen gefühlt hätte?"

„Nein, es war wunderschön. Aber es war ja auch fast dunkel im Zimmer. Bei schummrigem Licht geht's noch!"

Britta lachte zwar. Aber so ganz echt klang es nicht.

„Lass uns weitergehen, sonst kommen wir tatsächlich noch in schummriges Licht. Es wird schneller dunkel, als uns lieb sein kann."

„Ich liebe dich sehr!"

Britta sagte es und stapfte voran.

Es wurde tatsächlich schon dunkel, als sie die Alm erreichten.

Britta warf noch einen Blick ins Tal, während Johannes den Türschlüssel hervorkramte.

Die ersten Sterne erschienen am Himmel.

Aus dem Tal blitzten tausend Lichter.

Es wirkte beinahe so, als sei die Erde der Spiegel des nächtlichen Himmels.

Johannes feuerte sofort den Kamin an. Sie behielten die Daunenjacken derweil noch an.

Britta schaute sich staunend um.

Unter einer Almhütte hatte sie bisher etwas völlig anderes verstanden. Oft genug hatte sie mit Sepp auf langen Wandertouren solche Hütten besucht, hatte dort gevespert, ja auch schon mal in einer solchen übernachtet.

Das, was sich ihr hier bot, hatte sie in einem Wohn-Journal bei ihrem Zahnarzt in Tölz einmal gesehen. Dort waren exklusive Winterchalets in der Schweiz dargestellt worden. Bilder, die zwar die Sehnsucht weckten, aber auch ihren Realismus, dass sie in diesem Leben nicht zu den Menschen gehörte, die sich so etwas leisten konnten.

Und jetzt stand sie mittendrin in einer solch noblen Behausung.

„Edel geht die Welt zugrunde!"

„Was meinst du?" fragte Johannes, der gerade ein paar weitere grobe Holzscheite auf die bereits auflodernde Glut im Kamin legte.

„Hat Bernhard im Lotto gewonnen?"

„Nein, sicher nicht. Wundert es dich, wie es hier aussieht? Da kann ich dich beruhigen. Das ist lediglich das, was Andreas unter Innenausbau versteht. Das Zirbelholz kommt aus unserem eigenen Wald. Das andere ist Zeit. Viel Zeit und Liebe zum Detail. Ich kann mir richtig vorstellen, wie die drei Freunde Andreas, Thomas und Bernhard hier oben gewerkelt haben. Und sie teilen sich ja auch den Nutzen untereinander. So wie wir beide jetzt ziehen sie sich immer mal für ein paar Tage hier herauf zurück. Das ist eine reine Abstimmungssache!"

„Verstehe!" Britta nickte.

„So“, sagte Johannes erleichtert und erhob sich aus seiner gebückten Haltung, „das wäre es fürs Erste einmal. Jetzt sorgen wir dafür, dass uns richtig warm wird.“

Er öffnete eine weitere Tür und bat Britta, doch einen kurzen Blick in den Raum dahinter zu werfen.

„Die Brandmüller-Alm besitzt seit jeher eine eigene Quelle. Und seit Bernhards Renovierung auch beheizte Wasserleitungen für den Winter, eine komfortable Dusche und dieses Kräuterdampfbad mit allen Schikanen.“

Britta staunte nicht schlecht.

Ein herrlich gemütliches, kleines Dampfbad!

Die Burschen verstanden wirklich etwas vom Leben.

Plötzlich drängte sich ihr die bange Frage auf:

Wie lange hatte sie keine Sauna mehr besucht?

Er wird doch wohl nicht mit mir heute Nacht dieses Schwitzbad benutzen wollen!?

Im gleichen Moment sah sie schon, wie Johannes einen Zündstein in den Feuerraum des Ofens hineinwarf, ein wenig Papier und zwei Hände voll Späne.

Sekunden später loderten die Flammen.

Er schloss die Ofentür.

„Da leg ich gleich ein paar Kohlen und Scheite nach. Das dauert höchstens fünfzehn Minuten. Dann können wir das Dampfbad genießen.“

Britta war beinahe entsetzt.

Es hatte gute Gründe gegeben, weshalb sie in den letzten Jahren nicht mehr in die Sauna gegangen war.

Es fiel ihr nicht mehr so leicht, sich zusammen mit anderen Frauen, die deutlich jünger waren als sie, nackt in einen Raum zu begeben und dort gemeinsam zu schwitzen. Von einem Besuch in einer gemischten Sauna ganz abgesehen. Obwohl sie im Großen und Ganzen und im Vergleich zu vielen anderen noch sehr zufrieden mit ihrer Figur sein konnte.

Sie verschaffte sich regelmäßig Bewegung, arbeitete viel in ihrem Garten, ging wandern, fuhr Fahrrad, wann und wo immer das möglich war, ging zum Wasserjoggen und im Winter zum Langlaufen, stieg Treppen, wenn es sein musste bis zum fünften Stock eines Gebäudes, ließ jeden Fahrstuhl achtlos links liegen.

Und dennoch:

Das Alter forderte seinen Tribut.

Mit ihrem Gesicht war sie zwar nach wie vor sehr zufrieden. Eine genetische Mitgift ihrer Oma Annkathrin. Ja, die diesbezüglichen Komplimente von überraschten Menschen, die ihr begegneten, die hörte sie gerne.

Doch sonst war doch nicht mehr alles so knackig. Am Hals, an den Armen, an den Beinen, am Po, am Bauch. Also kurzum: Überall und an jedem Körperteil.

Und jetzt wollte dieser kraftstrotzende Mann mit ihr ins Dampfbad.

Nun ja, kraftstrotzend, dachte sie bei sich, so ganz taufrisch ist er ja auch nicht mehr. Aber Mann ist Mann. Und Frau ist eben Frau. Verdammt. Aber sie konnte sich ja kaum aus der Affäre ziehen.

Augen zu und durch.

Vielleicht machte er ja gnädig die Augen zu!

Im behaglichen Schlafraum hatten sie sich ausgezogen. Es war der größere von zwei solcher Räume. In dem zweiten waren vier Betten als Etagenbetten untergebracht. In dem größeren befand sich ein riesiges Doppelbett, ganz massiv, ganz wuchtig. Geradezu einladend. Man hätte Tage darin verbringen können.

Britta hatte sich eines der dicken, riesengroßen weißblauen Badetücher um den Körper gewickelt. Johannes trug seines über dem Arm.

Nachdem sie nacheinander ausgiebig geduscht hatten, trockneten sie sich gegenseitig zuerst wieder ab, hängten die Tücher dann von außen an die Tür und gingen hinein.

Es war gut heiß.

Aber angenehmer als in einer klassischen Sauna. Die Temperatur betrug etwa sechzig Grad.

Johannes goss ein intensives Kräuteraroma über die heißen Steine auf dem Ofen. Es duftete wunderbar. Und die ätherischen Öle drangen bis in die feinsten Enden der Bronchien.

Britta atmete tief ein.

Nach anfänglich etwas unbehaglichen Minuten begann sie es zu genießen. Man schwitzte nicht ganz so brachial wie in einer Sauna. Aber es war bei weitem genug, um das Gefühl zu bekommen, dass alle Schadstoffe aus dem Körper herausgeschwemmt würden.

Nach etwa zwanzig Minuten meinte Johannes, das sei jetzt genug für das erste Mal. Jetzt täte es gut, sich abzukühlen, oder besser abzuschrecken.

Die Dusche befand sich zwischen Schlafräumen und Dampfbad. Ein dicker Schlauch diente normalerweise nach einem Schwitzgang zur kneippschen Abschreckungs-Therapie.

„Wie wäre es, mein Held, wenn wir es nicht mit diesem lauwarmen Wasser hier tun, sondern draußen im Schnee - so wie es die Skandinavier machen?“

Jetzt war es Johannes, der sich sichtlich unbehaglich fühlte. Er suchte nach Ausflüchten.

Britta erkannte ihren strategischen Vorteil:

„Damit wir das klar haben. Hier spielt sich heute Nacht nichts ab, bevor du mir gezeigt hast, dass du ein richtiger Mann bist!"

Johannes war einsichtig und fügte sich drein.

Sie verließen den Wohnraum, den das Kaminfeuer mittlerweile ebenfalls behaglich warm aufgeheizt hatte, und liefen nackt, so wie Gott sie erschaffen hatte, nach draußen in den Schnee.

Johannes blieb stehen und schrie um sein Leben.

Britta wälzte sich begeistert im Tiefschnee.

„Komm, du Feigling, du musst sofort in den Schnee. Reib dich kräftig ab. Sonst erkältest du dich. Nun mach schon! Es ist herrlich!"

Sie stieß Jodler und Juchzer aus.

Johannes griff in den Schnee und begann sich abzureiben. Britta schüttelte den Kopf, wühlte sich aus den weißen Massen heraus, lief auf Johannes zu, nutzte das Überraschungsmoment, warf ihn in den Schnee und sich selbst auf ihn. Johannes blieb fast die Luft weg. Aber Britta ließ sich nicht beirren, sie rieb ihn mit Zentnern von Schnee ab, bis er fast das Gefühl hatte, wie ein Glühwürmchen in der Nacht zu glühen.

Endlich ließ sie von ihm ab, zerrte ihn hoch und schob ihn vor sich her ins Haus.

Dort nahmen sie die Badetücher vom Haken und rubbelten sich ab, bis sie beide rot wie ein Krebs waren.

Die wohlige Wärme durchströmte jede einzelne Zelle.

Brittas Gesicht glühte. Ihre Augen strahlten.

Johannes sah sie an, ließ seinen Blick wohlgefällig über ihren nackten Körper gleiten, nahm sie in den Arm, küsste sie voller Begehren.

Und sie konnte fühlen, wie groß sein Begehren war.

Sie hielten ihre aufgeheizten und dennoch kühlen Körper umschlungen, küssten sich zunächst ganz zart, öffneten leicht ihre Lippen, spielten mit ihnen, legten ihre Münder fordernder aufeinander, saugten sich fest, drangen mit ihren Zungen ineinander, umschlangen sich mit den Armen.

Der frische Geruch, die Mischung aus Schnee und Kräuterduft, lag auf ihnen, betäubte ihre Sinne wie ein erotisierender Duft.

Johannes trug Britta zum Schlafraum, legte sie aufs Bett, beugte sich über sie, küsste ihren Hals, umfasste ihre festen Brüste, umspielte sie mit dem Mund.

Er ließ von ihnen ab, beugte sich erneut zu ihr runter, umkreiste mit der Zunge ihren Bauchnabel und ließ seine Lippen dann Zentimeter für Zentimeter tiefer hinab ins Zentrum ihrer Empfindungen wandern.

Dort verharrte er ausdauernd lange und spielte mit Händen und Zunge an der Knospe, die zusammen mit ihren Brüsten ein Dreieck der Lust bildeten, in dem all ihr Begehren, all ihre Sehnsüchte in diesem Moment zusammenkamen.

Sie stöhnte leise auf, fuhr sich mit ihrer Zunge über ihre geöffneten Lippen, umfasste ihre angespannten Brüste, streichelte sie, knetete sie. Weit öffnete sie ihre Schenkel, ängstlich darauf bedacht, keine Sekunde dieses wahnsinnsnahen Genusses aus Unachtsamkeit zu verlieren.

Von Sekunde zu Sekunde mehr schrie alles in ihr nach

Erlösung. Kaum eine Minute später brach der Vulkan aus, verströmte sich alles in ihr und aus ihr, was sie nicht mehr zurückhalten konnte. Und auch nicht mehr wollte.

Tief atmend lag sie in ihren Kissen.

Alle Kraft war aus ihrem Körper gewichen.

Auch all ihre Ängste und ihre Bedenken.

Nie hatte sie Derartiges früher erlebt.

Nie zuvor hatte sie einen Mann auf diese Weise in ihre intimsten Zonen eindringen lassen.

Nie hätte sie es für möglich gehalten, eine solche Lust zu empfinden, die keinen Quadratzentimeter ihres Körpers ausließ und jede Zelle in ihr zum Pulsieren brachte.

Johannes lag neben ihr, schaute lächelnd in ihr Gesicht und fuhr ihr mit seinem Zeigefinger über die Lippen. Sie biss ihm in den Finger, fasste mit ihrer Hand die seine, drehte sich ihm zu, schaute ihm tief in die Augen und sagte nur:

„Ich liebe dich mehr als mein Leben!“

Johannes rückte näher zu ihr hin, zog sie an sich und küsste sie tief und innig.

„Du bist eine wunderbare Frau. Du bist wirklich mit Haut und Haaren Frau. Du bist das Beste, das mir je in meinem Leben passiert ist!“

Plötzlich hatte dieser Satz für ihn jegliche Beklemmung verloren. Er fühlte sich ganz frei dabei. So gut. So unendlich gut.

Behutsam drehte er Britta zur Seite, legte sich hinter sie, presste sich an sie, hatte das Gefühl, in sie hineinkriechen zu können.

Er streichelte ihr über Arme und Beine, fuhr ihr mit der Hand über die Innenschenkel hoch, tauchte mit den

Fingern in ihre herrliche Grotte, küsste dabei ihren Nacken, wanderte mit seiner Zunge über ihre Schultern, nahm ihr Ohrläppchen zwischen die Lippen, schob seinen rechten Arm unter ihrem Körper hindurch, so dass er ihre Brust umfassen konnte.

Britta drängte sich ihm entgegen, als sie spürte, wie sehr er nach ihr verlangte. Sie öffnete ein wenig ihre Schenkel, ließ ihn eindringen, nahm ihn ganz auf, schloss ihn ein.

Johannes bewegte sich kaum.

Minutenlang hielt er sie so.

Kaum merklich schaukelten sie ganz leicht in einem ungesteuerten Rhythmus.

Sie fasste ihn von vorn durch ihre Beine hindurch an, zog ihn in mit jeder Bewegung tief in sich hinein.

Und der Vulkan begann wieder in ihr zu rumoren.

Ihre Bewegungen wurden stärker, sie fühlte, wie das Herz von Johannes in ihr pochte, wie die Herzschläge sie voll auszufüllen begannen.

Johannes übernahm die Führung, bewegte sich immer heftiger, sie spürte, wie alles auf einen Punkt zulief, sie bäumte sich auf - und zwei Vulkane entluden sich gleichzeitig mit aller Macht in die beginnende Silvesternacht.

Johannes blieb ganz ruhig liegen.

Er bewegte sich keinen Zentimeter.

Britta hatte das Gefühl, eine Ewigkeit lang nicht mehr in dieser Wirklichkeit gewesen zu sein, als er erneut sagte:

„Du bist wirklich das Beste, das mir je in meinem Leben passiert ist! Ich kann ohne dich nicht mehr sein!“

Britta drehte sich zu ihm um und meinte nur:

„Damit wir das ein für allemal klar haben: Du kannst mir nicht immer meine Sätze aus meinem Mund stehlen.

Ich wollte nämlich gerade sagen, dass du das Beste bist, das mir je in meinem Leben passiert ist. Ich liebe dich. Aber ich habe auf einmal eine solche Angst, dass ich das alles wieder verliere!“

„Du wirst mich nicht mehr los!“

Johannes küsste sie auf den Mund, auf die Augen.

„Ich weiß nicht, was du mit mir machst. Du bist eine Hexe. Normale Männer, und ich bin ein normaler Mann, die leiden nach einem solch langen Flug, wie ich ihn bis gestern noch hinter mich gebracht habe, tagelang unter Jetlag. Und was erlebe ich? Du bist das beste Gegenmittel. Schade, dass ich nicht damit leben könnte, wenn du dir das patentieren ließest.“

Britta schmunzelte nur, genoss jeden Augenblick.

Dann aber sagte sie mit ernster Miene:

„Was habe ich Berührungsängste gehabt! Heute früh und auf dem Weg hierher und besonders vorhin, als du wie selbstverständlich das Dampfbad vorbereitet hast.“

„Berührungsängste? Wieso? Wir haben doch schon gestern Abend miteinander geschlafen. Und es war doch so einmalig schön! Und dann sprichst du von Berührungsängsten?“

„Du verstehst mich nicht. Frauen sind in dieser Beziehung ganz eigen. Und ich bin da keine Ausnahme. Man denkt doch immer: Was denkt er jetzt? Hoffentlich sieht er die Äderchen an meinen Beinen nicht. Denk dran, zieh den Bauch ein....“

„Na, deine Bedenken dürften doch allesamt von deiner fühlbaren und sichtbaren Lust davongeschwemmt worden sein! Ich habe die Wogen sehr genossen!“

„Siehst du, das ist wieder so ein Beispiel. Frauen in

meinem Alter werden oft nicht mehr so ganz feucht. Das hat mit der Lust gar nichts zu tun. Aber man hat doch dann Angst, der Partner könnte denken...-"

„Na, da musst du dir ja in dieser Hinsicht nun wirklich keine Gedanken machen!"

Johannes lächelte.

„Lach nicht. Das Gegenteil ist auch nicht das, was eine Frau sich wünscht. Du hast sicher gedacht, dass es nur noch eine Woche gedauert hätte und ich wäre mitten in München über einen Mann hergefallen. Mir war meine körperliche Überreaktion ganz am Anfang regelrecht peinlich. Ich hätte mir am liebsten noch schnell mit einem Handtuch geholfen, bevor du ganz zu mir gekommen bist."

Johannes lachte laut auf.

„Frauen denken völlig verkehrt, glaube ich. Das Problem mit dem Handtuch ist das schönste, das sich ein Mann überhaupt vorstellen kann. Und es hängt mit dem anderen zusammen. Ich glaube, Frauen gehen mit der Hoffnung ins Bett. Und nicht mit Liebe und Genuss. Sie hoffen nämlich: Hoffentlich sieht er jetzt meine Cellulite am Oberschenkel nicht, hoffentlich nicht meine Narbe am Bauch, hoffentlich nicht das Äderchen an der linken Brust, hoffentlich nicht mein...., hoffentlich nicht das...."

„Aber das ist doch ganz natürlich!"

Britta war ganz ernst.

„Nein, das ist lediglich sehr hinderlich. Wer ständig an seine kleinen Unzulänglichkeiten denkt, kann nicht genießen. Mein Gott, schau mich an. Adonis war auch anders gebaut. Ich bin aber nun mal ein Mann Mitte fünfzig, näher an sechzig als an fünfzig. Da muss man sich nicht gehen lassen. Das sicher nicht. Aber man muss sich auch akzeptieren. Wer mich so nicht will, kriegt mich gar nicht."

„Bei Männern ist das doch was anderes!"

„Eine Frau denkt, gut im Bett zu sein, würde bedeuten, gut darin auszusehen. Das interessiert einen richtigen Mann in keiner Weise! Ich will keine Puppe, ich will keine Frau, die sich in irgendwelchen Posen räkelt, die sich die Scheinwerfer einstellt! Für einen Mann wie mich ist eine Frau dann gut im Bett, wenn sie einfach nur genießen will. Und zwar mit Haut und Haaren, wenn sie alles haben will, wenn sie sichtbar und hörbar Spaß daran hat. Dann spielt es überhaupt keine Rolle, ob sie mollig oder schlank, oder sogar ein wenig zu mollig oder ein wenig zu schlank ist. Hauptsache ist, sie zeigt dem Mann, dass sie ihn genießt, dass sie es genießt!"

Britta legte den Arm um ihn:

„Du bist ein wunderbarer Mann!"

Sie drehte sich wieder mit weit ausgebreiteten Armen auf den Rücken, atmete tief ein und lächelte Johannes verliebt an.

Johannes fuhr ihr mit der Hand über ihre Brüste, über ihren Bauch...

„Oh, da bewegt sich was. Bist du schon schwanger geworden?" frotzelte er.

„Ich glaube schon. Ich denke, das wird ein Bär. Denn ich hab plötzlich einen Bärenhunger.

Britta sprang aus dem Bett auf:

„Lass mich mal an den Herd. Mal schaun, was ich in der Küche finde, damit wir wieder zu Kräften kommen. Die Nacht ist ja noch lang!"

„War das eine Drohung?"

„Nein, ich hab mir nur vorgenommen, dass ich wirklich zu alt bin, um es mir noch leisten zu können, auf irgendeine Freude des Lebens zu verzichten. Ich hab deinen Vortrag von vorhin über das Liebesleben unreifer Frauen voll und ganz verstanden. Jetzt gibt es kein Halten mehr. Mach dich auf einiges gefasst!"

„Dann mal los. Bernhard hat mir noch ein Geheimdepot verraten. Er wusste, dass wir hungrig werden!"

Einen halben Meter neben dem Kamin befand sich eine kleine Tür, die ein kurzes Stück durch das Erdreich hindurch in den Berg hineinführte und sich schließlich in einen recht großen Nebenraum zum Wohnraum erweiterte.

Der Keller war fensterlos und mit einfachen Brettern an Decke und Wand verschalt. Schwere Holzdielen bildeten einen sauberen Fußboden. An der Stirnseite befand sich ein großes Regal. Rechts und links an den Wänden jeweils ein grob gezimmerter, halbhoher Schrank.

Ein Vorratsraum, wie er funktionaler nicht sein konnte. Frostsicher im Winter, wohltuend kühl, ja beinahe kalt im Sommer.

Britta und Johannes inspizierten die Vorräte und entdeckten, dass Bernhard ein Feinschmecker sein musste. Etliche Sorten abgepacktes Brot, mindestens zehn Sorten Käse, Wurst, Schinken, dazu Speck und Eier, zwei Kisten Bier, beinahe zwanzig Flaschen Wein, ja sogar eine Packung Lachs befand sich unter den Köstlichkeiten.

„Da können wir ja bis Dreikönig bleiben", meinte Johannes.

„Im Prinzip ja - aber lass uns deine Töchter nicht vergessen. Und Bernhard, Marzena und Laschek. Wir feiern heute Nacht hier unser Neujahrsfest. Und morgen nach dem Frühstück, so gegen Mittag, gehen wir wieder hinunter. Ich möchte nicht, dass du am ersten Tag des neuen Jahres auf deine Kinder und Enkel verzichten musst."

„Aber du..."

„Nix ich. Ich will auch nicht hier oben bleiben. Mir ist die ganze Bande auch sehr ans Herz gewachsen. Ich konnte keine Kinder haben. Jetzt habe ich sie. Deine Kinder liebe ich wie eigene. Und ich nehme sie Claudia nicht weg."

Britta bereitete ein Festmahl. Als Vorspeise gab es Lachs mit einer herrlich frischen Meerrettich-Creme. Dazu hatte sie ein paar ihrer Rösties gebacken, die so schmeckten „wie die von meiner Mutter", wie Johannes sagte.

„Fang nicht in unserem Alter noch mit sowas an. Nicht dass es noch dazu kommt, dass du zu allem und jedem sagst, wie deine Mutter es gemacht hat", drohte Britta mit strengem Blick und erhobenem Zeigefinger.

Als Hauptspeise gab es frische Bratkartoffeln mit Spiegeleiern. Und davon reichlich.

„Wer schafft, braucht Kraft!"

„Das mit den Eiern ist ein Märchen!"

Britta meinte: „Kommt auf den Versuch an!"

Zum Hauptgang gab es ein richtig schönes, naturtrübes bayerisches Weißbier.

Und zum Dessert kredenzte Britta einen edlen löslichen Kaffee aus der Dose und eine Tafel Edelbitter-Schokolade.

„So köstlich haben an diesem Abend nur Fürsten und Grafen gegessen!"

Johannes tupfte sich mit einer bunten Serviette ganz übertrieben den Mund ab, so als habe er gerade in großer

Gesellschaft ein Fünf-Gänge-Menü in seinem Schloss genossen.

Bis Mitternacht waren es noch zwei Stunden. Sie hatten das Geschirr in die Küche geräumt und sich dann behaglich vor den Kamin in die schwere Couch gekuschelt.

Minutenlang starrten sie ins Feuer.

„Da will man gar nicht reden, wenn man dort hinein schaut!“

„Dann tu es auch nicht“, sagte Britta leise.

„Gut, dann sag ich jetzt bis morgen früh nichts mehr. Ich bin ohnehin so müde, dass ich gleich einschlafe!“

„Dann tu es ruhig. Ich weck dich gegen Mitternacht auf, damit du das neue Jahr nicht verschläfst.“

Johannes schlief tatsächlich ein.

Britta hörte seinen tiefen Atemzügen zu.

Manchmal zuckte er einen kurzen Moment zusammen. Wie ein kleines Kind, das im Schlaf die Eindrücke des Tages verarbeitet, von den unbekannten Gesichtern, die sich mit ihrem „Killekille“ über seinen Wagen gebeugt haben.

Auf einmal schreckte er hoch, offensichtlich aus einem Traum:

„Ich komme doch damit zurecht, Greg. Keine Bange. Ich mach das!“

„Was machst du? Hallo, Johannes! Johannes!!!“

Er erwachte, schaute aus ungläubigen Augen.

Britta beruhigte ihn: „Du hast nur schlecht geträumt!“

Er schüttelte den Kopf, stand vom Sofa auf, lief ein paar Schritte hin und her.

„Was ist los?“ fragte er.

„Beruhige dich. Es ist nichts. Du hast nur geträumt. Ich bin Britta Wasmeier. Wir sind hier im Salon der Brandmüller-Alm!"

Johannes war wieder voll da: „Ach so, na gut!"

„Du hast offensichtlich noch viel zu verarbeiten. Das geht auch nicht von heute auf morgen. In den nächsten Wochen schreibst du dir mal alles auf, was dir wichtig ist, was du willst. Und was du nicht mehr willst. Man kann sich nur schriftlich Gedanken machen. Diese Erfahrung habe ich gemacht. Unsere Gedanken müssen wir festhalten. Denn sie kommen immer ganz schnell und sie gehen noch schneller. Dann sind sie weg. Und das ist immer sehr ärgerlich!"

Johannes nickte.

„Ja, du hast Recht. Wir sollten uns alle immer wieder fragen: Was ist wirklich wichtig für mich in meiner Sekunde der Ewigkeit. Das Gefühl, immer schneller leben zu müssen, macht uns langsam aber sicher krank."

„Es darf nicht mehr um Beschleunigung gehen. Es muss endlich wieder Entschleunigung geben. Sonst fällst du irgendwann tot aus deinem Hamsterrad!"

„Oh, Britta, ich liebe deine Bildersprache so sehr. Hätte ich nur ein bisschen von deinem Talent!"

Britta schaute weiter nachdenklich in die Glut. Ihr Gesicht glühte fast schon so wie der Kamin.

„Wir gehen nackt dorthin, woher wir gekommen sind. Wer festhält, wird einen schlimmen Tod erleiden. Wir müssen das Loslassen üben. Lass uns früh ablegen, was uns beschwert. Darüber nachdenken, was wir wirklich brauchen."

Johannes nickte.

„Ja, es ist wirklich eine eigenartige Erfahrung, die man macht, wenn man etwas aufgeben muss. Am Anfang versucht man, alles zu halten. Sogar das, was einen erdrückt, was längst zur Last geworden ist. Und dann, wenn es nicht mehr zu halten ist, wenn du es verlierst, dann kommt zunächst die Trauer, dann Scham über das eigene Versagen, dann Scham vor denen, die sich gehässig über deinen Niedergang freuen. Und dann ist es plötzlich da: Das Gefühl der Freiheit! Du gewinnst Freiheit, wenn du etwas aufgibst, das dich bindet!“

Britta kraulte ihm den Nacken:

„Endlich beginnt hier einer zu begreifen. Schau, du bist doch ein Bauernsohn. Und die Bauern in der Jachenau wie bei uns auf Spiekeroog leben nach den Gesetzen der Natur. Sie säen, arbeiten, ernten. Das tun sie im Rhythmus der Natur. Im Rhythmus der vier Jahreszeiten. Dagegen würden sie niemals verstoßen. Sie haben eine alte Maßeinheit, die wir modernen Menschen wiederentdecken müssen.“

Johannes hatte aufmerksam zugehört.

„Was meinst du, welche Maßeinheit?“

„Ein Tagwerk! Das ist genau so viel, wie man an einem Tag schaffen kann. Nicht mehr und nicht weniger. Wenn du ständig dagegen verstößt, wird dein Tagwerk immer schlechter. Wenn du ständig anderen zeigst, wie sehr du belastbar bist, werden dir von allen Seiten immer mehr Lasten aufgebürdet, die andere entlasten. Darunter wirst du zerbrechen. Es ist nur eine Frage der Zeit! Erlebe einen einzigen Tag der vollkommenen Stille im Monat! Dann verliert deine Hektik ihren Schrecken! Im Einklang sein mit der Natur und deiner inneren Uhr - dann bist du es auch mit dir selbst! Als es noch keine Uhren gab, bestimmten

Sonne, Mond und Sterne den Lebensrhythmus. Da müssen wir ein Stück weit wieder hin."

„Aber man kann im Geschäftsleben nicht seinen eigenen Rhythmus leben, keine Zeit der Schwäche haben!"

„Musst du auch nicht. Wenn du bei mir bist, dann darfst du schwach sein. Darum geht es. Alles hat seine Zeit. Es gibt eine Zeit, in der musst du hart arbeiten. Dann tu es mit Freude. Aber dann genieße eine Pause. Die Zeit, um dich wieder zu erholen. Es ist wie Ebbe und Flut!"

Johannes blickte auf seine Uhr:

„Ich glaube, wir gehen nach draußen. Ich möchte gerne mit dir unter freiem Himmel das neue Jahr begrüßen."

„Ja, du hast Recht. Es sind nur noch fünf Minuten bis dahin."

Sie zogen sich ihre Kleider und ihre dicken Jacken an. Dann traten sie vor die Tür. Eine glasklare Nacht umfing sie. Die Sterne standen in aller Pracht am Firmament.

Sie schauten hinunter ins Tal. Hier und da zerbarst bereits ein Feuerwerkskörper. Es gab immer Leute, die es nicht abwarten konnten. Sie standen ganz dicht beieinander, hielten sich eng umschlungen. In dieser Sekunde hörten sie fernes Geläut. Die Glocken von St. Nikolaus läuteten das neue Jahr ein. In Sekundenbruchteilen stimmte eine weitere Glocke aus einem anderen Ort mit ein.

„Ich liebe dich, Johannes. Und ich bete zum Herrgott, dass er uns, deine Kinder, ja, auch Claudia und Andreas, Bernhard und Marzena, Laschek und deinen Freund Thomas, all unsere Lieben, im neuen Jahr beschützt!"

„Und ich danke Gott vor allem für eines: Für dich! Ich liebe dich mehr als mein Leben, Britta!"

Kapitel 18

Durch alle Gezeiten...

...Wir müssen uns immer wieder mit dem Leben versöhnen.
Das Leben geht seltsame Wege...

Johannes und Britta übernahmen ab Dreikönig für eine Woche die Stallwache auf dem Brandmüller-Hof. Bernhard und Marzena hatten sich diese Auszeit wirklich redlich verdient. Bernhard brannte darauf, seiner Liebsten das herrliche Refugium auf der Alm zu zeigen. Er hatte sich sein Schnitzwerkzeug in den Rucksack gepackt. Marzena zwei Bücher in deutscher Sprache.

Britta bezweifelte mit wissendem Lächeln, dass Bernhard in der Woche, die vor den beiden lag, nennenswerte Kunstwerke schaffen würde. Und sie nahm auch an, dass sich die Sprachkenntnisse von Marzena ebenfalls nicht dramatisch verbessern würden.

Wie dem auch sei, Johannes blühte in dieser Woche weiter auf. Die Arbeit auf dem Hof machte ihm so viel Freude. Das eine oder andere musste an den Baulichkeiten gerichtet werden. Er striegelte zusammen mit Laschek jedes Tier, bis sich wirklich kein Stäubchen mehr in seinem Fell befand.

Geradezu euphorisch kehrte er von einem Reitausflug in den Tiefschnee mit einem der jungen Noriker zurück. Laschek war mitgekommen, war beinahe unter seinem Pferd begraben worden, als sein Wallach sich plötzlich in den Schnee geworfen und sich zu wälzen begonnen hatte, ohne zu realisieren, dass er noch einen Reiter auf seinem Rücken trug. Im letzten Moment hatte Laschek seinen linken Fuß aus dem Steigbügel befreien können. So war nichts passiert.

Am Abend wollte sich Laschek, feinfühlig wie er nun einmal war, gleich nach dem Abendessen zurückziehen. Doch Britta duldete das nicht. Sie genossen schließlich zu dritt eine fröhliche Gesprächsrunde, beinahe bis Mitternacht.

Laschek wurde zunehmend gesprächiger, erzählte von seinem Land, von dem Dorf, in dem er aufgewachsen war. Und Britta erzählte viel von ihrer Heimat, von Spiekeroog.

„Ich war schon so unendlich lange nicht mehr dort", bedauerte sie.

„Dann lass uns doch im Sommer für vierzehn Tage, gerne auch für drei Wochen, dorthin fahren. Wäre doch ein sehr schönes Kontrastprogramm zum Winter hier in den Bergen", schlug Johannes vor.

„Würdest du das wirklich tun?"

Britta war sofort hellwach, obwohl es schon so spät am Abend war.

„Ich bezahl das auch. Ich habe einiges gespart."

„Mach dir mal keine Sorgen. Greg hat mich so mit Arbeit eingedeckt für die kommenden Monate, dass wir uns das sicher leisten können. Es gibt so viel für mich zu tun, rund um das Kaschmir-Projekt. Und er hat auch einen Weg gefunden wie ich zu meinem Geld komme, ohne allzu viel davon durch Pfändungen einbüßen zu müssen. Ist vielleicht nicht ganz fair anderen gegenüber, die nicht über solche Verbindungen verfügen. Und es widerstrebt mir schon sehr. Aber es ist notwendig, sonst komme ich nicht klar. Die Not macht eben wendig. Wie das schöne deutsche Wort sagt."

„Oh, Johannes, ich freu mich so sehr auf Spiekeroog!"

Britta lächelte glücklich in sich hinein.

„Hier ist es ja wirklich sehr schön", fuhr sie fort, „und ich bin auch beinahe eine waschechte Bayerin geworden in all den Jahrzehnten. Aber weißt du, nach dem Tod von Sepp habe ich lange sehr ernsthaft darüber nachgedacht, wieder ganz auf meine Insel zurückzuziehen. Ja, es ist meine Insel. Sie bleibt es ein Leben lang. Ganz gleich, wo ich lebe!"

Britta war ernst geworden.

Sie hatte geradezu einen sehnsuchtsvollen Blick, als sie fortfuhr:

„Ich habe bei mir gedacht, dort oben könnte sich dann der Kreis meines Lebens schließen. Ich könnte dort sterben, wo ich geboren bin."

„Jetzt bitte ich dich aber! Sitzt hier bei mir und redet vom Sterben. Ihr Ostfriesen seid schon ein merkwürdiger Menschenschlag!"

„Das hoffe ich doch sehr, dass ich für dich immer merkwürdig bleibe, im wahrsten Sinne des Wortes", gab sie ihm lächelnd zurück. Dann sagte sie:

„Natürlich denke ich noch nicht ans Sterben. Ich will noch viele, viele Jahre mit dir leben. Ich will dich ganz. Mit Haut und Haaren. Ganz gleich, wo wir leben. Ob in den Bergen oder auf meiner Insel. Ich liebe dich so sehr!"

Britta küsste Johannes innig. Laschek erhob sich und wünschte eine gute Nacht. Er hatte das Gefühl, dass seine Gesellschaft hier jetzt nicht mehr unbedingt nötig war.

Der Winter ging. Der Frühling kam. Die Natur in der Jachenau explodierte.

Johannes und Britta nutzten jede Gelegenheit, um von Tölz aus zum Brandmüller-Hof zu kommen und die herrliche Natur zu genießen. Und an den anderen Tagen waren sie in München bei Lara und Klein-Annkathrin. Und in Holzkirchen, um Hanna zu sehen.

Sie fuhren mindestens jede Woche einmal für zwei Tage zu Bernhard. Johannes liebte es, dort kräftig mit anzupacken.

Kerngesund sah er aus.

Nie war es ihm annähernd so gut gegangen in all den vergangenen schweren Jahren.

Marzena war mittlerweile ins Haupthaus gezogen.

Laschek war nur noch selten da, denn er besuchte die Waldarbeiterschule. Und wenn er mal für ein paar Tage nach Hause kam, schlief er in der Jugendkammer.

Johannes und Britta hatten sich das Gesindehaus noch weiter ausgebaut. Bernhard hatte sie dazu gedrängt. Er sah darin ein angebrachtes Dankeschön für die Arbeit, die Johannes und auch Britta jede Woche auf seinem Hof leisteten. Die Puppenstube war vorher schon sehr schön gewesen. Jetzt war sie ein regelrechtes Schmuckstück geworden. Bestimmt zehn Mal waren sie den Frühling über zur Brandmüller-Alm gewandert. Manchmal kehrten sie am Abend zurück. Am liebsten aber blieben sie die Nacht über da, erlebten so manch herrlichen Morgen in ihrer eigenen Welt dort droben.

„Am liebsten würde ich ganz hier bleiben. Du könntest die Sennerin sein. Und ich Almhirten-Architekt. Die grandiose Natur ist die beste Umgebung für grandiose Ideen!“

Britta dachte tagelang darüber nach, was Johannes gesagt hatte. Sie hatten schon einmal darüber gesprochen.

Er hatte mittlerweile seine Wohnung gekündigt und war zu Britta gezogen. Lange hatte er sich dagegen gesträubt, willigte jedoch schließlich ein. Dennoch fühlte er sich nicht so sehr wohl, vermied es aber tunlichst, das Britta gegenüber zu zeigen. Doch ihr entging nicht, was er insgeheim fühlte.

An einem schönen Nachmittag im Mai traf Britta zufällig Claudia beim Einkaufen im Dorf. Die Begegnung verlief ausgesprochen herzlich. Claudia fasste die Gelegenheit beim Schopf und lud Britta auf eine Tasse Kaffee und ein Stück Kuchen zu sich ein.

„Wir können sicher keinen intensiven Kontakt pflegen. Dazu ist die gesamte Situation leider nicht angetan. Aber meine Kinder mögen Sie sehr. Und mir sind Sie auch durchaus angenehm. Ich bin froh, auch für Johannes, dass er sich durch Sie so gefangen hat und dass er mit seinem Leben jetzt wieder gut klarkommt."

„Ja, Claudia, das Leben geht seltsame Wege. Wir müssen uns immer wieder mit unserem Leben versöhnen. Nicht immer nur gegen alles ankämpfen, was nicht mehr zu ändern ist. Sie beide sind durch Ihre Krise gewachsen. Und ich freue mich, dass ich mit einer solch starken Frau, wie Sie es sind, freundschaftlich verbunden sein kann. Mit der Distanz, die sich aus der Situation ergibt. Aber mit der inneren Verbundenheit, die das Leben uns beiden durch Johannes geschenkt hat. Ja, ich denke, es ist ein Geschenk. Für uns beide!"

Claudia wischte sich eine Träne aus ihren Augen, als

sich Britta von ihr verabschiedet hatte. Sie sah ihr noch eine ganze Weile hinterher.

„Welch eine Frau!“ sagte sie zu sich selbst.

„Woher nimmt ein Mensch eine solche Stärke?“

Am fünfzehnten Juli erreichten sie am frühen Nachmittag Harlingersiel. Britta, Johannes, Lara, Hanna und Klein-Annkathrin.

Marius hatte mit Johannes das Auto getauscht.

Er verfügte in seiner Agentur über einen Volkswagen-Transporter, der mit allen Schikanen ausgestattet war. Und den hatte er Johannes gleich angeboten, als Britta bei einem ihrer Besuche in München davon gesprochen hatte, dass sie im Sommer für vierzehn Tage an die Nordsee wollten.

„Was wäre das schön für die Kleine und auch für Lara, wenn sie auch irgendwann in den nächsten Jahren einmal dorthin fahren könnten. So ein paar Wochen Seeklima würden den beiden bestimmt gut tun!“

Ein Wort hatte das andere ergeben.

Britta hatte sofort ihre Einladung ausgesprochen.

Es sei eine Autofrage, hatte Johannes zu bedenken gegeben, und Marius hatte die günstige Gelegenheit sofort erkannt und genutzt.

Hanna hatte sich außerdem noch schnell als Mitfahrerin empfohlen.

„Schließlich braucht eine Lehrerin auch einmal andere Eindrücke. Ich bin noch nie an der See gewesen. Und ich befürchte wegen des dramatischen Jodmangels in Bayern spätestens in ein, zwei Jahren einen riesigen Kropf. Das kann Papa doch ganz sicher nicht verantworten!“

Jetzt standen sie an der Pkw-Haltestelle vor dem Fähranleger am Hafen, luden ihr Gepäck aus und übergaben es den Männern, die ihre großen Container dafür bereit hielten. Denn die Autos mussten alle auf dem Festland bleiben.

Unterwegs hatten sie in einem kleinen Hotel bei Fulda übernachtet. Schließlich waren es zu viele Kilometer, um sie an einem Stück mit einem Kleinkind an Bord zurücklegen zu können.

Die Fähren fuhren selten und unregelmäßig.

„Das können nur die Menschen verstehen, die hier geboren sind. Der Fahrplan ist tideabhängig. Die Fähren fahren spätestens drei Stunden vor Niedrigwasser und frühestens zwei Stunden nach Niedrigwasser“, hatte Britta bereits vorbeugend erklärt, weil immer mal mit längeren Wartezeiten zu rechnen war.

Doch sie hatten Glück.

„Das ist wohl der Sonderservice für Spätheimkehrer!“

Hanna brachte es auf den Punkt.

Lara nahm Annkathrin im Kinderwagen mit an Bord. Die Überfahrt dauerte nur eine halbe Stunde.

Brittas neue Großfamilie ging ganz zuletzt vom Schiff. Sie fanden gleich ihren Gepäckcontainer wieder und stellten die Koffer und Taschen auf einen der wartenden Elektrokarren.

Dieser würde alles zuverlässig zum Islandhof bringen. Frau Andresen, die neue Besitzerin von Brittas Elternhaus würde dort alles in Empfang nehmen und gleich in ihre Ferienwohnungen bringen lassen.

Britta hatte sich bei der Buchung bereits wie eine Königin gefreut, als Frau Andresen ihr die drei schönen

Zimmer im kleinen Nebengebäude, dem ehemaligen Gesindehaus, für die zwei Wochen angeboten hatte. Und obendrein für die Hälfte des normalen Preises. Es sei ihr eine Ehre, die Frau persönlich kennenzulernen, deren Elternhaus sie jetzt mit ihrer Familie bewohnten.

Auf dem breiten Weg vom Anleger zum Ort setzte sich eine kleine Völkerwanderung in Marsch.

„Na ja, wird schon gehen. Aber vierzehn Tage ohne Auto, das ist schon sehr ungewohnt!“

Hanna stöhnte ein wenig, trottete „hundskaputt“, wie sie sagte, neben ihrer Schwester her.

„Vielleicht heitert dich der da vor uns in den nächsten Tagen ja wieder auf“, zeigte Lara auf einen hochgewachsenen jungen Mann, der neben einem älteren Herrn wenige Meter vor ihnen herging.

Als dieser sich einmal umschaute, veränderte sich Hannas Gesichtsfarbe:

„Oh, mein Gott, ist der süß. Sag ehrlich, Lara, ist der nicht süß?“

„Ja, das ist er. Aber bild dir nur nicht ein, dass sich solch ein Mann nach einer oberbayrischen Landpommeranze umschaut!“

„Blöde Kuh!“

Britta lächelte Johannes glückselig an.

„Ich bin so froh, dass wir hier sind.“

Sie gingen in den Ort hinein. Junge Familien kamen ihnen mit ihren Bollerwagen entgegen. In den Straßencafés saßen die Menschen und ließen es sich ganz offensichtlich rundherum gut gehen. Ein verführerisches Duftgemisch aus frisch gebackenen Waffeln, Kaffee, Früchten, Blumen,

Meer und Wind lag in der Luft. Und die prächtigen Gärten, die schmucken Häuser, der blaue Himmel und die luftig leichten Wolken verwöhnten die Augen.

Der kurze Zeit vorher noch breite Besucherstrom hatte sich in wenigen Augenblicken in der Dorfmitte in alle vier Himmelsrichtungen aufgelöst.

Die bayerischen Einwanderer wandten sich gleich nach Westen und erreichten in etwas mehr als fünfzehn Minuten den Islandhof.

Mara Andresen und ihr Mann Nils-Uwe empfingen die Gäste bereits vor ihrem Haus.

Britta weinte.

Johannes nahm sie in den Arm.

„Ich verstehe dich gut. Ich kann nachempfinden, was es für dich heißt, heimzukommen!"

Britta tupfte sich mit dem Taschentuch ihre Tränen weg. Das Lächeln kehrte auf ihr Gesicht zurück.

Mara Andresen führte die Gäste zum Nebengebäude. Etwa siebzig Meter nach hinten versetzt lag das große Reitplatz-Oval, so wie es für Islandpferde typisch ist. Zehn Meter daneben befanden sich die Stallungen.

„Hier hat sich ja enorm viel getan in all den Jahren!"

Britta kannte ihre Heimat nicht wieder.

Die Ferienwohnungen waren sehr praktisch, hell und gemütlich eingerichtet. Der Zuschnitt war jedoch noch der gleiche wie in ihrer Kindheit. Sofort wurden wieder tausend Erinnerungen wach.

Eine Stunde lang wurde das Haus erfüllt von dem typischen Tumult, der immer entsteht, wenn eine große Familie in mehrere Ferienzimmer Einzug hält.

Dann holte Mara Andresen ihre Gäste zum Begrüßungstrunk ab. In der Diele des Haupthauses hatte sie auf der Anrichte eine Flasche Prosecco, zwei Karaffen mit Saft und ein paar Häppchen bereitgestellt.

Nils-Uwe Andresen schenkte ein.

Ihre beiden halbwüchsigen Söhne verteilten die Gläser. Sie waren inzwischen vom Strand hereingekommen. Dort hatten sie sich von der Vormittagsarbeit im Stall erholt und wollten jetzt sehen, welche Gäste da zu ihnen ins Haus gekommen waren.

Alle erhoben ihr Glas und Mara hieß ihre Gäste herzlich willkommen:

„Ich möchte, liebe Frau Wasmeier, dass Sie sich in den nächsten beiden Wochen wieder ganz wie zu Hause fühlen. Ein bisschen vielleicht sogar wie in Ihrer Kindheit. Und ich hoffe, dass es Ihnen, Herr Brandmüller, und auch Ihnen, liebe Lara und liebe Hanna und vor allem auch der kleinen Annkathrin hier so gut wie im schönen Bayern gefällt. Wir, Nils-Uwe und ich, werden alles dafür tun."

„Ganz herzlichen Dank, liebe Mara. Ich bin nun mal die Älteste hier. Und die Älteste hat in diesem Haus immer bestimmt, was getan und was nicht getan werden durfte. Deshalb möchte ich, dass wir alle Du zueinander sagen. Und wir freuen uns so sehr, dass Ihr beiden unsere Gastgeber seid!"

„Moin, moin, einen schönen Tag wünsche ich Ihnen. Darf ich mich vorstellen? Ich bin Jan Knipper!"

Hanna blieb der Atem stehen.

Ein junger, hochgewachsener, dunkelblonder Mann war plötzlich aus einem Zimmer, dessen Tür direkt in die Diele führte, zu der Gruppe getreten und gab jedem die

Hand. Er trug blaue Jeans, einen hellblauen Pullover, darunter ein weißes Hemd. Seine nackten Füße steckten in weißen, handgearbeiteten Mokassins. Hanna hatte das sofort mit Kennerblick wahrgenommen.

„Mein Gott, wie gut der aussieht!“

Sie hätte es beinahe laut gesagt. Sie konnte sich gar nicht beruhigen und fühlte verstohlen mit ihrer Hand an der Wange nach, weil sie befürchtete, jedermann könnte von weitem sehen, wie sehr ihr Gesicht glühte.

Es war der Mann, der vorhin vor ihnen hergegangen war. Er war wohl ebenfalls Urlaubsgast und etwas schneller hier eingetroffen als die große bayerische Landrattengruppe und hatte sich inzwischen umgezogen.

„Das ist Jan, mein kleiner Lieblingsbruder. Er hat ein paar Tage dienstfrei. Jan ist bei der Marine drüben in Wilhelmshaven. Er ist Marineflieger, Hubschrauberpilot, aber auch ein ganz passabler Segler. Und wenn er hier ist, und er ist so oft hier, wie er nur kann, dann ist er uns auch eine sehr wertvolle Hilfe auf unserem großen Anwesen, im Stall und überall!“

Stolz hatte Mara ihren Bruder vorgestellt.

„Du übertreibst mal wieder wie immer“, widersprach Jan ein klein wenig verlegen.

Johannes stellte Jan ein paar Fragen zum Verlauf seiner Ausbildung und seiner Tätigkeit. Und Jan gab seine Antworten sehr nett und wohltuend ruhig.

Sein Blick war offen. Sein Auftreten, sein Gebaren sehr bescheiden und zuvorkommend. Ein gebildeter, ein vorbildlicher junger Mann. Gerade mal achtundzwanzig Jahre alt. Oberleutnant zur See.

Und Hanna war hin und weg.

Britta nahm sehr wohl wahr, was passierte.

Sie nahm es jedoch nicht nur an Hanna wahr, sondern genauso an Jan. Lara schaute sie an, lächelte und nickte. Und Britta lächelte und nickte zurück.

Bereits wenige Minuten später bat Hanna darum, dass ihr Jan einmal den Hof und vielleicht etwas später das Dorf zeigen möge.

Jan willigte strahlend ein. Und beide hatten gar keinen Hunger auf ein Stück Schokoladenkuchen. Sie wollten gleich los und verabschiedeten sich.

„Oh, ein böses Zeichen. Offensichtlich ist er krank. Es ist das erste Mal, seit er uns hier besucht, dass er meinen Schokoladenkuchen verschmäht. Ich denke, wir sollten den Arzt holen!“

Mara sagte es. Alle lachten. Nur Jan wechselte leicht die Gesichtsfarbe und verließ schnell mit Hanna das Haus.

„Ist schon eigenartig“, meinte Britta. „Mich hat vor vielen Jahren ein Bayer von der Insel geholt. Und vielleicht kommt schon bald eine Bayerin als Wiedergutmachung auf die Insel zurück. Ich war wohl die Ebbe. Und Hanna ist scheinbar die frische Flut!“

Die Tage flogen dahin. Hanna und Jan waren unzertrennlich. Britta machte lange Spaziergänge mit Lara, traf alte Bekannte, wurde überall mit großer Herzlichkeit begrüßt. Und zwischen ihr und Lara entstand in diesen Tagen eine so wunderbare Freundschaft, dass Lara eines Abends in den Armen von Johannes lag und befreit weinte, dass sich alles in ihrem Leben wieder so wunderbar gefügt hatte.

Sie saßen auf der Bank vor dem Haus, sahen von weitem das Meer und blickten zum Sternenhimmel hinauf.

„Ja, Schiller hat Recht. Dort oben unterm Sternenzelt muss wirklich ein großer Zaubrer wohnen!“

Johannes schluckte und drückte seine Lara ganz fest an sich: „Du bist eine wunderbare Frau und Mutter geworden. Ich liebe dich so sehr!“

Wenig später gesellte sich Britta zu ihnen.

Sie hatte Mara noch im Haus geholfen. Ihre Rolle als Urlauberin konnte sie nur so und nicht anders leben.

„Mir ist klar geworden, was es heißt: Was du ererbt von deinen Vätern, erwirb es, um es zu besitzen! Lara und ich haben heute einen sehr langen Strandspaziergang gemacht, als Annkathrin schlief. Wir haben darüber gesprochen, dass ich in den ersten Tagen ganz stark den Wunsch gespürt habe, dich zu bitten, mit mir auf die Insel zu ziehen und hier mit mir bis ans Ende unserer Tage zu leben.“

Johannes sah sie ruhig und lange an.

Dann sagte er:

„Ich habe in Neuseeland die Entscheidung gefällt, dass ich mit dir leben will. Genau in dem Moment, als die Flut mit unglaublicher Wucht wieder an die Felsen schlug. Diese Kraft - sie war wie du. Das war der ausschlaggebende Moment. Aus den Fluten stieg dein Gesicht zu mir auf. Da wusste ich es. Wenn du es willst, dann ziehe ich mit dir hierher auf deine Insel. Ich will dich immer bei mir haben und nie mehr verlieren.“

„Das wirst du auch nicht. Aber wir gehen nicht hierher, sondern wieder zurück in die Jachenau. Du hast...“, sie sah Lara lächelnd an, „nein, wir haben unsere Kinder und Enkel dort. Da gehören wir hin. Und ich habe auch schon einen Vorschlag, was genau wir dort tun.“

Britta lächelte geheimnisvoll.

„Mach es nicht so spannend. Was werden wir tun?“, drängte Johannes.

„Ich werde mein Haus in Tölz verkaufen. Das Geld geben wir zu einem guten Teil Bernhard. Und den Rest legen wir auf die Seite für die Schule und die spätere Ausbildung von Annkathrin. Und als Gegenleistung überlässt uns Bernhard die Alm. Keine Widerworte! Ich habe mit ihm schon darüber gesprochen. Er wollte das Geld nicht nehmen, weil es ja ohnehin deine Alm ist. Ich habe ihm gesagt, dass er sie aber sehr aufwändig renoviert hat und ihm das Geld einfach zusteht.“

„Und was wollen wir dort oben machen?“

Johannes war leicht irritiert.

„Ich möchte, dass du wieder zu deinen Wurzeln zurückkehrst. Du könntest hier oben auf Dauer nicht leben. Lara und ich sind uns da völlig einig. Wir werden wohl häufiger hierher kommen. Hanna wird hier mit Jan leben. Das wird so sein. Und ich bin froh für sie. Aber du bist immer ein Bauernsohn geblieben. Du wirst dort oben auf dem Berg als freier Partner von Greg arbeiten. Du brauchst das. Und du gehst von Zeit zu Zeit auch immer wieder mal ins Ausland in ein Projekt. Und ich werde die Alm bewirtschaften. Du weißt, dass ich das kann. So behältst du deine Herausforderung, deine Arbeit. Und wir leben und arbeiten ganz in einem modernen Einklang mit der Natur.“

Johannes hatte, während sie sprach, kaum zu atmen gewagt. Als sie geendet hatte, nahm er sie in den Arm:

„Du bist das Großartigste, das Gott einem Mann schenken kann. Ich bin durch dich wieder so dankbar, so aufmerksam, so offen geworden für Gott, die Menschen, die Natur, für die gesamte Schöpfung. Ich liebe dich so sehr!“

Lara wandte sich kurz ein wenig verstohlen ab.
Dann umschlang sie beide mit ihren Armen.

Am frühen Morgen des nächsten Tages gingen Britta und Johannes am Strand entlang. Der Wind blies noch recht kräftig von Wangerooge herüber.

Die Möwen waren bereits erwacht.

Ein Schiffshorn hupte lang anhaltend.

Plötzlich bückte sich Johannes und fasste in den Sand, hob einen seltsamen Stein auf, der ihn in der Morgensonne geblendet hatte.

Er säuberte ihn und zeigte ihn Britta.

„Oh, mein Gott. Das Meer spült dir solch eine Kostbarkeit direkt vor die Füße. Das ist ein Bernstein! Und schau! Da ist ein herrlicher Einschluss drin. Nein, so was! Außergewöhnlich. Ich kann mich nicht entsinnen, dass irgendwer auf dieser Insel schon einmal einen solch schönen Bernstein gefunden hat. Das ist ein ganz besonderes Zeichen, dass gerade du ihn gefunden hast!“

Er küsste sie liebevoll und bat sie stehen zu bleiben.

Dann nahm er den Stock, der vor ihm im Sand lag und zeichnete damit ein großes Herz um Britta herum.

„Ja, du hast Recht. Ich bin ein Glückspilz. Aber nicht, weil ich diesen Stein gefunden habe, sondern weil ich dich gefunden habe! Ich will für dich da sein, so lange ich lebe!“

Britta verließ den Herzkreis, schlang ihre Arme um ihn und schmiegte ihren Kopf an seine Brust:

„Du musst nicht für mich da sein. Du hast mir gegenüber keine Verpflichtung. Du trägst für mich keine Verantwortung. Wir brauchen auch kein Papier. Es wird immer mal eine Zeit geben, die uns trennt. Nicht nur äußerlich. Manchmal auch innerlich. Wir sind beide leicht verletzbar und auch kleinmütig. Wir wollen immer auf uns warten. Und nicht immer nur auf das ganz große Glück."

Sie küsste ihn innig, schaute wieder hinaus aufs Meer:

„Glück! Was ist Glück? Glück ist doch kein Zustand. Glücklich sind wir immer nur für den Moment. Glück ist wie das Leben. Ein Kommen und Gehen. Eine Nehmen und Geben. Wie Ebbe und Flut!"

Versonnen sah sie den anrollenden Wellen zu.

„Die Wellen sind wie kleine Streicheleinheiten unseres Schöpfers. Er streichelt seine Welt, seine Schöpfung, uns, sein Ebenbild. Er streichelt uns durch unsere Engel, durch unseren Vater, durch unsere Mutter. Dich und mich durch Hanna und Lara. Und besonders liebevoll durch Annkathrin. Und er streichelt mich so besonders durch dich!"

Hanna und Jan kamen mit Badetüchern zum Strand gelaufen, tauchten in die kalten Fluten, kamen prustend wieder heraus, liefen lachend und johlend der aufgehenden Sonne entgegen.

Lara kam ihnen mit Annkathrin entgegen.

Britta ging hin zu ihr, legte ihren Arm um sie und folgte gemeinsam mit Lara und ihrem Kind den beiden Verliebten.

Johannes blieb stehen, sah ihnen lange hinterher und sagte voller Dankbarkeit zu sich selbst:

„Ja, das ist der Sonnenaufgang meines späten Lebens, in dem jeder Morgen wie ein neues Leben ist!"